蒼氓《そうぼう》

チンギス紀 十六

北方謙三
Kenzo Kitakata

集英社

目次

チンギス紀

十六

蒼氓《そうぼう》

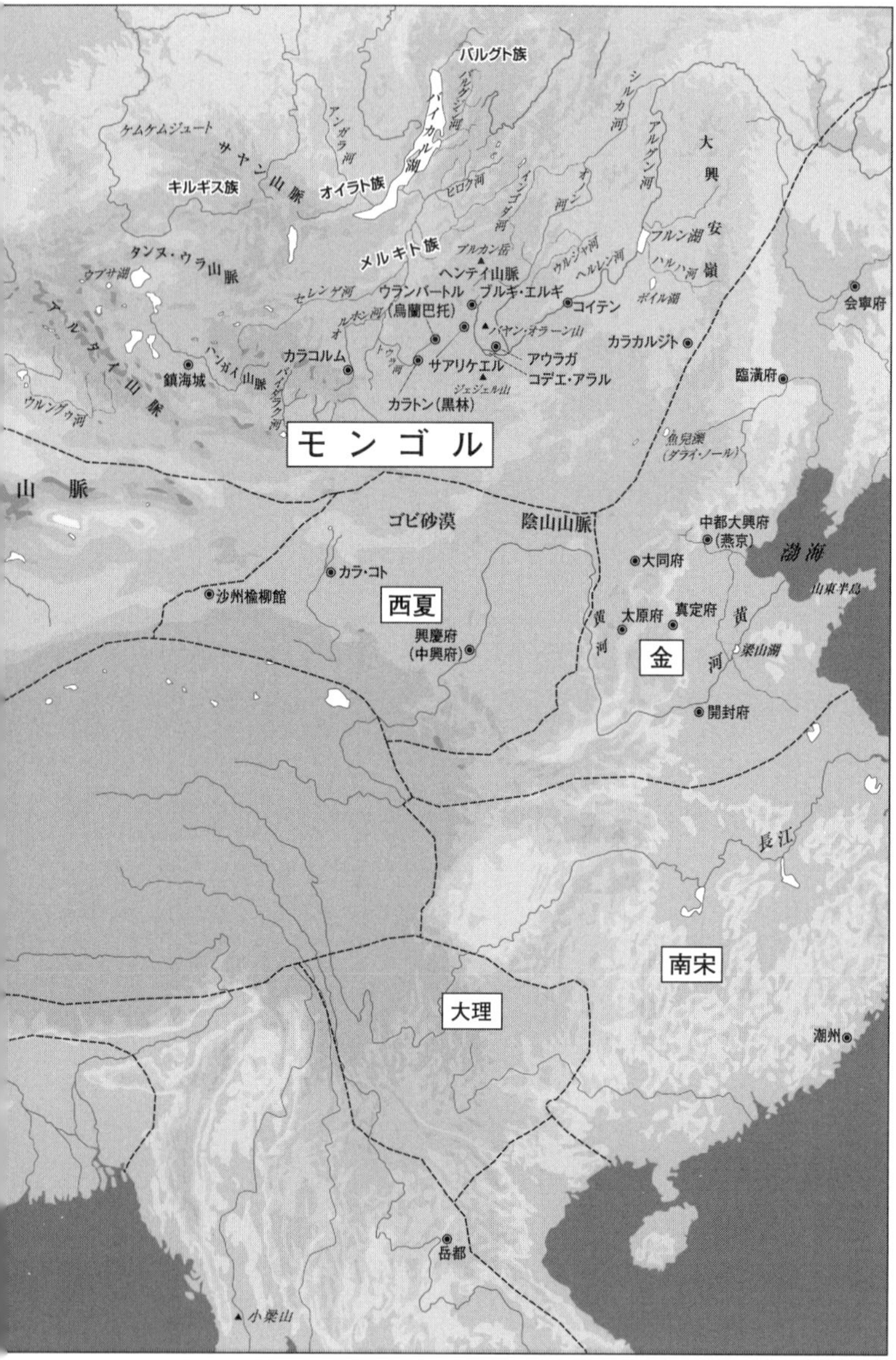
バルグト族
バイカル湖
バルグジン河
アンガラ河
ケムケムジュート
サヤン山脈
キルギス族
オイラト族
シルカ河
アルグン河
大興安嶺
セレンゲ河
メルキト族
ブルカン岳
ヘンテイ山脈
フルン湖
ハルハ河
ボイル湖
タンヌ・ウラ山脈
ウブサ湖
アルタイ山脈
ウランバートル
（烏蘭巴托）
ブルギ・エルギ
コイテン
バヤン・オラーン山
カラカルジト
会寧府
鎮海城
ハンガイ山脈
カラコルム
サアリケエル
アウラガ
コデエ・アラル
ジェジェル山
カラトン（黒林）
ウルングゥ河
臨潢府
モンゴル
魚児濼
（ダライ・ノール）
山脈
ゴビ砂漠
陰山山脈
中都大興府
（燕京）
渤海
大同府
カラ・コト
沙州楡柳館
西夏
山東半島
黄河
太原府
真定府
興慶府
（中興府）
金
梁山濼
開封府
長江
南宋
大理
潮州
岳都
小粱山

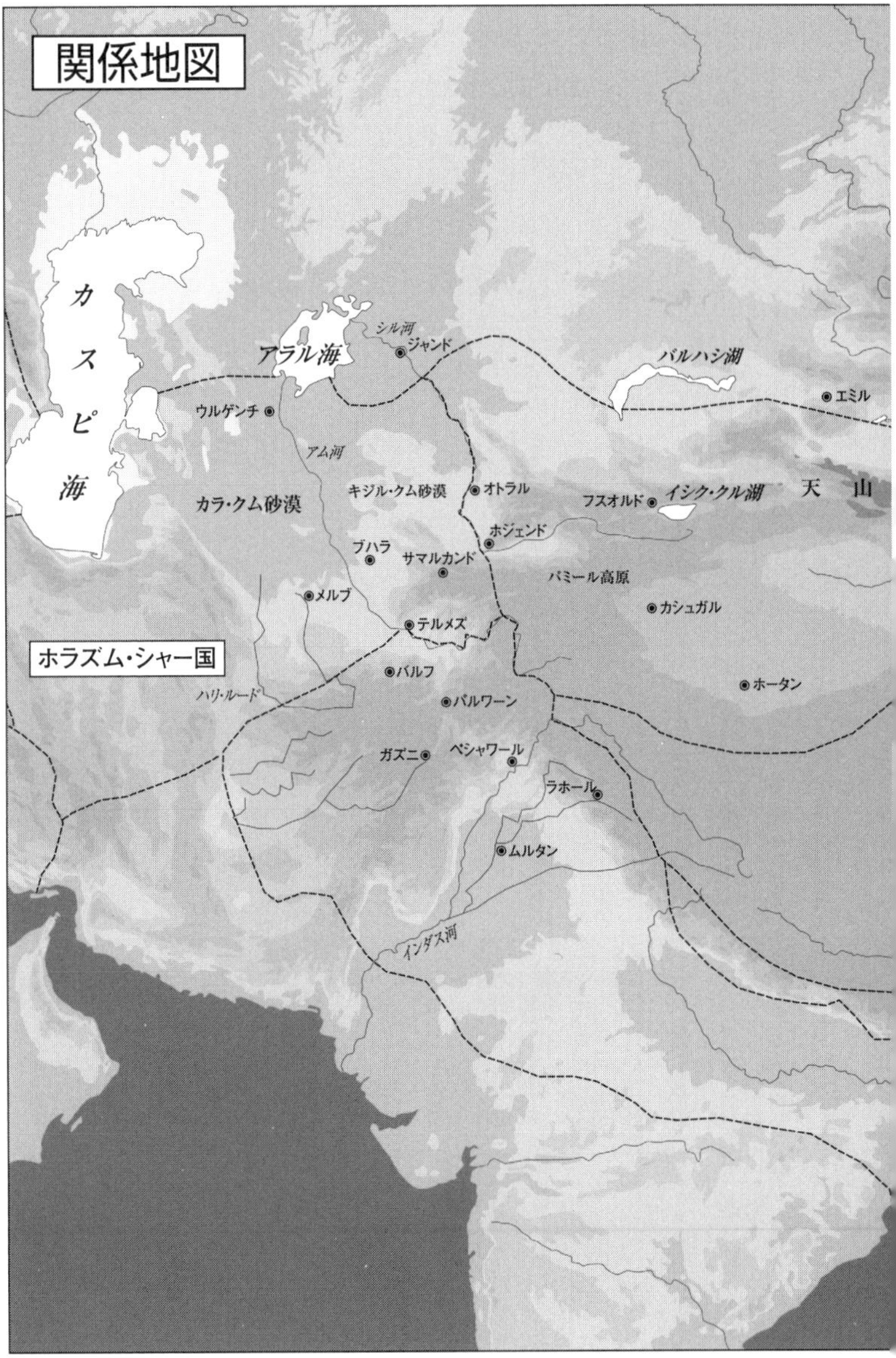
関係地図
カスピ海
アラル海
シル河
ジャンド
バルハシ湖
エミル
ウルゲンチ
アム河
キジル・クム砂漠
オトラル
フスオルド
イシク・クル湖
天山
カラ・クム砂漠
ホジェンド
ブハラ
サマルカンド
パミール高原
メルブ
カシュガル
テルメズ
ホラズム・シャー国
バルフ
ホータン
ハリ・ルード
パルワーン
ガズニ
ペシャワール
ラホール
ムルタン
インダス河

モンゴル国

チンギス・カン……（モンゴル族の長）
テムゲ…………（チンギスの弟、四子）
テムルン………（チンギスの妹でボオルチュの妻）
ボルテ…………（チンギスの妻）
ジョチ…………（チンギスの長男）
チャガタイ………（チンギスの次男）
ウゲディ…………（チンギスの三男）
トルイ…………（チンギスの四男）
ヤルダム………（チンギスの娘コアジン・ベキの息子）
ボオルチュ………（幼少よりチンギスと交わり、主に内政を司る）
ボロルタイ………（ボオルチュとテムルンの息子）
ジェルメ…………（槍の達人で将軍）
クビライ・ノヤン…（左利きの弓の達人で将軍。左箭《させん》と呼ばれる）
スブタイ…………（モンゴル国の将軍）
ジェベ……………（モンゴル国の将軍）

ドルベイ・ドクシン…（モンゴル国の将軍）
バラ・チェルビ………（モンゴル国の将軍）
シギ・クトク…………（モンゴル国の将軍）
ボレウ………………（歩兵部隊を率いる将軍）
ジン…………………（歩兵部隊を率いる将軍）
ナルス………………（工兵隊を率いる将軍）
チェスラス……………（兵站部隊の指揮を担う将軍）
ソルタホーン…………（チンギスの副官）
ツォーライ……………（ジョチの副官）
ナダ…………………（トルイの副官）
トゥザン………………（ジェベの副官）
ケンゲル………………（ボロルタイの副官）
楊《よう》剣《けん》…………………（ヤルダムの副官）
チンカイ………………（鎮海城を建設した文官）
耶《や》律《りつ》楚《そ》材《ざい》………………（元金国の文官で、モンゴル国の内政に携わる）
陳《ちん》高《こう》錬《れん》………………（モンゴル国の街道や駅を統轄する）
オルギル………………（陳高錬のもとで駅を統べる）

ケシュア……（亡き父から医術を学んだ女医師）
サムラ……（狗眼《くがん》一族を率いていたヤクの長男で長）
タエン……（ヤクの次男）
哈敦《ハトン》……（チンギスに嫁いだ金国の王女）

ホラズム・シャー国

アラーウッディーン…（ホラズム・シャー国の帝）
トルケン……（太后。アラーウッディーンの母）
ジャラールッディーン…（ホラズム・シャー国の皇子。皇子軍を率いる）
テムル・メリク……（ホラズム・シャー国の将校）
バラクハジ……（ホラズム・シャー国の文官）
イナルチュク……（アラーウッディーンの叔父）
マルガーシ……（チンギスに討たれたジャムカの息子）
華蓮《かれん》……（三百騎を率いるカンクリ族の女隊長）
サロルチニ……（カンクリ族の若い隊長）
ワーリヤン……（ジャラールッディーンの部下）
テルゲノ……（ホラズム・シャー国の将軍）
ウダラル……（カンクリ族でイナルチュクに仕える軍師）
ユキアニ……（マルガーシの隊の将校）
流れ矢……（マルガーシの部下で弓隊を率いる）
カルアシン……（水心《すいしん》を率いる女頭領）
サンダン……（ジャラールッディーンの従者）
トノウ……（ジャラールッディーンの従者）

その他

ラシャーン……（礼賢《れいけん》。モンゴル族の故タルグダイの妻。礼忠館を所有する）
トーリオ……（ラシャーンの養子で礼忠館を統べる）
李央《りおう》……（礼忠館船隊の船頭）
鄭孫《ていそん》……（トーリオの商いの師）
袁清《えんせい》……（トーリオの従者）
張英《ちょうえい》……（トーリオの従者）
茅知菓《ちちか》……（トーリオが南の国で出会った女船頭）

呂顕《りょけん》…………（茅知菓の夫で船頭）

タュビアン…………（商いを学び、物資と兵糧を扱う）

アサン…………（ムスリムの商人）

泥胞子《でいほうし》…………（大同府で妓楼を営んでいた男）

侯春《こうしゅん》…………（大同府の妓楼と書肆を受け継ぎ、沙州楡柳館《ゆりゅうかん》を手伝う）

秦広《しんこう》…………（南の地で甘蔗糖の生産を統轄する男）

荘菜華《そうさいか》…………（闇米を扱っていた荘里廃《りはい》の娘）

丘長春《きゅうちょうしゅん》…………（全真教の道士の老人）

烈火にて

一

誘っている。

五日ぶつかり続けて、スブタイはほとんど確信した。

チンギス・カンに、アラーウッディーンを追って、討ち取れと命じられた。カラ・クム砂漠の戦《いくさ》で、戦場を離脱したアラーウッディーンを、チンギス・カンが追い、スブタイも追った。追いつき、討ち取れる位置だと思った。

しかしチンギス・カンは涸川《かれがわ》を前にして動かず、スブタイも戦闘の構えだけとった。

アラーウッディーンは、わずか五千騎ほどだが、駈《か》け去っていった。

涸川から、五、六万の軍が姿を現わし、ぶつかる構えをとってきた。スブタイは、チンギス・

カンが出るなら、自分が出ようと思った。埋伏の五、六万にはただならぬ闘気があり、それがチンギス・カンを止めた。気軽にぶつかっていい相手だと、思わなかったのだろう。

スブタイも、出合い頭《がしら》にぶつかっていい相手とは感じなかった。

もともとウルゲンチにいた、トルケンという太后の軍だったようだ。

不仲と噂《うわさ》されている母と子が、強烈な罠を仕掛けていた、ということだった。

数日遅れで、二軍が追ってきた。ジェベとバラ・チェルビである。

ホラズム軍は、潰走《かいそう》しながらも、数日で再集結し、いまアラーウッディーンの指揮下に五万騎ほどがいた。

それを三万騎で、粉砕しようとしていた。

しかしアラーウッディーンは狡猾《こうかつ》な動きを見せ、たえず軍を二つに分け、挟撃をかけようとしてくる。それをかわすと、軍を退《さ》げ、守りの構えに入る。

そうやって、砂漠を十日ほど移動した。

無理にぶつからなかったのは、どこかに埋伏の気配があったからだ。トルケン太后の軍が、どこへ消えたかはわからなかった。

ウルゲンチで、チャガタイの軍を罠にかけ、かなりの犠牲を出させたのと同じ軍なのかどうかも、わからない。

敵地の、奥深くだった。砂漠にどれほどの軍が散っているのかわからず、ホラズム軍全体が、どれほどの規模なのかも、見えなくなっていた。

寿海《アラル》の西の地域、さらに大海《カスピ》の北や南や西の諸国の兵も、参戦している気配はある。西の地方がどれほど拡《ひろ》がっていて、どれほどの人々がいるのかは、商人などの情報で、ある程度はわかっていた。

チンギス・カンが、寿海よりさらに西、そして大海のむこう側まで行こうとしているのかどうか、スブタイには正確に読めなかった。どこまでも進攻するというようなことは、考えないだろう。慎重に、どこまで行けるか見きわめ、その手配を怠っていない。場合によっては、ホラズム軍より兵站《へいたん》が充実していることさえあるのだ。

武器の損耗など、闘えば闘うほど大きくなるものだが、数十名の鍛冶《かじ》の者たちがいて、いつでも修繕はできる。新しく作ることもできる。

ホラズムへの使節団が、オトラルで惨殺された。そこから、モンゴル軍の進攻は開始されたのだ。否応《いやおう》なく、戦に誘いこまれた、と見ていた幕僚たちが多かった。四人の息子たちは、トルイを除いて、強硬な主戦派だった。

チンギス・カンが、それらをどう見ていたのか、わからない。主戦派をたしなめることはせず、自ら闘いの意思を示すこともなかった。

わかっていて誘いこまれた、とスブタイは進攻が決定した時に思った。その考えは、いまも変らない。

全軍でのぶつかり合いの終りに、アラーウッディーンを追って討てと、チンギス・カンはスブタイに命じた。

自らそれをなそうと思えば、たやすく動けたはずだ。トルケン太后とアラーウッディーンが仕掛けた罠を見て、チンギス・カンはなにかを感じたのだろう。見事な罠だったというようなことではなく、闘うに値しない母息子だと、諦《あきら》めたような気がする。

チンギス・カンの心の中を、推し測ろうなどという無駄なことを、スブタイはとうにやめていた。

チンギス・カンと並ぶほど大きくならなければ、その心を推し測れるわけがない。並び立つというのではなく、その足元に及ぶまでにも、一生を費して足りないだろう。

十数日、砂漠でのやり取りをくり返し、本格的にぶつかり合って、五日が過ぎていた。

戦場は、西へ西へと移動し、ウルゲンチも通り過ぎてしまっていた。

寿海と大海の間。そこはホラズムなのか、そうでないのか判然としない。ただ、ホラズム国は、大きな影響力は持っている。

チンギス・カンは、ブハラ近郊の本営を動いていない。各軍が、それこそ四方に出動し、かなりの激しさで戦をしていた。

特筆すべきは、皇子のジャラールッディーンが、二万の兵力を率いて、南の地域を動き回りはじめたことだ。アム河の源流地域で、インダス河の源流にも近い。

そこから北へ攻め上がってくると、大きなかたちとして、チンギス・カンの本営の挟撃を企てている、と思えなくもない。

それに対する追討軍はいま編制されているはずだが、指揮官が誰かは決まっていない。

将軍たちはみんな、自分の受け持ちの地域があり、そこを面で平定しようとしていた。速やかにアラーウッディーンを討ち、自分が掃討にとりかかるべきかもしれないが、アラーウッディーンは、本格的なぶつかり合いを避けている。そして、寿海と大海の間の地帯に、スブタイを引きこもうとしている。

それにしても、ジャラールッディーンは、皇子軍三百余を率いていただけだ。それが二万の指揮を任されるのは、後継の王として認められた、ということではないのか。

遊軍であった皇子軍は、チンギス・カンに何度か肉薄した。前線での隊の指揮は見事なものだが、二万を率いた時の実力は、よくわからなかった。

五日ほどは、アラーウッディーンがまともに組み合おうとしてきていた。軍も三万と二万の二つに分けている。

スブタイは、バラ・チェルビの軍を、周辺の掃討に充てた。二千、三千と歩兵が集まっている地点が、いくつも生じてきたのだ。それは、砂漠から兵が湧き出したようにさえ思えた。

「スブタイ殿、いつまでもこのぶつかり合いでは、もっと地へ引きこまれるような気がするのですが」

「おまえも、誘われていると感じるか、ジェベ」

「微妙なところで、誘っているような気がします。俺たちがそれに抗《あらが》うと、逆に一気に懐《ふところ》の中にまで攻めこんでくる、とも思えます」

「誘いの戦が、実にうまいな」

「そろそろ、乗りますか？」

「南や東の戦線では、兵力が不足気味のようだし、ここの三万を別の戦線で遣えば、いまの均衡は破れるかもしれん」

「では、乗りましょうよ。バラ・チェルビが離れたところにいるし、俺たちを寡兵だと思っていますよ」

時機は、来ていた。この時機は、こちらで作らなければならない、というところもあるのだ。

「乗り過ぎようか」

誘いに乗る。乗ったと見せかける。気づいて後退するのを、アラーウッディーンは自分の機と捉えるだろう。

だから、後退はしない。後退という局面になった時に、さらに前進する。

長く、モンゴル軍のやり方にしてきたもののひとつで、特にめずらしいことではなかった。

前進の危険を、どこでどう凌《しの》ぐか。なににむかって前進するのか。そういう細かいことを事前に考えておけば、前進そのものは難しいことではない。

「俺が、正面からぶつかり、アラーウッディーンを目指す。おまえは半数でこの丘を迂回《うかい》。側面からの攻撃と見せかける。残り半数は丘を越え、敵の中に突っこむ」

「アラーウッディーンは、退がらず受けてくる気がしませんか、スブタイ殿」

「多分な。それが、あの男の性格だ」

ジェベが出した地図を見ながら、喋《しゃべ》っていた。スブタイは、地図を頭に入れている。

ジェベが自軍に戻ると、スブタイは副官を呼んで、一千騎の隊を二つ、編制させた。そのひとつに、スブタイはいる。

「払暁《ふつぎょう》、馬に鞍《くら》を載せろ。二千騎は、全軍に紛れて進み、ぶつかる時に俺の指示に従って動け」

副官が、次々に命令を出している。

「斥候《せっこう》は四隊、十里（約五キロ）四方まで。哨戒《しょうかい》は百騎二隊で、声を出さずにやれ。残りの兵は、半数ずつ交替で、四刻（二時間）眠れ」

二度、眠れるとすると、八刻である。それで疲れは取れはしないが、気持は改まる。

実戦中、兵は疲労を蓄積させていくが、限界に近くなるまで、その方がいい。きちんと見ておかなければならないのが、馬の疲れである。

さすがに馬匹《ばひつ》の者の手が足りず、替え馬は連れてきていない。馬の負担がかからない用兵も必要だった。

スブタイは闇の中で、躰《からだ》を横たえた。眠りはしない。眼を閉じ、心気を澄ませるだけだ。

すぐに、夜明けが近づいてきた。待つという気分もなく、十数刻が過ぎていた。

「乗馬」

もののかたちが、なんとか見えるようになっていた。

ホラズム軍は、二十里北にいる。いまのところ、わかっているのはそれだけだ。

「前進してきます。全軍です」

斥候の報告が入りはじめる。こちらの動きも、捕捉されているだろう。

すぐに、相手が見える距離になった。

ぶつかり、あるところでこちらが退《ひ》く。むこうは追ってこない。これまでと、同じ展開になろうとしている。

むこうがそう感じているのか、これまでとは違うこちらの心持ちを読んでいるのか。

アラーウッディーンがどこにいるか、はっきりと見えた。さすがに、そこの部分だけは何重にもなっていて、堅い。

ホラズム軍は、意外なほどの強さを持っていた。それが時々、脆《もろ》さに繫《つな》がる。指揮官が、その場の勝敗以外のものに、こだわった時だ。たとえば、自尊心を傷つけられたと感じる。なにがなんでも、勝ちたいと思う。部下の力を、絶対だと信じてしまう。

二千騎を追い越すように、西側から四千騎ずつ突っこんで行く。

どれほど大軍であろうと、ぶつかる部分は同数と言えて、それをどこまで続けられるかが、その場の勝敗を決める。その場の勝ちの積み重ねが、戦況を作るのだ。

右の四千騎が、深く食いこんだ。そのままでは孤立する。押し包まれれば、全滅ということにもなりかねない。

しかし左の四千騎が、そこに届いた。二隊が、ともに反転し、ホラズム軍の中を突っ切って、こちらへ飛び出してきた。

スブタイは、合図を出した。飛び出してきた八千騎がまた反転し、ホラズム軍の中に突っこんだ。前衛と第二段の敵が、大きく崩れた。三万騎ほどか。

スブタイは、馬腹を蹴った。

アラーウッディーンが見える。

しかし、全体の情況では、寡兵の弱さが出はじめている。ここで退く。それが、スブタイのやり方だった。そして退けば、アラーウッディーンは、守りを堅めて前進をやめる。

八千騎は、二つに分かれ、両側に拡がった。

空いた前方に、スブタイは飛びこんだ。八千騎が退がるために、二千騎が一度、押しこむ。そして速やかに退く。

スブタイは退かず、アラーウッディーンは守りを堅めることをしなかった。

まともに、ぶつかった。

スブタイは、全身にアラーウッディーンの圧力を感じた。さらに進む。

アラーウッディーンも、前に出てきた。見える。顔が見える。近づく。ここだ、と思った時に、スブタイは剣を抜き放っていた。

アラーウッディーン。顔。近づいてくる。

馳《は》せ違った。斬り上げた剣に、手応えがある。腕の一本でも飛ばしたか。思ったが、確かめることはしなかった。一万騎ほどが、襲いかかってくる。

そこを駈け抜ける力を、馬はすでに失いかけていた。

馬を潰《つぶ》さない。それはスブタイの戦の根にあるものだった。緊急の事態に襲われ、やむなく無理に駈け、潰したことが二度ある。しかし、はじめから馬を潰すような方法はとらない。

丘の上から、ジェベ軍の五千が駈けこんでくる。敵の後方が乱れた。乱れた敵を突っ切って、後方からジェベが突っこんできた。

二

なにが悪かったのか、とアラーウッディーンは思った。

気づくと、敗走の馬上にいたからだ。脇腹のあたりから、出血している。その手当てをすることなく、駈け続けなければならない情況のようだ。

意識が、時々途切れている、という気がした。馬から落ちないのは、馬回りの者が二騎、ぴったりと馬を寄せ、左右から手を出して支えているからだろう。

スブタイが突っこんできたのは、はっきりと思い浮かべられる。

これまで、あの状態になると、スブタイは機を見て退き、自分は止まって守りを堅めた。しかしスブタイは退かずに突っこんできて、自分も止まらず疾駆した。

一度だけ、スブタイと馳せ違った。剣を交え、切先はスブタイに届いたが、具足を切っただけかもしれない。

そして自分は、脇腹を斬りあげられた。

馬が止まった。抱き降ろされた。

「追撃は？」

「もう心配はございません。一万五千ほどの軍が、大きく散らずにまた集まることができて、迎撃の構えをとりました」

「駄目だ、少なすぎる」

誰と喋っているかわからなかったが、話は通じている。多分、馬回りの者だろう。

「私を、前線へ連れて行け」

「陛下は、重傷を負っておられます。まずその手当てをいたします」

「少なすぎる。スブタイは全軍で追ってきているのだろう」

「はい、二万騎で。馬を潰すまいとしているのか、疾駆での追撃ではありません。それに、南十里のところまで、イナルチュク様の軍が駈けつけてきております。それが、およそ二万です」

十里なら、ひと駈けである。

この戦は、押しまくられたが、負けることはなさそうだった。

ふっと、意識がなくなった。気づいた時は、脇腹の傷を縫われていた。

「傷は、はらわたに達しているか？」

「いえ。しかし、前に負傷されたところがありますし」

そうだ。スブタイとぶつかった時、剣を振った腕が、もうひとつ伸びなかった、という気がする。あれは、まだ傷が癒えきっていなかったからだ。

アラーウッディーンは、眼を閉じた。はじめて、周囲にいる者たちに身を委ねようと思った。

時々、眠りから醒《さ》めている。しかし、束《つか》の間《ま》だった。それが、何度も何度もあった。躰が揺れている、と感じたこともある。

少し長く、眼醒めていた。

どこかの、部屋の中にいる。声を出そうとしたが、出せなかった。

口に、濡《ぬ》れた綿が入れられている。それが、水を飲むことができない者に、水を与えるやり方であることを、アラーウッディーンは知っている。

水を飲むことができない時が、あったということか。それが丸一日とか二日とか続いたのか。

しかし、なぜ飲めなかったのか。

手を動かし、口にもっていった。それだけで、ひどく疲れたような気がした。なんとか、指でつまんで綿を口から引き出した。

全身に、懈《だる》いような、痛いような感覚がある。負傷していたのだ、と思った。馬回りの誰かが、脇腹を縫っていたことも、思い出した。

起きあがろうとしたが、躰が重く動かせなかった。

眠ったようだ。

眼醒めた時、数名の顔があった。いずれも、馬回りにいる者で、戦場以外で身のまわりの世話をする従者はいない。

また、口に綿が入っていた。それを取ろうとすると、誰かが抜いた。

「ここは、どこだ？」

なんとか、声は出た。

「阿抜島《あばつ》でございます」

大海《カスピ》の中の小島。浮かんできたのはそれで、しかしなぜいるのかは、わからなかった。

「私が負傷してから、どれぐらいの日が経《た》つ」

「八日目となります。死と闘われて、勝ち抜かれました」

八日が過ぎている。なんということなのだ。

死と闘いなどしなかった。ただ、うつらうつらとしていたのだ。自分では思わなかったほど、時を過ごしてしまった。その間は、死んでいたということなのではないのか。

「陛下、できれば、肉の煮汁をお飲みになりませんか？」

いらない、と言いかけた。実際、空腹のようなものは、まるでない。しかし、自分を見つめている眼は、ただ必死だった。

飲む、という言葉が、細々と出てきた。

小さな碗《わん》が、口に近づいてくる。いやな臭いがした。口に、わずかな液が入ってきた。薄いはずだが、ひどく濃く、肉汁ではないのか、と思った。次の瞬間、口から噴き出ていた。

口に綿を入れられた。水が垂らされ、口の中がわずかだが洗われた気がした。

眼を閉じた。

躰が宙に浮き、回っている。

どこに浮いているのか。どこへむかって流れているのか。

耳もとで、なにか言われた。わずらわしかった。

「黙れ」

　それだけ言えた。

　眼を開くと、宙に浮いていた躰が、もとに戻ってきた。

「戦況を」

「陛下、いまそれは」

「私は、なぜ阿抜島にいる？」

「追いつかれそうでしたが、船を用意していて、島に逃げたのです」

「逃げた？」

「ホラズム軍の一万五千騎、イナルチュク様の二万騎が撃破されました。スブタイとジェベの軍二万は、ほんとうにぶつかり合うと、大変な敵でありました」

「馬の違いか」

「すべてです。兵の練度も、皇子軍がようやく並べるぐらいだと思います」

　喋っているのは、ホラズム軍で最も古い、将軍だった。自分を守るために、そばにいたのだろう、とアラーウッディーンは思った。

「どんなふうに、やられた？」

「挟撃の中に、モンゴル軍を追いこみました。いや、挟撃を恐れずに、そこに踏みこんできた、と言っていいでしょう。前後一万騎に分かれ、それぞれにぶつかったそうです。二度のぶつかり合いで崩れはじめ、三度目には潰走していました」

「イナルチュクは？」

「潰走せずに、踏み留《とど》まろうとしました。それで、犠牲が大きくなったようです」

「私を、逃がすためか」

「援軍が来た段階で、なんとかなると思った俺の、大きな誤りでありました」

「私の傷の手当てなど、やってしまった。あそこで手当てをしなければ、私は死んでいたのだろうな」

　もう闘えない。そう思った。すると自分を締めつけているものが緩み、言葉が滑らかに出てきた。

「ここは、私が島に建てた、小さな家だな」

「はい」

「軍は？」

「四艘《そう》の船に乗れるだけの兵で、百名に満ちません」

「イナルチュクは、生きているか？」

「二百の麾下《きか》。それだけはまとまって離脱し、寿海《アラル》の南で、イナルチュク様の旗は揚がっています。兵も戻りはじめ、もともとウルゲンチ近郊にいた一万も合流しています。全軍でまだ二万足らずですが」

「ほかにまとまっている軍は？」

「ジャラール殿下の軍が三万。南のバルフ近郊で、そのあたりにいたモンゴル軍を追い散らして、北への進攻を考えておられるそうです」

「母上の軍は」

「いるはずですが、居所は摑《つか》めません」

アラーウッディーンは、頭の中で軍の配置を考えた。大きな打撃を被《こうむ》ったが、完全に負けてはいない。

いや、負けたという意味では、自分だけが負けた。戦場で死んでいて、当たり前だった。たまたま帝《スルタン》だったがゆえに、将兵ではあり得ないような救い方をされたのだ。

イナルチュクは、救援に来て犠牲を出したが、また軍をまとめている。

ジャラールッディーンが三万を指揮して南にいるというのは、やがて大きなことになるかもしれない。そして、どこにいるかもわからない、母の六万。

ジャラールッディーンについては、最後に本陣に訪ねてきた時、幕僚たちの前で太子に冊立《さくりつ》することを伝えた。自分が死ねば、当然、次の帝となる。

決めていてよかった、という気がする。その場にイナルチュクはいなかったが、幕僚の二十一名はいた。

いまは、サマルカンドもウルゲンチもない。アラーウッディーンの陣が、朝廷ということになるのだ。

ならばいま、この島の小さな家が、朝廷ということなのか。

自分が再び立って、軍の指揮をすれば。もう一度、チンギス・カンと闘うことができたら。

潰走した兵が、すべて死んだわけではない。自分がどこかで旗を揚げれば、集まってくる者は少なくないはずだ。

考えが、うまくまとまらなくなった。

「私は、何日も水だけで、生きていたのか？」

「出血が夥《おびただ》しかったのです。不敬はこの俺の首をかけ」

「違う」

言っただけで、息苦しさがこみあげてきた。

「躰に、力を戻したい」

気力を、奮い起こした。

「水と同じように、肉の汁を」

「はっ」

口に新しい綿が入ってくる。しみこまされた肉汁が、口の中に落ちてくる。汁ではなく塊《かたまり》のような気がしたが、アラーウッディーンは耐え続けた。わずかだろうが、呑《の》み下すこともできた。

しかし、二度目に呑み下そうとした時、綿と一緒に腹の中のものを吐き出した。

無骨な手が布を摑み、口のまわりを拭《ぬぐ》った。

「水にいたしましょう、陛下。いずれ、肉の汁もお飲みになれます」

綿が替えられた。

しばらくして、口の中に水が一滴落ちてきた。口ではない別のものが、洗われているような気がする。

長く眠ることがなくなった。眠っても、二刻ほどのものらしい。浅い眠りで、次から次に夢が訪れてくる。

不思議に、戦の夢は見ない。ウルゲンチの宮廷の中。城郭《まち》を歩く人々の顔。幼いころ、どこかで喪《な》くした小刀。母から許しを得て、飼いはじめたが、すぐに死んだ白い犬。夢をはっきり憶《おぼ》えているのに、それでも次々に忘れ、やがてなにもなくなったころに、また眠る。

そのくり返しだった。そして躰に入っているのは、わずかな水だけだった。

日の移りも、そばについている者に聞かなければ、わからなかった。

息が苦しい。胸の中で、なにかが破れたり詰まったりしている感じがあり、咳《せき》をすると、それが消えた。

そばについている者が、声をあげる。そして、赤い果実のようなものを、口から引き出した。血を吸った綿だった。

やはり、死ぬしかないのだ、とアラーウッディーンは思った。

それにしても、きれいな色をしている。眼に残る、鮮やかな赤だった。胸のどこかが破れ、出てきた血だ。

部屋に、そばにいる二名とは別の人間が、足音を忍ばせるようにして入ってきた。アラーウッディーンの前に立ち、拝礼する。

それから、脈を取った。しばらくじっとしていた。

「熱も、出しておられます」

「わかっている。私は静かに寝ている。それ以外に、なにかやりようはあるのか」

「傷も、開いてはおらず、膿《うみ》も持っておりません」

それでも、躰は驚くほど弱々しくなっている、という言葉を、医師は呑みこんだようだ、とアラーウッディーンは思った。

「長く、眠らなくなった。ここへ運ばれた時は、何日も眠り続けていたようだが」

「お気持を強く保《も》たれますように。お気持次第で、回復は早くなるものです」

「わかった。明日の朝、また診てくれ」

「お眠りになりますか、陛下」

「ああ。眠る以外に、なにもやらぬ」

医師が、拝礼していた。

アラーウッディーンは、将軍のひとりを呼んだ。

「おまえが、指揮をしている」

「はい、陛下」

「これから私が言うのは、帝としての命令である」

ここにいるのは、新しく来た医師以外、全員が軍人のはずだ。軍人にとっては、命令は絶対である。

「明日、夜が明けるまで、ここにひとりも入れるな。私はこれから、神と語らわなければならぬ。

いまは、語れそうなのだ。だから、覗《のぞ》いてもならぬ」

アラーウッディーンは、将軍に命令を復唱させた。

静かに、将軍が出て行き、ひとりになった。

しばらく眼を閉じていた。

戦のことは、考えなかった。果てしない湖を思った。この大海の端に、阿抜島はある。大海周辺の土地を奪ってから、それほどの歳月は経っていない。

寿海なら、子供のころから船遊びをしていた。アム河はいくつにも分かれて寿海に注ぎこむ。その分流のほとんどを、船で往復した。一番好きだったのは、城郭のそばの流れだった。河の幅は広く、水深もあり、城郭から突き出した岸壁には、荷を運んでくる大きな船も着いた。

「そろそろか」

アラーウッディーンは、声に出して呟《つぶや》いた。

起きあがる。寝台の上に座る。

口の綿は出した。血はついていなかった。

どれほど、そうやって座っていただろうか。胸のどこかが、破れる。躰の中で、なにかが駈け回る。そのすべてを、自分の躰の中だけに押さえこんだ。

暗い。誰も入れるなと命じてあるので、灯も入れられない。

闇に、なにかが漂っている。いや、漂っているのは自分か。躰のどこにも、重さを感じない。

時々、どこかに光が走る。なんだろう、と考えた。わかるわけはなかった。考えることなど、すべて無駄だと思えてくる。

無駄なもの。生きること。そうなのか。

闘うことは、遠い。夢だったのではないのか。生まれた時から、帝となる宿運だった。帝であることも、夢か。

人であることだけが、信じられる。

闇の中を、時々、白い光がよぎる。これが、すべてではないのか。闇の中によぎる、白い光。人の生など、生まれてから死ぬまで、そういうことではないのか。

神が、どこかにいるのか。深い信仰を持ったことはない。帝であることのように、生まれた時から、アラーが頭上にいた。

父はともかく、母はムスリムでさえなかった。

母は、まだ生きているのか。不仲だ、と装い続けてきた。それができるほど、仲はよかったのだ。ただ、心のどこかに畏怖がある。

闇。白い光。くり返された。

一度だけ、ぼんやりと視界が戻り、濃い闇の中に、動かず座っている自分の姿が、かろうじて確認できた。

闇。白い光。

白い光が、続けざまになった。

自分が、白い光に包まれるのが、はっきりわかった。

名を知らない大将だった。

したがって、その力量も知らない。

ジャラールッディーンは、南の山なみの麓のあたりに行った。麓と言っても、山なみは長大で、馬で駈けて何日もかかる。

アム河の源流域である。

三

斥候とは別に、水心《すいしん》の者たちの報告が入りはじめた。

将軍の名はシギ・クトク。新任ではなかった。チンギス・カンの麾下の軍の指揮官だった。一軍を率いるというより、チンギス・カンから離れることなく戦場で動くのが、任務だったはずだ。

チンギス・カン麾下の騎馬隊というのは、モンゴル軍の中で最も精強だった。それが騎馬は一万いて、さらに一万の歩兵を連れていた。

「方向から見て、テルメズかバルフあたりを奪《と》ろうというのだろう」

ジャラールッディーンは、本陣の幕舎の中にいた。テムル・メリクが、このあたりの地図を卓上に拡げている。

カラ・クム砂漠での、本軍同士の正面からのぶつかり合いは、モンゴル軍騎馬隊にいいように攪乱《かくらん》された。まともにぶつかろうとした父と、まず攪乱だけを考えたチンギス・カンとでは、戦のやり方は違っていたのだ。

父のやり方が正しいかどうかは、結果から言えることではなかった。圧倒的な大軍を擁しながら、歩兵を抱えている以上、腰を据えるしかなかった、と考えられる。

モンゴル軍は、騎馬隊をいくつにも分け、それぞれ違う方向から、突撃してきた。

決して隙のある構えではなかったが、八方向から同時に精強な騎馬隊が突撃してきたら、どこかは緩み、そこが大きな亀裂になっていく。

モンゴル軍は、その突撃に終始した。

父はさらに、一段深い罠にチンギス・カンをかけようとしたが、うまく行かず、西にむかって逃げた。

それを追ったのは、スブタイの軍である。途中からはさらに二軍が加わった。

父のもとにも、一度散った兵が集まり、再び大軍になっていた。

それからの策戦は聞いていないが、父は大海《カスピ》の東側深くに、スブタイを引きこもうとしたようだ。スブタイは、それに乗ろうとしながら、結局は乗らない、ということをくり返した。

あるところで、父もスブタイも、正面からぶつかる機だ、と思ったのだろう。

そして父の軍はまた敗れた。

ただイナルチュクが援護に駈けつけ、父は大海の中の小島に逃げたらしい。

負傷をしたというが、どれほどの傷かはわからない。

本軍も援護に来たイナルチュクの軍も、スブタイとジェべの軍に散々に撃ち破られた。

西部の戦線は、完敗という模様だろう。

全軍が出撃する前の本陣に、ジャラールッディーンは呼ばれ、幕僚たちに囲まれるようにして、父とむかい合った。

遊軍として戦場ではそばにいろ、と命じられると思っていたが、後継を告げられた。つまり皇太子として冊立《たて》られたことになるが、戦陣でのことで、儀式などはなく、ただ告げられ南部の軍の指揮を命じられた。

二万騎の指揮である。

バルフの近郊に、一万ほどの軍がいて、それも指揮下に入るが、歩兵だった。

敵がどこに来るか寸前までわからないので、歩兵は守りには遣いにくい。

二万騎で、シギ・クトクを迎えよう、とジャラールッディーンは思った。

それにしても、シギ・クトクの一万騎は、どこにいたのか。

やがて、その一万騎が、ジョチの軍であることがわかった。

「病だと？」

テムル・メリクにむかって顔を上げ、ジャラールッディーンは言った。

本営の幕舎である。

この南の地域の、どこかの城郭に本営を置くことを避け、原野を選んだ。ひとつの城郭に二万騎を入れるのは無理で、どうしてもいくつかに分散することになる。

「ジョチ将軍と、副官のツォーライが、わずかな供回りで軍を離れ、オトラルにむかったということです」

「オトラルにある、モンゴル軍の養方所か」

「でしょうね。病はかなり篤《あつ》いと考えられます」

「どういう病かは、わからないのだな」

「顔色が、ひどく悪いそうです。土気色というか、明らかに以前とは違うようです」

「なぜ、私のところに連れてこない？」

「これは、殿下がなさることではありません。俺が聞き、必要なことを報告します」

「おまえが、情報のすべてを握るのか？」

「はい。確認しなければならないものは、確認します。あとは、太子となられた殿下が、俺を信用されるしかないのです」

「おまえとは、心で繋がっている。はじめて旅に出た時から、そうではないか」

「はい。俺は、そう思っています。しかし殿下はいまや、お立場があります」

「言っている意味はわかるが」

「戦は、殿下がなされなければならないことの、一部にしか過ぎないのです。いまはモンゴル軍が侵攻してきていて、民政など、半分は持っていかれていますが、打ち払えば、ここはすべて殿下の国になるのです」

「そうは言ってもな」

「たやすいことではありません。サマルカンドにいるバラクハジと、連絡を取ろうとしても、なかなか難しくなっています」

バラクハジがいて、皇子軍は装備を整えることができた。たった三百騎余だが、軍を維持するのは大変なことだ、と実感させてくれたのだ。

バラクハジは、軍人にあこがれを持っているが、素質は文官のものだった。皇子軍については、文官として力を傾けながら、ともに闘っていると感じることもできたようだ。

しかし、チンギス・カンに、おかしな認められ方をした。

サマルカンドで民政に関わり、それなりの力を発揮している間に、いつの間にか身動きができなくなったようだ。

二度、長い書簡が届いた。苦しんでいたようだが、皇子軍は皇子軍で、その維持に苦労していて、バラクハジに過酷な要求をしていたような気がする。

ジャラールッディーンは、返書を出していない。戦で、命をかけているのだ、という気持があった。文官の仕事など、楽なものだろうという思いが、どこかにあった。

太子に冊立され、全体を見つめるようになってはじめて、民政がわかりはじめたような気がする。

「テムル・メリク、すべては、戦に勝利できるかどうかなのだ」

「わかっております。ホラズム軍が優勢になれば、バラクハジも動きやすくなります」

「チンギス・カンというのは、測り難い男だな。サマルカンドは、陥《おと》してしまえば、もう関心もないというかたちだった。そんな気がしてしまう。しかしどこかで、しっかりサマルカンドを締めあげているのだ」

「まったくです、殿下。意外に、優れた文官が各地に入っているようです。ボオルチュという、戦以外のことを仕切っている男がいるのですが」

「わかっている。そのボオルチュが、モンゴル軍の強さを支えている、と私はずっと思っていたのだが、戦に気を取られたな」

「チンギス・カンと、その下にいる将軍たちばかりを、これまで見ていたような気がします。それは、殿下も俺も、同じです」

「これから、前をむいて進まねばならぬ」

「はい。しかし、いまはこちらにむかっている、シギ・クトクの軍とどう対するか、ということが大事だと思います」

「ジョチの軍か」

「シギ・クトクについては、いまはなにもわかっておりません。ただ率いているのは、ジョチの軍です」

「父上は、阿抜島へ渡られて、それから先のことは、わからん。怪我《けが》がどれほどのものかもな」

「前にも、負傷されました。それに、病もお持ちです。戦の前に、殿下を後継に定められたお心は、推察できます」

帝になるより、軍指揮をしたかった。帝になると、面倒なことが多くあると、予測はできた。そしてそれは、自分に合ってはいない。

信じ難いほど手強《てごわ》い相手だが、チンギス・カンを討ち果せさえすれば、ホラズム国はかつてないほど強大な国になる。

チンギス・カンも人の子だ、とジャラールッディーンは思う。どこかに隙はあり、ぶつかっていれば、采配を誤る時もあるはずだ。

シギ・クトクは、歩兵と離れることなく進軍してくる。したがって、行軍の速度は歩兵に合わせてあった。

「あと三日か」

ジャラールッディーンは陣内を回り、ついでに、陣外五里ほどのところに野営しているマルガーシの隊にむかった。

見張りは置いていたが、ジャラールッディーンは誰何《すいか》されることはなかった。

三十騎ほどが陣にいて、残りの三十騎は馬を駈けさせているようだ。

幕舎もなにもない。斥候の隊が野営している、というふうに見えた。

マルガーシは焚火《たきび》のそばにいて、木片を小刀で削っていた。それはまだ人形のかたちにはならず、かすかにかたちがつけられているだけだ。

「三日で、シギ・クトクの軍が到着する」

「二日だな。それに備えろ、ジャラール」

「途中で、歩兵に先行するか」

「騎馬隊の力を生かすためには、そうすると思う」

「私の言ったこと、考えてくれたか」

マルガーシの隊で、ジャラールッディーンの麾下を作ろうという話だった。

「俺は、ホラズム国の臣下ではないのだ。麾下になる、という意味がない」

この話については、拒まれるだろうと思っていた。ジャラールッディーンが遊軍の動きができない以上、マルガーシも動きが封じられる。

ジャラールッディーンは、太子となってからの最初の戦で、マルガーシにそばにいて欲しいと思って言っただけだった。

「私は後継になってから、ひどく孤独だという気がする。前よりももっとな」

「あたり前のことだろう」

「父上が、どうなされているか、わからない」

「それをあれこれ考えても、無駄なことだろう」

「だよな」

「おまえの親父殿は、指揮に関しては、常に果敢だ。鋭さが、無駄になってしまうことも多い。人の気持は思わぬことに左右され、親父殿は、病というものに急《せ》かされている。だから無駄が出てしまう」

「言っていることはわかるが、父上は常に前をむいておられた」

「それだけでも、立派な大将さ」

「私とチンギス・カンがぶつかったら、躊躇《ちゅうちょ》せずに、チンギス・カンの首を狙え。私の代りをする兄弟はいるが、チンギス・カンの首はひとつだけだ」

「おまえは総大将なのだ。チンギス・カンとまともにぶつかり合うという情況になったら、それは負けているということだからな」

「多分、そうなのだな。決戦と思った時以外は」

「俺は木を彫っていて、よく自分の気持をかたちにしたがっているらしい。そうしているかぎり、戦場で自分を見失わずに済むと感じられるのだ」

「私には、彫るものがない」

「あるさ。戦そのものに、おまえは気持を彫りこめばいいのだ」

「おまえが、そんなことを言うのか」

ジャラールッディーンは、笑った。

「おかしいのか」

「いや。なんだか、憎らしい男を好きになりそうな気がしたのだ、マルガーシ」

「それで、俺にも好きになれ、と言うのか」

「マルガーシ、いまは私の方が大人であるような気がするよ」

気持をかたちにするなどと、マルガーシが言うとは思えなかった。出会った時から、どこか硬い鎧《よろい》のようなものをまとっていたが、いまはところどころで肌が見えている。

「時々、おまえがどうしているか、気になるよ、マルガーシ」

「戦場で、それは禁物だ」

「私は、数万の軍を率いなければならない。だから、気にしてもなにも見えないのだろうな。騎馬だけでも、二万だ。多過ぎる」

「三百も二万も、変るところはない。戦場でむき合うのは、自分ひとりさ」

冷たく笑うようなことばかりを言っていたマルガーシが、なぜか真剣に思いを伝えようとしている、とジャラールッディーンは感じた。

「おい、死ぬなよ、おまえ」

「俺は、とうに死んでいるぞ、ジャラール。死んでしまっているから、もう死にはしないのだ。それが、戦場に出る時の、俺の思いだよ」

「なるほど。マルガーシという男が、いまの言葉でちょっとわかったような気がする」

「埒《らち》もない」

「おまえは人間ではないかもしれない、と私は時々考えた。人間なのだよな、マルガーシ。おまえもチンギス・カンも」

「おっ、あの爺《じい》さんと並べてくれるのか、ジャラール」

「等しく人間なのだということで、私も並ぶね。敵も味方も全部」

テムル・メリクが、馬の容子を見てきた。マルガーシの隊にも、替え馬がいる。行軍中、自ら馬を連れていれば、引き馬という。馬匹の者に任せるのは替え馬である。

サロルチニとワーリヤンの隊も、替え馬は持っている。

二万の本隊に替え馬を与えるのは、到底無理だった。せいぜい、補充用の馬を三百頭ほど連れているだけだ。

ジャラールッディーンは腰をあげた。マルガーシが削っていた木片を差し出した。

「おまえも、削ってみるといい。大した意味はないが、無駄なことは考えなくなる。おまえには、ぴったりかもしれん、ジャラール」

抛《ほう》られた木片を、ジャラールッディーンは片手で受け取り、懐に入れた。

三日でシギ・クトクが到着すると言うと、二日だとマルガーシは言った。

一万の騎馬と一万の歩兵では、進軍速度があまりに違う。ある時から、騎馬が先行することは、充分に考えられた。

本営へ戻ると、一万騎に出動命令を出した。

マルガーシは、二日で到着すると言った。

すべてではないにしろ、ジャラールッディーンはマルガーシの考えを頭に刻みこんでいた。

二日で到着するというのは、どこかで歩兵と分かれるということだ。

先行して、こちらとぶつかってから、歩兵が入ってくる、ということを考えているのか。

ぶつかって、撃破する。そこに歩兵が入ってきて、占領の構えを作る。連続した戦と見えるが、本来ならば、別々の戦であるべきなのだ。

シギ・クトクは、それを同時にやろうとしているのか。その程度の相手と、見くびられたということか。

それが、シギ・クトクが見せている隙ではないのだろうか、とジャラールッディーンは考えた。

ぶつかってみるまで、わからない。

モンゴル軍騎馬隊は、どれも精強で、二倍の兵力でも対等に闘えるのかどうか、ジャラールッディーンにはわからなかった。

いままで、三百騎で、大軍の隙を衝《つ》き、相手のどこか一部を掠《かす》め取るような闘い方をしてきた。それが全体の戦況に影響するのは、標的である大将を討ち取った時だけだ。

二日経った。

斥候が、一万騎の出現を報告してきた。

北の地域を探り続けてきた斥候にとっては、出現したという言葉が最も適当だったようだ。

ジャラールッディーンは、即座に出動の命令を出した。騎馬隊の半数の一万騎は、すでに出動していて、シギ・クトクを挟撃できる位置にいる。

「なにか、こちらが望んでいる場に、シギ・クトクという男は入ってこようとしている。これは、最初に見せる構えだろうな」

「当然です、殿下。ぎりぎりまで、見きわめることが大事です」

テムル・メリクは、大軍同士のぶつかり合いの、片方の指揮に立ったことで、いくらか緊張しているように、ジャラールッディーンには感じられた。

「相手の大将は、チンギス・カンではない。シギ・クトクという、これまで将軍としての戦績も持たない男だ。睨《にら》み合いなど、する必要はない。私は、これから逃げる」

「逃げると言われましたか、殿下」

たったひと言で、テムル・メリクの緊張は解けてきたようだ。

「逃げるさ。その私を、シギ・クトクは追ってくる。あるところで、踏み留まる。シギ・クトクは、これぞ機と思うだろう。しかし、後方から一万騎が迫っていて、挟撃の中でモンゴル軍は全滅する」

「殿下、それは誰もが考える策です。シギ・クトクも考えているはずです。この策の三つか四つ先まで、モンゴル軍の将軍ならば、考えているはずです」

「だから？」

「敵の罠に、嵌《はま》るようなものです」

テムル・メリクは、本来の自分を取り戻しつつあった。

実際のところ、ジャラールッディーンは、まだなにも考えてはいない。なにが起きようと、落ち着いて対応しようと、自分に言い聞かせているだけだった。

四

冬越えについて、チンギスはなにも考えはなかった。

このあたりだ、と場所さえ決めれば、あとは想像する以上に、すべてができあがっている。

そんな流れの中に自分がいることを、いつか当たり前だと感じるようになっていた。

サマルカンド近郊である。

城壁もまともにない集落のそばだった。

アム河のそばの高台で、上流から水が引きこまれ、本営を通って下流に流れる。ナルスは、そういうことにうるさくなったらしい。河のそばに営地を作り、上流から下流に支流を作り、それが営地の中を通るようにする。人の糞尿《ふんにょう》などは、すべてそこで流れる。人の暮らしで出るもののほとんども、そこで流される。食い残し、料理を作ったあとの素材。そんなものは流してしまう。

上流側の方には、兵たちが躰を洗うことができる溜《たま》りもある。

そしてオトラルにある養方所から、医師が三名、補助をする者とともにやってきて、風通しをよくした幕舎で、病人や怪我人を診ることになっている。

放っておくと、チンギスが暮らす建物では、石の床の下に煙を通し、床そのものが暖かくなる仕掛けを作りかねなかった。

それはやめろと言ったが、部屋の中で薪《まき》を燃やすということまで、やめようとはせず、チンギスも結局、根負けをした。

部屋で薪を燃やされると、それはそれで気持のいいものだと知った。煙をどうするのだとチンギスは思ったが、鉄の筒が天井から降りていて、煙はすべてそこに吸いこまれていくのだった。

陣を、病とは縁のないものにしたい、というのはカサルの考えだった。

余裕を持たせた陣立てで、風通しが大事なのだと、カサルは言った。

チンギスはそんなことは考えたことがなく、弟の言うことだと思って受け入れたが、実際に流行《はや》り病などは減り、いまではモンゴル軍のやり方になっている。

居室と決められたところに、チンギスはいた。

冬にはいくらか間があるが、すでに薪が燃やされていて、室内は心地よく暖かかった。

ソルタホーンが許した者だけが、居室の隣にある、謁見《えつけん》の間と呼ばれる部屋にやってくる。

チンギスは、冬があまり好きではなくなった。寒さに身をふるわせるということが、いつのころからかなくなったのだ。

温々《ぬくぬく》とした場所が、いつも用意してある。女の躰の温もりさえ、そこではわずらわしいものと感じてしまう。

外に遠乗りに出かけても、野営では必ず幕舎が張られ、中には炭が赤く燃えている。

寒さに身を晒《さら》すことなど、年齢を考えても論外だ、と周囲の者たちは言う。ソルタホーンはそれに、いささか同情するような眼差しをむけてくる。

アウラガ府からの使者が、続けざまに二度やってきた。

アウラガ府に、チンギスが決定しなければならないことは、ほとんどありはしない。こんなふうに決定したと、ボオルチュから知らせてくるだけだ。

二度目の使者は、そういうことではなかった。

クビライ・ノヤンが死んだ。

長く、ジェルメと二人で軍の統轄をしていたが、病を得た。いずれは戻ってくるだろうと思っていたが、戦の日々で、見舞う機さえ失っていた。

ジェルメの書簡も、その使者は届けてきた。

クビライ・ノヤンは、とうに死んでいた、とジェルメは書いていた。病を得て、左手と左脚が自由に動かせなくなった。その時に、クビライ・ノヤンが死んだというのは、チンギスにもなんとなく納得できた。

左利きで、左箭《させん》という綽名《あだな》を持っていた。左手で引く弓の強烈さは、並ぶ者がいなかった。しかし左箭も、昔の綽名だった。

長く、戦場に立つことはなく、アウラガの本営で、新兵の調練とか、犠牲が出た軍の再編とかをしていた。将校などの選抜の仕方は、ジェルメより確かだった、と言えるかもしれない。

居室に戻ると、ソルタホーンがやってきた。

「古い将軍がいなくなる。これは、仕方のないことですか、殿」

「おまえは、母上の営地でよく会った、と言っていたな」

「アウラガにおられる時、しばしば訪ねてこられました。あそこにいたのは孤児でしたから、それに気持を傾けるという感じでした」

十五歳で祖父が死に、それから天涯孤独である、と言っていた。軍が、新しい家族のようなものとも言っていた。

「ジェルメの書簡があった。ジェルメは、別れに行き、一度だけ顔の傷を撫《な》でたそうだ」

額から鼻にかけて、見事なほどの大きな刃傷があった。よく死ななかったものだと思ったが、祖父が傷を縫い、丸一日、布を当てて押さえていたのだ、と言った。それで、血が止まったらしい。

「クビライ・ノヤン殿は、いつも俺を蹴り飛ばされました。それはホエルン様の営地から軍に入っても、同じでした。上級の将校に上がったころから、会っても笑いかけてこられるだけになりました」

「それが、もの足りなかったか」

「というより、切なかったのです。なんの理由もなく、ただ蹴飛ばされていたので、いつまでもそうして欲しいと思っていたのですが、髪や髭《ひげ》に白いものが見えるようになって」

「なにか、理由があったのさ。クビライ・ノヤンなりに」

「あれほど蹴飛ばされたのは、俺だけでしたよ」

見ると、ソルタホーンが涙を流していた。それだけで、ほんとうの家族がクビライ・ノヤンにはいたのだ、とチンギスには思えた。

「ソルタホーン、革袋三つだ」

「それはいけませんが、ひとつは俺が飲むことにしますか。高が酒ですから」

涙を拭って、ソルタホーンが笑った。

南の敗報が届いたのは、それから数日後だった。

シギ・クトクの軍である。もともとジョチの軍で、指揮官だけが交替した。

相手は、ホラズム国王後継の、ジャラールッディーンである。

アラーウッディーンは、大海《カスピ》の阿抜島というところで死んだ。スブタイとの戦で、重傷を負ったようだ。ただ、イナルチュクの援軍が到着し、ぶつかり合いの間に、逃げた。

阿抜島というところになにがあるのか知らないが、スブタイは攻めにくかったのだろう。イナルチュクの軍も、もともといたアラーウッディーンの軍も、潰走させていたが、その間に阿抜島から人影が消えたという。

幕僚たちが、脱出する前に、アラーウッディーンの死骸を大海に沈めたことがわかった。

島民は百名ほどで、漁労を生業《なりわい》にしているという。

スブタイは島内を調べ、西の戦線から撤収した。

大海沿岸の大きな集落には、耶律楚材《やりつそざい》が送りこんだ、民政をなす者たちが入った。

ウルゲンチには、送りこまれた者が数百名いて、それは多すぎたのだが、大海の周囲に散らばると、ようやく適正な規模になった。

チンギスは、大海を見ていない。見に行こうと思えば、たやすいことになったが、どれほど大きくても、周囲を陸に囲まれた湖なのだという。

かつて東進し、陸の果てまで行った。そこに拡がっている海は、広大で荒々しかったが、やはり果てがないとは思えなかった。

陸にも果てがあり、海にも果てがある。陸と海が入り組んであるが、しかしそれだけなのだ。どこまでも果てがないと思えるのは、天だけだ。天は、見あげると常に見えていて、ほんとうは見えていない。

狗眼《くがん》の者たちからの、戦の情況の説明が届いた。

シギ・クトクの長い報告書も届いた。

それを、何度も読んだ。文と文の間に、隠れているものはないか。どこが、負けた戦の真の姿なのか。

戦場が、見えてきた。

シギ・クトクは、チンギスが西征に進発した時から、麾下の軍の指揮をしていた。ソルタホーンが、その能力を認めた、ということである。

孤児だったようだが、妻のボルテの営地で育った。母のホエルンの営地で育ったソルタホーンとは、どこか気質が違っていた。学問所にも一年通い、民政をやらせても充分な力量がある、とボオルチュの報告にもあった。

麾下の指揮をさせる、卓越した才も持っていた。

ホラズム戦の間、麾下はこちらが思う通りに動いていた。

そして、ジャラールッディーンの本隊、二万騎とのぶつかり合いは、終始、シギ・クトクが押している。

ただ、戦況を変える一撃に、意表を衝かれたように受けた。

皇子軍である。

二百騎。これは、指揮する者を、ワーリヤンとサロルチニと言った。シギ・クトクの対処は間違っていない。どう攻めてこようと、百騎に対して二百騎で打ち返した。

しかし、マルガーシの隊がいた。わずか六十騎で、補充も受けていないが、なにか独特の力を持つようになっていた。

六十騎をどう見るか。数の上では、小さな隊である。

しかしチンギスは、かつて五十騎の隊に散々に撃ち破られ、死すれすれにまで追いこまれた経験がある。

玄翁《げんおう》の軍。傭兵《ようへい》と称していたが、それはかたちだけのもので、剽悍《ひょうかん》な獣の一頭としか、チンギスには感じられなかった。

シギ・クトクは、皇子軍については、しっかりと頭に入れていた。頭に入れることと、肌に刻みこむことが、まるで違うとわかるほど、実戦の経験は積んでいなかった。

チンギスは、馬を出した。

馬上で考える。それは、子供のころから身についていた。

秋が、深まっている。

原野は淡い色で、砂漠の色に似てきた。チンギスは、軽快に駈けた。一日に二刻は、必ず馬を駈けさせた。どれほど忙しくても、チンギスが駈けると言えば、誰も止めない。

どこかに護衛がいるのだろうが、見えるのは馬回りの二百騎だけである。

ソルタホーンは、弓矢を警戒していた。

皇子軍とぶつかり合い、ジャラールッディーンの首を奪れるかと見えた時、矢が飛んできた。十矢ほどで、一矢が兵のひとりを貫いたが、残りは全部払い落とした。そして、馬回りの者たちに囲まれそうになったジャラールッディーンを、マルガーシが救出すると、風のように去った。

見事なものだ。皇子軍の三百騎は、精強きわまりない。イナルチュクの軍にも、四百騎ほどがいて、トルケン太后の軍にも三百の遊撃隊がいて、女隊長が率いていた。

「ソルタホーン、あの女隊長は、捕えたのではなかったのか？」

ソルタホーンが、馬を寄せてきた。反対側には、ボロルタイがいる。

「いまだ、完全に捕えてはおりません。ブハラの牢城《ろうじよう》にいますが、生きるという意欲が異常に強く、しかし助かるために屈服は絶対にしないので、完全には捕えていないのです」

「与えられた飯は食うか。しかし取り調べようとすると、暴れるか」

「部下をひとり引き出して剣を突きつけ、大人しくしろと言ったようですが、無駄だったようです」

「そんなことは、よせ」

「五人までやり、やめたと言っております」

「もうしばらく、牢城だな」

三刻駈け、本営に戻った。

馬の手入れをする。

居室の隣に、ソルタホーンほか、数名の将校を呼んだ。

「シギ・クトクに、あの地で踏み留まれと伝えよ。二千騎の補充は送れ」

誰も、意外そうな表情はしなかった。ソルタホーンは、あからさまにほっとした表情をしている。

「ボロルタイ、おまえは部下を五名連れて、シギ・クトクのもとへ行け。役割は副官。シギ・クトクがすでに副官を決めているなら、召還しろ。大敗の責めは負わせぬが、百人隊長ぐらいからやり直させろ」

「副官はついておりません。選ぶより先に戦闘がはじまり、敗れて三十里後退したあとは、とても選ぶことはできないでしょう」

シギ・クトクは、自裁の許可を求めてきたが、チンギスは許さなかった。

「ボロルタイ、雪解けに、南の戦線は結着をつける。それまでに副官としてやることが、多くあるはずだぞ」

「はい。南へ行きます」

直立して、ボロルタイが言う。

チンギスは部屋を出て、居室に入った。

ソルタホーンが追ってきて、革袋を三つ卓に置いた。

「気前がいいな、おい」

「ボロルタイも呼びます」

「ふん」

「戦ですから。なにが起きるかわかりませんので」

「シギ・クトクにボロルタイをつけるというのは、反対ではないのだな」

「ボロルタイの遣い方が、絶妙です。感心しますよ。ヤルダムの時もそうでしたが」

「遣っているとは思っていない。ともに闘っている、というつもりだ、俺は」

「シギ・クトクは、ボルテ様の営地の出身で、ホエルン様の営地出身の俺たちとは、どこか違うのですな。まず、頭で考えてしまうというところが、あるのですよ。六十騎ほどのマルガーシは、ただそれだけの隊だと思えたのでしょう」

「もう言わなくていい、ソルタホーン。六十騎の力が、身に沁《し》みただろう」

「春には、南へ出られますか」

「いまは、そのつもりだ」

「また冬を越せば、情況はだいぶ変ると思います。民政がかなりの地域で生きはじめるでしょうから」

「そうだな。俺は、もっと戦に手応えを感じたいのだが」

「マルガーシの六十騎がおります。シギ・クトク軍の中に、現われては消えたという、あの動きを、殿のまわりでもできるかどうか。マルガーシが狙っているのは、シギ・クトクの首などではなく、殿の首なのですから」

「おまえ、これから来るのは、冬だ。春のことを語る前に、冬になにをやるか考えろ」

「考えます。これから冬を迎えて、またひと皮剝《む》けなければならない、男とも言えない小僧も来ますから」

甥《おい》どころか孫の数が何人なのかも、チンギスにはよくわからなかった。

五

南からの甘蔗糖《かんしよとう》が、海門寨《かいもんさい》を経由して、保州館《ほしゆうかん》に運ばれてくる。それを定着させることができるのか。

海門寨、礼忠館《れいちゆうかん》を差配するトーリオと、ヤルダムは何度か話し合った。

一度は海門寨に出かけて行き、屋敷の風呂にともに入ったりした。

相当な規模の倉庫群が海門寨にあり、南から運びこんだ甘蔗糖は、そこでかなり蓄えることができると見えた。

南からの甘蔗糖を、安定して手に入れる方法ができあがりつつある、とトーリオから知らせが来ていた。

海門寨には、大同府《だいどうふ》と沙州楡柳館《さしゆうゆりゆうかん》の間を結ぶ物流を、差配している男がよくやってきた。侯春《こうしゆん》という。会議を重ねたらしい。

南から、どうやって甘蔗糖を出すかは、秦広《しんこう》という人物が統轄し、内陸の平地に切り拓《ひら》いた広大な甘蔗畠《ばたけ》と、百に及ぶ甘蔗糖の製造所の連携が整えられ、二本の大河を下って海に出、海門寨に運ばれることになったのだ。

いまのところ、船の半数が礼忠館船隊のもので、残りの半分が傭船なのだという。

甘蔗糖の、陸上移送の道を整えなければならない。

「三艘が、湾外に来ています」

ヤルダムは、モンゴル軍の兵站を一手に引き受けている、チェスラスと話をしていた。

チェスラスと連携し、すべての街道の差配をしているオルギル駅長も、こちらにむかっている。隻腕《せきわん》で、将軍であるが、みんな駅長と呼ぶ。オルギルは、陳高錬《ちんこうれん》の代理である。

ヤルダムは、チェスラスと岸壁に出て、入ってくる船を眺めていた。

副官の楊剣《ようけん》が、笑いながら近づいてくる。

「場は整えてあります。『酔面《すいめん》』の周辺に、おかしな者はおりません」

「まあ、保州におかしな者など入って来れるわけがない。桓州《かんしゅう》の東部方面司令部には、怪しいやつが何名かいるようだがな」

「なにかやれば、尻尾《しっぽ》を摑める。それを手繰《たぐ》れば、何者なのか見えてくる。まあ、完顔遠理《かんがんえんり》のような化け物に辿《たど》りつくことなど、ないだろう」

「いつまで、泳がしているつもりですか、殿」

「手繰ることは、狗眼の者たちがやってくれますが」

狗眼の、東部の支所は、桓州の大きな妓楼《ぎろう》の奥だった。

侯春が、大同府で、書肆《しょし》と妓楼をやっていると聞いて、一時は驚いた。

しかしそういう組み合わせがないわけではないのを、『酔面』で知った。

一階は、食堂か居酒屋なのだが、二階には小さな部屋があり、女たちがいた。『酔面』の建物の奥には、荘里廃《そうりはい》の家があり、それこそ、書肆と言えるほどの書で溢《あふ》れていた。

荘里廃は闇米の道と繋がっていて、それが発覚していった時、水死した。自裁だと狗眼の者たちは言ったが、役に立たないので処分されたのかもしれない。

娘の荘菜華《さいか》は三十を過ぎた女で、父親よりずっと小物だった。躰と仕草にそそられ、そのまま『酔面』に囲って、自分の女にしている。ヤルダムの仕事には、なんの支障も起きていない。多忙だが、二日に一度、荘菜華の躰を愉《たの》しむほどの余裕はあった。

一艘目が接岸し、二艘目の接岸の作業にとりかかっていた。

渡り板からはじめに降りてきたのはトーリオで、次に知らない男、そして侯春と続いた。

やあ、とトーリオが声をかけてくる。

はじめの船の船頭は、李央《りおう》だった。二艘目は茅知菓《ちちか》で、三艘目がその夫の呂顕《りよけん》だった。二人が夫婦になったというのは、トーリオからの書簡で知った。

茅知菓は、トーリオの母、ラシャーンの従者になった時から、別人のようになったのだという。ほんとうの姿が、引き出されたらしい、とトーリオは言っていた。

ヤルダムは、一度だけ、海門寨へ行った。

海上の輸送の速さを体験してみたかった。その時の船頭が茅知菓だった。毅然《きぜん》としていたが、どこか漕手《そうしゆ》たちにやさしかった。

ラシャーンとは、海門寨の屋敷で一度だけ会い、四刻ほど話した。

部屋を退出する時、かけられた言葉を、ヤルダムはひと言洩《も》らさず、鮮明に憶えている。ラシヤーンは、眼を閉じ、静かな口調で語った。ほとんど懐かしむような口調だと、ヤルダムは感じた。

私の夫はタルグダイと言い、草原の頭領のひとりだった。長く、チンギス・カンと闘い続け、勝てば草原の覇者になるという立場にまで立った。しかし、負けた。

負けたところから人生がまたはじまり、この地で馬忠《ばちゅう》と礼賢《れいけん》という名で、物資を動かすことで生きた。二人で築きあげた礼忠館を、トーリオが継ぎ、いまに到っている。

自分を、チンギス・カンの孫だと知って、言ったことだろう。

ヤルダムは、あの時からラシャーンに会っていない。骨格のがっしりした、瘦《や》せた老女で、白髪が印象的だった。昔は極端なほど肥《ふと》っていたのだ、とトーリオは言った。

「オルギル駅長とタュビアンは、扶余《ふよ》で落ち合って、こちらへむかっている。三日前の鳩《はと》の通信だから、もう来るころだ」

トーリオは、見知らぬ男を、秦広だと紹介した。南の小梁山《しょうりょうざん》と呼ばれる地で、甘蔗糖の生産を統轄している男だ。

三人を、宿舎に連れて行った。

蕭真気《しょうしんき》という男の屋敷だったところで、客人が宿泊できるように部屋が作ってあり、会議の部屋もある。

「今夜は、宴《うたげ》だ。夕刻、俺が迎えに来る」

「ほう、ここや保州館ではなくか」

「ありきたりの飯ではなく、とびきりうまいものを食わせてやるよ、トーリオ」

「知ってるだろうが、ヤルダム。俺は海門寨の屋敷では、結構うまいものを食っている」

「魚が食いたければ、当然、魚もある。肉も。食堂なのだ。味が独得で、俺の女が三人ばかりを使ってやっている」

「賊徒の女を、堂々と情婦にしているというのは、ほんとうなのか」

侯春が、呟くように言った。

「ほう、チンギス・カンの孫にあたるあなたが、そんなことを。普通は、祖父《じい》さまのことを考えたら、萎縮してしまいそうなのに」

秦広という男が、ヤルダムを見つめてきた。

「豪快か、少し馬鹿か、どちらかという気がする」

「ただの馬鹿さ、秦広。そして俺、おまえで喋るのが、ここのやり方だ。あなたなどという言葉は遣うなよ」

「なるほど。わかった。船の上では、退屈だった。海門寨からトーリオと侯春が乗りこんでくると、ちょっと話はできたのだが。海は多少荒れていたようで、俺は船がどうなるのか、気が気ではなかった」

「どうにもならないのが、心配なのか。確かに自分の力ではどうにもならず、だから諦めて開き直った方がいい、と俺は思っている」

「面白いな。夕刻までには、まだ間がある。俺と話さないか、ヤルダム」

「南の国の話、聞けるものなら、聞きたいな」

秦広が、ちょっと笑った。

ヤルダムは頷《うなず》き、庭の東屋《あずまや》の方へ行った。

もう寒い季節になっている。楊剣が気を利かせ、炭を運ばせた。それに鉄瓶をかけ、容器も二つ持ってきて、いつでも湯を飲めるようにした。

「ありがたい。南の国は常に夏で、雨が多いか少ないか、という季節しかない。寒さだけは、馴《な》れずにつらいのだ」

「暑いと言っても」

「身を晒すと、驚くさ。最も涼しい日でも、ここの真夏より暑いはずだ」

秦広は、無骨な両手で、碗を包むようにして持っていた。

六刻以上も、喋った。

南の国の情景や人々の表情が、思い浮かぶと感じられるようになり、秦広の話がうまいのだと思った。

ヤルダムは、自分のことを語った。

そんな話をしたことはなかったので、思い出しながらぽつぽつと喋ったが、秦広は文句を言わなかった。

コンギラトという草原の部族で、北の方にいる有力な家に生まれた。草原と言っても、南北に長い大興安嶺《だいこうあんれい》山系の麓に位置するところだ。

雄族と言われていた父の家は、チンギス・カンの娘を娶《めと》ることで、草原でも重要な一族になった。チンギス・カンが草原の覇者となった時、信じられないほどの大領地を有していたという。

幼いころから、学問はやらされた。武術の稽古の方が、好きだったのは確かだ。

十四歳の時に、軍に入りたいと両親に懇願すると、大叔父のカサルに預けられた。そこでなにかを試されたのだろう。

軍で、さまざまなことをやらされた。スブタイ将軍のもとにいた時が、気持は一番平穏だったという気がする。

「軍指揮の経験など、ほとんど無いに等しい。とにかく、駈け回ったという気がする。特に祖父さまは、容赦なく俺を駈け回らせた」

「それで、この場がいるべきところか?」

「わからないな。どこにいても、わからないという気がする。チンギス・カンの孫だというのは、どこにいても変らないがな。時化《しけ》た海みたいに、自分ではどうしようもないことだよ」

「気持はわかってやれないが」

「俺も、暑さはわからん。南の国に行ってみたいと思うが、それほど暑いとはな。トーリオは、海門寨もここよりずっと暑いと言っていた」

「だろうな。しかし、ここからさらに北に、多くの人が暮らしている。冬など、寒すぎて俺は気持を萎《な》えさせてしまいそうだ」

「俺も、どこかに潜りこんで動かない」

「それにしても、おまえの祖父さまは、ずいぶんと動き回る。そして、闘い続けている」

「祖父さまが戦を好きだとは、俺には思えないのだ」

「ほう」

「なにか、受け入れられないものがあるのだ、という気がする。俺は、そう感じていた。もっとも、長くそばにいたわけではなく、遠くから見ていた。祖父さまがどうのなどという話をすると、すぐに大人たちに窘《たしな》められたと思う」

「少しだけ同情してもいいか、あのチンギス・カンの孫であることに」

「大いに同情して貰《もら》いたいな」

気づくと、陽《ひ》が落ちかけていた。

ヤルダムは、三人を案内して、『酔面』に連れて行った。それぞれの副官や従者もついてくる。

タュビアンとオルギル駅長はすでに到着していて、チェスラスも入れて全員が揃《そろ》ったことになる。

「甘蔗糖を、もっと細かく配分する必要がある」

ヤルダムは、大広間に改造した二階で、立ちあがっていきなり言った。

「商いの道も、相当複雑になってきた。だから、細かく検証しなければならない。それらとは別に、わが国には兵站という大仕事がある。それは、いつまでも尽きることがないと思う」

全員が、まだ酒も飲んでいない。

「陳高錬は、戦場の中で西への道を拓いていて、流れ矢に当たり、負傷した。いまは、オトラルにある養方所にいて、ここへは来られない。道に関しては誰よりも詳しい、オルギル駅長に代りに来て貰った」

タュビアンが、陳高錬のことを言った時だけ、口もとに笑みを浮かべたような気がした。

「耶律楚材は、こういう集まりには出ない。別に気取っているわけではなく、俺たちと立場が違う。今後、耶律楚材が最終決定をすることも多くなるだろう。同情に値するが、あのボオルチュ殿の仕事を、少しずつ受け継ぐのだからな。忙しいだけではない。やつは、ひとりきりでいなければならん」

全員が、頷いたように見えた。

「明日から、三日間ぶっ通しで、今後十年の物流全般について、道端の草一本のことまで話し合う。そして、決められることは決めてしまう。酒を飲むのも、今夜だけにしよう」

座が、沸いた。

酒と料理が運ばれはじめる。それぞれの副官だの従者だのがいるので、広間は満杯だった。

「おい、ヤルダム。ここがおまえの女のやっている店か。さっき挨拶《あいさつ》を受けたのが、おまえの女か」

「ああ、そうだ、侯春」

「認めよう。床の中ではとてもいい女だよ。性格は、よさそうではない。ヤルダムにはもうしてやらんが、女と知り合いたければ、俺に言え。俺は妓楼をあちこちでやっていて、女はそれこそいくらでも集まってくる。どんな女でもだ。なんとかして欲しい時は、俺に言え。ただし、妓楼にただで上がろうというのは駄目だ」

副官や従者が、方々で声をあげた。

それではじめて、ほんとうに座がやわらいだ。

六

隙があり過ぎる。

それはつまり、隙がないということだ。

冬の間、営地を動かないチンギス・カンを近く遠く調べ、マルガーシはそう思った。

日に一度は、大抵馬を駈けさせていた。どこから来るのかわからないが、本営の建物の中に女が入っていくこともある。

たまに、馬を駈けさせた時、野営をすることがあった。その時は、営地よりも遥かに警戒は厳しく、五里以上近づくのは、きわめて危険だった。

ジャラールッディーンに命じられて、チンギス・カンの動静を窺《うかが》ったわけではない。勝手にやっていたことだ。

ジャラールッディーンは、北三十里のところに陣を構え、決して動こうとしない、シギ・クトクの軍を崩すことはできないか、と腐心しているばかりだった。

シギ・クトクは、二千騎の補充を受け、もとの兵力に戻っていた。

崩し難いのは、伴っていた歩兵と、騎馬を組み合わせて構えているからだった。

二度ほど、ホラズム軍は攻撃をかけたが、たやすく撃退されている。

もはや皇子軍ではなく、ホラズム軍そのものだった。

アラーウッディーンは、パルワーンにおける戦捷《せんしよう》の知らせを聞かずに、死んでいった。幕僚たちに阿抜島という大海《カスピ》の小島に運ばれた時から、死にかかっていたのだとマルガーシは思った。病もあった。

ジャラールッディーンは、帝に即位した。

そして、散っていたホラズム軍が集まり、七万を超えてきた。

ただ、大軍を恃《たの》んで攻めかけるような愚を、ジャラールッディーンは犯さなかった。寡勢だが、シギ・クトクの軍は、無気味な闘気を漂わせていたのだ。それが警戒すべきことだとは、テムル・メリクもワーリヤンもサロルチニも、充分に理解していたはずだった。

雪解け近くになり、トルケン太后の軍が合流してきて、兵力は十万を超えた。

ほかに、イナルチュクはまだ五万ほどの軍は維持しているだろう。

もともと、こちらの方が多勢だった。

いろいろな局面でぶつかり合いをしたが、大きく勝ったのはパルワーンの戦だけだ。

それで、パルワーンの周辺の城郭は、侵攻したモンゴル軍には靡《なび》かず、徹底抗戦でかなりの地域がまとまった。

そういう中で、雪解けになると、チンギス・カンはさりげなく決戦というものに踏み出してきた。

マルガーシは、ホラズム軍から離れ、シギ・クトクの動向が感じとれる、近くの涸川に潜んでいた。さらに離れたところで、馬匹の者が全員の替え馬を用意している。

シギ・クトクの軍には、どこからか歩兵が二万合流してきた。これは本軍の斥候などは早くから発見していただろうが、涸川のマルガーシにはいきなり現われたように思えた。

チンギス・カンの本隊が、近づいてきている。二軍がついていて、茶色と紺色の旗である。スブタイとジェベの軍がついている、ということになる。

「ユキアニ、流れ矢に準備をさせておけ」

「斥候が近づいたら、全員射落とすのですね」

ユキアニは、すっかり副官といったところだが、六十騎には不要で、隊を二つに分けた時の片方の指揮をする。

モンゴル軍は、動かない。ホラズム軍の方から、近づいていく。

軍ではなく、地そのものの響きが伝わってくるようで、不穏なものに満ちていた。

静まり返っているモンゴル軍は、やはり左右から攪乱する方法を選ぶのか。

正面に歩兵が三万で、チンギス・カンの旗はその中にいた。馬回りと麾下以外、騎馬の護衛はいないようだ。

マルガーシは、背丈の二倍ほどの岩に這《は》い登り、頂上で腹這いになった。

モンゴル軍は、歩兵の左右に一万騎ずついて、突撃の構えである。やはり、左右から交互に攻め続け、ホラズム軍が止まった時、正面の歩兵でぶつかろうということだろう。

ホラズム軍は、騎馬を正面に出し、ジャラールッディーンはその中央にいた。隙はない。なさすぎるほど隙はなく、左右からの攻撃でも対処し得る構えをとっている。そして、前進している。

いきなり、百騎が二隊、歩兵の左右に突っこんだ。ワーリヤンとサロルチニの隊。歩兵の構えを確かめるための、探りの攻撃で、二隊とも遊撃隊というより、ジャラールッディーンに命じられた仕事をしているようだ。

モンゴル軍の騎馬隊が、左右に動いた。ホラズム軍の騎馬隊に緊張が走った。

しかしモンゴル軍で動きはじめたのは、歩兵の中央にいたチンギス・カン自身だった。突っこむ二千数百騎は、完全にジャラールッディーンの意表を衝いていた。

ジャラールッディーンの対処が一拍遅れ、その分、二千数百騎に食いこまれた。

五万騎の中に突っこんだ二千数百騎で、押し包むのはたやすいことだっただろう。しかしホラズム軍の後方では、チンギス・カン自身が突っこんできたことさえ、把握していない。

左右からの攻撃に備えている兵が、ほとんどだった。谷間のように割れたホラズム軍の中に、歩兵が突っこんでいく。

ホラズム軍の騎馬の動きは止まっていて、歩兵の槍《やり》のいい餌食になっている。

いきなり、スブタイの軍が左から押した。それは相当に強烈な攻撃で、全軍が左へむいてしまいそうなほどの衝撃があった。

次に、右からジェベの軍が突っこんだ。

ホラズム軍は大きく乱れ、ジャラールッディーンは戦線を退げた。すぐにまとまりを取り戻すが、正面にモンゴル軍の歩兵を抱えたままということになった。

マルガーシは、跳ぶようにして岩山を降り、馬に乗った。

「流れ矢を、前に出せ。それからユキアニ、三十騎を率いて、チンギス・カンの前を駈け抜けろ。後手に回っている。それは、チンギス・カンの麾下が乱れれば、取り戻せる遅れだ」

「矢は、いつ」

「駈け抜ける間に、五矢ずつ射らせろ」

三十騎が、駈けている。

その後方を進みながら、マルガーシは異様なものを見た。チンギス・カンの後ろにいる兵が、剣を立て、その先に首を突き立てている。

ワーリヤンの首だった。

ホラズム軍の、百騎を率いている隊長に過ぎない。その首を翳《かざ》すのは、自分に見せようとしているのだろう、とマルガーシは思った。

ユキアニの三十騎が、チンギス・カン本隊の前を駈け抜ける。

後部についた流れ矢の弓隊が、一斉に騎射を放った。三矢、四矢、五矢まで射る間に、五名のうちの三名が、逆に射落とされた。

こちらから放った矢は、すべて払い落とされたようだ。

すぐに、マルガーシはチンギス・カンにむかって駈けた。うまく虚を衝いたかもしれない。しかしチンギス・カンは動かず、マルガーシの剣先を見切り、下からの斬撃を返してきた。なんでもなく振りあげたような剣だったが、マルガーシの左の肘の上を斬っていた。

すでに、間に馬回りが入ってきている。

駈け抜けた。

ジャラールッディーンが、歩兵に押され、左右から騎馬の攻撃で削られていた。

退がれ、とマルガーシは口に出した。聞えるわけはない。

もう一度と思ったが、虚を衝くどころか、こちらが押し潰されそうだった。

ジャラールッディーンは退がらず、逆に前に出た。その行先には、チンギス・カンがいる。

五千騎ほどで、強引な前進だった。ジャラールッディーンの進路を開くように、百騎ほどが歩兵の背後から突っこんだ。

チンギス・カンに背をむける恰好《かっこう》になる。側面にいたシギ・クトクの軍の二千騎ほどが、その百騎を追うように突っこんだ。

サロルチニの百騎が、見る間に背後から叩き落とされる。ジャラールッディーンが出てきた。その場だけ、乱戦になった。サロルチニの首が、ワーリヤンの首と同じように、剣の先にあった。シギ・クトク軍の残りの騎馬が、一斉に突っこんで行く。モンゴル軍の歩兵が、ホラズム軍の歩兵を押さえこむ。

ジャラールッディーンにむかって、マルガーシは駈けた。シギ・クトク軍の、最前列の部分。

それがジャラールッディーンと直接ぶつかっている。

交差した剣の間に、躰を滑りこませるようにした。一瞬遅れ、ジャラールッディーンは肩のあたりを斬られた。斬った兵を、マルガーシは下から斬りあげた。

チンギス・カン自身が、そばまで来ていた。

マルガーシはジャラールッディーンと並んだが、押しも引きもできない、と感じた。見えているチンギス・カンに、剣は届くはずもない。それほど、チンギス・カンの馬回りはしっかりしていた。

不意に、チンギス・カンが退がった。

マルガーシは、ジャラールッディーンの馬と並んで後退し、それから馬首を回して駈けた。一刻ちょっと、疾駆した。そこに、マルガーシの隊の替え馬を用意した者がいた。すぐに、馬を替える。

テムル・メリクが、追撃を警戒しながら退がってきた。

「陛下の馬匹の者も、近くに来ている。二百頭ほどは、新しくできる」

「俺は、ジャラールを連れて駈ける。ガズニの近くにジャラールの本営を置き、残兵をまとめよう」

「わかった。ガズニで会おう、マルガーシ」

マルガーシは、そのままジャラールッディーンの手綱《たづな》を摑んで、南へ疾駆した。二刻ほどで、森へ入った。

そこで馬を休ませる。

ジャラールッディーンの肩の傷も、手当てした。自分の肘の上には、布を強く巻きつけた。

「こんなものが、ホラズム軍の実力か」

吐き出すように、ジャラールッディーンが言う。

「負けるさ。おまえはチンギス・カンのやり方で、チンギス・カンと闘ったのだ」

まだ、野営するのに充分な距離は戦場ととれていない。

マルガーシは五十騎ほどで、馬の手綱を持って森の中を歩きはじめた。

七

何度か騎馬を突っこませ、ようやく芯を剝き出しにした。

騎馬が二千騎ほどで、中央の輿《こし》を守っている。

チンギスは、すでに関心を失っていた。

「締めあげろ。皆殺しでも構わん」

徐々に包囲が絞りこまれ、モンゴル軍の兵は槍を出した。

輿からひとり出てきた。

ホラズム軍が、全員、武器を伏せた。

チンギスは、馬上でその人物を見ていた。

眼光が凄《すさ》まじい。

「おう、御母堂か。伜《せがれ》を助け、また孫まで助けたか」

「闘うべきではなかったな、モンゴル軍と。息子は、チンギス・カンの軍門に降《くだ》ることを、肯《がえ》じられなかった。男は、まこと面倒なものよ」

「それで、御母堂は身を投げ出されたか」

「そうしてくれぬか。この婆《ばばあ》の命で、ここにいる部下たちの命を」

「できぬのだ、御母堂よ。まだ、ジャラールッディーンが生きている。イナルチュクもいる。だから、しばらくは俺とつき合って貰う」

「チンギス・カンよ」

「まだ戦なのだよ、御母堂。俺と御母堂は、これからも血みどろだぞ」

十里ほど西の泉のそばに、本営を置いた。

「殿、ボロルタイが負傷しております」

「俺は見ていたが、連れてきたのか？」

「はい。とにかく、ジャラールッディーンにひと太刀浴びせたのですから」

そして、マルガーシに斬られた。

幕内に入ってきたのは、シギ・クトクとボロルタイだった。

「隊長と副官か。いまスブタイとジェベが、ジャラールッディーンを追っている。おまえは、兵たちに休みをやれ、シギ・クトク」

「俺に、一軍を率いる力量があるのでしょうか？」

「まだありそうだ。だから苦しめ」

シギ・クトクは直立した。

「おい、ボロルタイ。痛かったか？」

ボロルタイが戸惑うのも、チンギスは構わなかった。二人を、手で追い払った。

イナルチュクにむかっている、チャガタイとウゲディの二万騎が、本隊を見つけ出せずにいた。イナルチュクは、大軍でのぶつかり合いを避け、小さな部隊で急襲するというような戦法に変えたようだ。

滞陣が、五日目になった。

スブタイからは、ジャラールッディーンが、西の山間部に入った、という知らせが来た。全軍で二千騎ほどだという。

イナルチュクと同じような闘い方を、ジャラールッディーンもするのだろうか。

スブタイは、長く西夏《せいか》軍と対峙《たいじ》し、山の手強さをよく知っている。

ホラズム軍の本隊を、もう少し大軍にする、とスブタイから二度目の知らせが入った。

間違いではない。ジャラールッディーンは、三万の兵が揃えば、山から出てくるはずだ。山では大軍の陣は敷きにくいし、なにしろホラズム軍の本隊なのだ。

「とにかく、トルケン太后の呪縛のようなものが、驚くほど強いのです」

最後に俘虜《ふりよ》にした二千騎についての訊問《じんもん》の報告を受けたソルタホーンが、憂鬱《ゆううつ》そうな表情をしていた。

「華蓮《かれん》という女隊長の、部下への呪縛もすごいものがあるのですが」

「わかった。二人とも、檻車《かんしゃ》に載せて連れてこい」

「明日には、到着してしまいますが」

「処断という方向には行かないつもりだ」

ソルタホーンは、伝令の兵を呼んだ。

チンギスの大きな幕舎は、兵站部隊が運んできた。奥の部屋は暖かくしてあるし、寝台にも毛皮が敷かれていた。

トルイの軍が到着し、西五里のあたりに宿営するという。

チンギスは、トルイを呼んだ。

一刻で、トルイは幕舎までやってきた。

奥の居室に、ソルタホーンが連れてくる。

三人で、卓を囲んで座る恰好になった。トルイは挨拶をしただけで、なにも言わない。

「それで、どうなのです、トルイ様」

トルイは、オトラル近郊にいたので、養方所のジョチを見舞ったはずだ。

「副官のツォーライが、明るい顔をしてそばにいます」

「あの男が明るい顔をしているのは、いいことではないな」

「そうなのです、副官殿」

それからトルイは、鎮海城《ちんかい》から従軍してきている女の医師の見立てを話した。

ジョチとトルイ。この組み合わせを、これから何度か試そうと思っていたが、できることはなさそうだった。

「すぐに命が、ということはなさそうですが、戦に出られる躰に戻ることはなく」

「まだ生きられるのか？」

「はい父上。しかし、二、三年だと思う、と医師は言いました。肝の臓が、石みたいに硬くなっているそうです」

そうなって死んだ人間を、チンギスは何人か知っている。

ケシュアという、女医師の話になった。男よりも、血を怖がることはないという。

陽が落ちて、居室にも灯台がいくつか入れられた。

アウラガの養方所では、相当な数の医師が育てられ、各地に散っている。女医師は、違うところから来て、鎮海城に定着したようだ。

「酒に逃げましょうか、殿」

トルイを帰すと、そう言ってソルタホーンは革袋を出した。

翌日、檻車が二つ並べられているのが、遠くに見えた。

チンギスは、自分の脚で歩いてそこまで行った。

出された床几《しょうぎ》に腰を降ろし、トルケン太后と華蓮を見た。トルケンは眼を閉じ、華蓮はじっと隣の檻車を見つめている。

二刻ほど、チンギスはなにも言わず二人を眺めていた。それから、ソルタホーンに耳打ちした。

ソルタホーンが、檻車の周囲にいた者を呼んだ。男たちが五名、華蓮の檻車に入ると、全裸にして縛りあげ、枚《ばい》を噛《か》ませた。トルケンは、眼を閉じたままだ。

しばらくして、チンギスは立ちあがり、トルケンの檻車に入った。人が払われ、見ているのはソルタホーンだけである。

チンギスは、素速くトルケンの服を剝《は》ぎ取った。皺《しわ》だらけの顔と躰。白い陰毛。チンギスは躊躇せず、白い陰毛の奥に自分のものを突き立てた。

トルケンは、眼を閉じたままだ。

隣の檻車の華蓮の眼が、見開かれている。躰が動いているのかどうかは、よく見てとれない。

チンギスは、枯木のようなトルケンの躰の上で、動き続けた。

一刻ほどそうやって動き続けていると、トルケンがあるかなきかの反応を示した。チンギスは動き方を変え、激しく突きあげた。

トルケンの皺だらけの顔に、赤みがさしてきた。そして、皺が消えたようになくなった。低い、持続する声を、トルケンが上げはじめる。顔は、さらに赤くなる。静止したままだったトルケンの首が動いた。声が、呻《うめ》きと叫びを混ぜたもののようになる。口が開き、はっきりと叫びとわかる声を発しはじめた。それから全身をのけ反らせ、ふるえ、脱力すると痙攣《けいれん》した。それを、五度、六度とくり返した。

華蓮は、眼を見開いたまま動かないが、顔のあちこちに青い血の管が浮き出したようになっていた。

チンギスは、動き続けた。

トルケンの叫び声が、深く澄んだものになり、はかなげに尾を引くと、またくり返された。チンギスは、したたかに精を放った。それを受けた時のトルケンの声は、若々しいものだった。

「御母堂、これが戦というものだ。許されよ。あんたのために死のうという者は、もういなくなる。これほどに気をいってしまい、女に戻ったのだ」

トルケンが、顎をそらし、少女のように啜《すす》り泣いていた。

「ただの老婆になったぞ、トルケン。しかし、よほど強い呪縛だったのだな。気をいき、叫び続けるあんたを見て、華蓮はそれだけで死んだぞ」

華蓮の命が絶えた瞬間が、チンギスにはよくわかった。多分、トルケンもなにか理解したはずだ。チンギスは、自分のものに、強く握るような力を感じたのだ。

「これから、生きるも死ぬも、あんたの勝手だ。よくわかっているだろうが、もうばけものにはなれんよ」

トルケンは、まだ少女のように泣き続けている。

「もう、自裁する力さえ失った。なにかいやな気分だ、ソルタホーン」

「それこそ、酒に逃げましょう、殿」

「またか」

チンギスは、低く笑った。見えている幕舎が、歩くには遠すぎると感じられた。

天の下へ

一

以前よりも、街道が整えられていた。

それについては、カラコルムへの往路で、すでに感心したことだった。アウラガへの復路は、従者を二名だけそばにつけ、あとの二十数騎は、離れたところを進ませた。

軍の将軍ではないので、ボオルチュはひとりで旅をしてみたいところだった。周囲が、それを許さなくなっている。

将軍のように、移動の時は護衛が何騎と決まっているわけではない。それでも、勝手をする者は、部下の中にもいなかった。

アウラガでは、文官が育っている。耶律楚材《やりつそざい》がいるカラコルムでも、育っている。

しかし、西では際限がないほど文官を必要としていて、それを直接受けとめるのは耶律楚材だった。

ボオルチュがやっていた仕事の、一部分は耶律楚材がこなすようになっていた。いずれ大部分を渡し、大きな決定をする時だけ出ていけばいい、と頭では思っていた。

それでも、耶律楚材がどんな仕事をしているか、気になって仕方がないのだ。

ボオルチュがカラコルムに押しかけても、耶律楚材は表面ではいやな顔を見せない。しかし、執務室の大きな卓を占領されてしまうのだ。気分がいいはずはない。

書類に眼を通し、耶律楚材の決定のいくつかを指摘し、修正させることもある。それは大抵、些細《ささい》なことだった。

耶律楚材の力量は、自分より上かもしれない。チンギス・カンのそばで、小さなところからはじめた自分と較べ、耶律楚材は金国《きんこく》朝廷の文官だった。長い歳月でさまざまに積みあげられたものを、受け継いでいるのだ。それにはいいものと悪いものがあり、耶律楚材は、それを選別する眼も持っていた。

馬での移動は、気持がよかったが、あまり予想していなかった疲れが、午《ひる》を過ぎると襲ってくる。

卓で書類にむかっている時、疲れを感じることはまったくない。

ボオルチュは、日暮れまでまだ時があったが、黒林《カラトン》の駅で泊ることにした。

ここは、大きな駅である。物資を蓄えるための倉庫が並んでいて、南から通じる道も通っている。

宿がいくつかあり、それはほとんど食堂を備えていて、いわゆる駅の宿舎とは別のものだった。民家も並んでいて、二里北には大きな集落もある。

ボオルチュが泊るとなれば、先触れが出て、駅の宿舎が用意される。自由に泊りたいところだが、そういう流れになっているので、文句は言わない。供や護衛の兵も、長屋に泊る。

部屋に従者が来て、オルギルの来訪を伝えてきた。

寝台に横たわっていたボオルチュは、不意に元気が戻ってきて、起きあがり、宿舎の入口に行った。

「おう、駅長。ここで会えるとはな」

「ボオルチュ殿が移動している情報は入っていたので、黒林まで急いだのです」

「そうか。近くにいたのか。私は、従者たちと宿舎の食事をすることになっていたが、こうなれば、駅長とどこかの食堂に行きたい」

「それは、願ってもないことです、ボオルチュ殿。保州での会議についても、俺の感想を申しあげてはいませんし」

ヤルダムが開いた保州の会議については、詳しい報告が届いていた。

物資全般の問題について、今後十年を見据えた話し合いがなされた。

今後十年など、ボオルチュはこれまで考えたことはなかった。これからも、考えはしないだろう。いつも、眼の前のことをこなすのが精一杯で、それでこれからも過ごしていくのだろう、とボオルチュは思っている。

若い者たちは、これから先の十年を思い浮かべることができるのか。それだけの余裕があるということか。それとも、若い力がさせることなのか。

「駅長は、陳高錬《ちんこうれん》の代理で出席していたな」

「陳高錬が、負傷し、オトラルの養方所に入りまして」

「それは知っているが、まだ傷は癒えぬのか？」

「近く、現場に戻ると思います」

陳高錬は、西のキジル・クム砂漠にまで道を通そうとして戦場を駈け、流れ矢に当たって負傷していた。

寿海《アラル》までは、物流の管理をしたいというのが、若い者たちの考えで、陳高錬はそれに沿った動きをしていた。ただ、ボオルチュはどこかに違和感も持っていた。

オルギルが、宿舎の近くにある食堂に、ボオルチュを案内した。

客はボオルチュの一行しかいなくて、オルギルははじめから、この食堂でボオルチュと食事をするために、人を払っていたようだ。

「たまには、ボオルチュ殿をひとり占めにするのも、悪くないと思いましてね」

「私も、宿舎で味気ない話をしないで済む」

奥の部屋の卓を挟んで腰を降ろすと、すぐに酒が運ばれてきた。

オルギルは、虎思斡耳朶《フスオルド》とカシュガルまでの、街道についての話をはじめた。そこまでは、ボオルチュも細かく把握している。

虎思斡耳朶とカシュガルの先は、まだ戦場だという認識がある。

陳高錬が入っていたという、オトラルの養方所は、戦場で負傷した兵のために、設けられたものだった。

街道は、東は保州まで繋がっている。東西は実に長いが、ところどころで南北へものびていた。オルギルがはじめに駅を作った謙謙州《ケムケムジユート》への道も、そういう南北の街道だった。

保州の会議については、いくつか届けられている報告とは、いくらか違う感想をオルギルは述べてきた。

若い者たちの上に立つのが、耶律楚材である。いまボオルチュの仕事を、徐々にだが引き継いでいるのが、耶律楚材だった。

カラコルムにいて、ボオルチュの移動も、耶律楚材に会うことと、今後の仕事について話し合うのが目的だった。

ボオルチュが訪ねた時、耶律楚材は、難しい問題にむき合っていた。仏教徒の商人が、西からやってきたムスリムの商人とぶつかっていたのだ。

耶律楚材は、ムスリムの商人がどういう出自なのか、調べあげていた。競争だけを求めている者は、そのまま認めた。仏教徒の商人も、同じ条件で競争するべきだという、根本的な考えを持っていた。

ボオルチュが民政というものに打ちこんだ時は、戦と政事をどう馴染《なじ》ませていくのか、が最も大きな問題だった。

いまは、すべての人間にとっての、公平な競争というものが考えられはじめている。

チンギス・カンは、いかなる宗教も認めてきた。ただし、それが政事と結びつかない、という条件のもとでだった。

政事と結びつこうとする宗教勢力があると、徹底してそれを殲滅《せんめつ》させた。数年後まで、しっかりと見張りをさせ、それがいまでは狗眼《くがん》の大きな仕事のひとつになっている。

ずっと西の地域では、キリスト教徒が、南のムスリムの国に侵攻し、果てることのない戦が続けられているという。

戦と結びつく宗教を、政事に関わる存在である、とチンギス・カンは早くから見定めていた。

モンゴル国は、もともとが天に対する信仰が中心になっていて、それはひとりひとりの心の中にあるものだった。信仰で人と人が結びつくことはなかったのだ。

オルギルは、保州での会議について、話し続けていた。全土を駈け回っている男にとっても、南国から来た秦広《しんこう》は、ことのほか新鮮に感じられたらしい。

「漢名を持っているのか、そもそもが漢民族なのか？」

「それは、出自は漢民族ですよ、ボオルチュ殿。中華のように、漢民族がすべてという考えは持っていないようですが」

「南に、かつて梁山泊《りょうざんぱく》と呼ばれた国の人間の一部が流れた、と言われているが」

「その通りなのです。侯春《こうしゅん》は、沙州楡柳館《さしゅうゆりゅうかん》にあった、梁山泊についての厖大《ぼうだい》な文献を読んだそうですが、曾祖父《ひいじい》さまや祖父さまとともに生きた者たちが、南へ流れて国を造り、秦広はその子孫のひとりなのだそうです」

「殿は、梁山泊について、奇妙と思えるほどの関心をお持ちであった。殿を何度か死地に追いつめた玄翁《げんおう》という男が、梁山泊に連なる血を受けていた、と言われている」

「そうなのですか」

玄翁は、チンギス・カンの父かもしれない。それについては、チンギス・カンはなにも語ろうとせず、ボオルチュも注意深く避けて通っていた。

モンゴル族ではなく、メルキト族の血を受けている、と言う者もいるようだ。

どこの血かというような詮索は、大した意味を持たない。

この世の、どういう血よりも強烈に、チンギス・カン自身が、あらゆる血でありただひとつの血だった。

「まあ、秦広という男とは、必要があれば私ではなく耶律楚材が会うことになるだろう」

「若い者同士でやれ、と言われているのですね」

「あまり私を苛《いじ》めるなよ、オルギル」

「まさか。秦広というどこか茫洋《ぼうよう》とした男と、ボオルチュ殿が会うのを見てみたい、と思っただけです」

「スブタイにも、同じことが言えるか？」

「将軍に、言えるわけがないでしょう。なにひとつとして、俺は言えませんよ」

オルギルは、スブタイ軍の将校だった。その時の関係がどういうものだったのか、ボオルチュは知らない。

オルギルの名を知ったのは、街道の保守の指揮を担いはじめたころだ。戦で片腕を失っても、まだ指揮官としてあり続けている。それが、ボオルチュには印象深かった。

料理が出てきた。

チンギス・カンと二人で、石酪《せきらく》だけで冬を越えようとした時がある。それは草原の中ではなく、食物の饐《す》えた臭《にお》いが漂う、大同府という人の多い城郭《まち》でだった。

大同府で暮らした一年余は、チンギス・カンにとっては、測り難いほど大きな日々だっただろうが、それはボオルチュにも同じことだった。あの一年余で、チンギス・カンとは主従でも兄弟でも友でもない、二人だけの間柄になった。

「殿を、何度か御案内したことがあるのですが、どういう料理を好まれるのか、考えてもみずに、ただ駅の料理を差しあげてしまいました」

「それでも殿は、うまそうに召しあがられただろうな」

「はい。よく憶えています」

「なにを食ってもうまそうに見える。つまり、味のわからない男なのだ」

「えっ」

ボオルチュの冗談を、オルギルはしばらく考えこみ、それからおずおずと笑った。

「そんなことを言えるの、ボオルチュ殿だけですよね」

「いや、いくらでもいたさ。みんないなくなってしまったが」

オルギルは、ちょっとうつむいた。ボオルチュは、肉を口に運んだ。以前ほど食わなくなったが、それでもテムルンが呆《あき》れるぐらいは食う。

「オルギル、おまえはいろいろ語ったが、言いたいことをひとつ、避けているだろう」

「なぜ、わかるのですか？」

オルギルが、眼を見開いている。

「それはな、若い者たちのことを語っているのに、おまえに最も近いはずの、陳高錬の名があまり出てこない」

「それはこれから」

「わかった。ならば話せ」

オルギルは、しばらく逡《しゅん》巡《じゅん》していた。

「許せることと許せないことがあるが、とにかく話してみろ」

「密告になります。それは、俺が考える不正なことなのです」

「そう言うところから、もう密告をしているぞ」

「そうですね」

うつむいていた顔をあげ、上をむき、それからボオルチュを見つめてくる。

「実は、女です」

「ほう。それはいい話ではないか」

「それが、歳上の女なのです。西への道を、まだ戦場なのに拓こうとしたのも、負傷したのさえ、その女がいくらかは理由になっていると思います」

「おまえの話をまとめると、西の野戦養方所しか出てこないぞ。オトラルのだ。あそこに、鎮海《ちんかい》城から行った女の医師がいるな」

「はい。ケシュアという名の、医師です。なまじの男より名医だと、評判は立っています。俺も、そう思っています。鎮海城の養方所に、怪我をした部下を数名、送りこんだことがあるのです」

「快癒して、戻ってきたか」

「はい、快癒はしたのです。しかし、戻ってきません」

「おまえの部下のことはいい。陳高錬だろう」

「なにがなんでも、ケシュアを妻にすると決めてしまっているのです。抱けるだけの方がむしろ好都合だと、俺などは思うのですが」

若い一途《いちず》さを、剝き出しにしているだけだった。ケシュアは、まず辟易《へきえき》したのだろう。それからなぜか、複雑な気持に包まれる。多分、そうやって変って行く。

「ケシュアは、いずれ陳高錬を受け入れるだろう。私は、そんな気がする」

「そうなのですかね。ボオルチュ殿に言われると、そう思えてきます」

男と女のことは、よくわかっていないだろう。しかし男と女も、人と人ではないのか。それならば、いくらかはわかる。

大同府から草原に戻り、モンゴル族キャト氏の長《おさ》になった時、チンギス・カンが最も求めたのは人だった、とボオルチュは思っていた。

人は少なく、力はなく、物も足りなかった。

それでもチンギス・カンは人を求めていた。周囲の人間を眺め、そこより遠いところにいる人間と接し、チンギス・カンに報告するのが、ボオルチュの仕事だった。

チンギス・カンが少しずつ大きくなるのに従って、ボオルチュの人を求める旅は、遠くへむかうようになった。

人を、見つける。いろいろな言葉を遣って、チンギス・カンのもとに来ないか、と口説く。時をかける場合もあれば、即座に勝負という気になったりもした。

人が、こちらにむかって心を開く瞬間を、数えきれないほど見てきた。なにかが、通じ合うのだ。同じ血が、躰にめぐったと感じられた時、人は心を開く。

「それにしても、陳高錬はやるではないか。歳の差の分だけ、時もかかるし執念も必要だろうが」

「執念ですか」

「熱意など、すぐに冷めるものだよ」

ボオルチュは、煮た野菜に箸《はし》をのばした。大同府で箸を遣ってから、野菜や骨の付いていない肉を食う時、箸を遣うようになった。

野菜をできるだけ食べるように、とテムルンに言われている。

営地の近くの土地で、ボルテが子供たち数十名と畠を作っていて、できた野菜をテムルンに届けてくる。テムルンの料理は、肉ではなく野菜が主体だ。

「若い者が、いろいろと張り切っている」

「そう思っていただけますか。陳高錬については、まだ気になることがあるのですが」

「なんだ？」

「ケシュアの養方所は、鎮海城にあるのですが」

「そういうことか」

年齢から言って、チンカイがケシュアを好きになっても不思議はない。

「これだけで、おわかりになったのですか。ちょっと驚きました」

「チンカイと陳高錬は、お互いが同じ女に思いを寄せていることを、知っているのか？」

「多分ですが。陳高錬は、チンカイ殿がケシュアと親しいことを知っていて、それを気にしています。あいつの、唯一の気後れがそこにあります」

チンカイは、兵站基地だけでなく、商いや交通の要衝になる場所として、壮大な鎮海城を作りあげた。

北の謙謙州との結びつきを強める街道を考え、南への古い街道の生かし方も工夫した。

しかもチンカイは、なにもない原野にそれを作りあげたのだ。カラコルムについては、ボオルチュは直接関わった。タユビアンがいるエミルは、もともとあった大きな城郭をもとにして築かれたし、そこから西へふた股に分かれる街道の先の、虎思斡耳朶やカシュガルは古くからの大集落だった。

鎮海城を築いた時は、ほとんどそのための費用を出せなかった。チンカイは商いをなしながら、いわば独力で鎮海城を築きあげたのだった。

そういう離れ業ができる人間は、ボオルチュが知るかぎり、チンカイしかいなかった。

ただ、あれで力を使い果した、というようなところがある。

チンカイの仕事は、次第に内向きになってきた。外へ視野を拡げるのが、苦しいとでも言っているような報告が、届くようになったのだ。

色濃く、くっきりと見えていたチンカイという男が、いつか薄い影のようにしか感じられなくなった。

「これはな、オルギル。陳高錬が勝ってしまうな。それを気後れと感じるなら、それはそれでいい」

負けを噛みしめるチンカイが、外へむける眼を取り戻せば、なおいいことだ、とはボオルチュは言わなかった。それぞれの人生なのだ。与えられたものも、否応なくある。

西夏で会ったころのチンカイを、ボオルチュは思い出した。頭の切れは比類ないほどだが、どこか硬直していた。もう少し柔軟だったら、ボオルチュはとうに、自分の仕事の半分はチンカイに渡していただろう。

「あとは、チェスラスだけか」

「は？」

「女だ。おまえは、方々に女を作っていそうだし、侯春は誰よりも女について詳しいであろうし」

「確かに、俺は方々に女を作っていますよ。俺に見切りをつけて離れていく女もいますが、いくらでも替りはいると思っています。チェスラスには、決まった女がいて、子供などもいる、と思いますよ」

「そんなこと、早く報告しろよ、オルギル」

笑いながら、ボオルチュは言った。

オルギルは、硬い表情を見せたあと、少しだけ笑った。

二

湧水《わきみず》が、池を作っている。

その池から、水は小川となって北へ流れていた。

池のまわりや、小川に沿った一帯は、木立が続いている。全体に緑が豊かで、眼にやさしい。

チンギスの宮殿が築かれているのは、池を見降ろす、ちょっとした台地の上だった。

宮殿などと、チンギスは言ったことがない。ただの営地である。どんな場所も営地なのだ、とチンギスは思っていた。さまよい、営地を見つけては、束の間、休息する。

自分の生涯を考えると、そんなものが見えてくる。

池の周囲の木立の中や、池から流れ出す小川が尽きるところまで、チンギスはよく馬を駈けさせた。

小川を跳び越えるたびに、さまざまな川を見てきたと考えた。

そこそこ大きな川は、周囲から水を集めて、やがて湖に注ぎこむ。そこからさらに大きな流れになって、大河になり、海に注ぎこむ。

そういう河もあれば、流れが次第に細くなり、地に吸いこまれるように、消えてしまう川もある。消える川が、草原には少なくなかった。

砂漠になると、消える川がほとんどで、春から夏には流れていても、秋から冬は涸川になるものもある。

大地は、その懐にいつも水を抱いているが、人に見せないことも少なくない。

消える川は、人の思いさえも大地に吸いこまれるのだ、と思わせるところがあった。

チンギスは、海や湖に注ぎこむ河より、消える川の方が好きだった。雪解けの水がある時は、命を感じさせるように川は流れる。しかしそれも、秋や冬には消えたりもする。

まるで人が抱く夢のようだ、とチンギスは思うことがある。

馬を駈けさせる時は、ほとんどソルタホーンがひとりでついている。

馬回りの二百騎のうちの百騎は、離れたところから、護衛しているようだ。さらに麾下の二千騎は、宮殿を中心にして十里四方を、のべつ哨戒している。調練も兼ねているので、しばしば敵味方に分かれていた。

麾下は、シギ・クトクから新しい隊長の指揮に移ると、どこか硬いものを感じさせた。近くにいる気配すらも、感じさせないようになるのに、あと何年かかるのか。

シギ・クトクは、いま一軍を指揮している。その副官が、ボロルタイだった。

ボオルチュの息子で、自分の甥でもあるボロルタイは、しばらく戦場での従者をやっていた。

その従者を、チンギスは気に入っていた。

汗を拭う布を欲した瞬間、布を差し出してくるのが、ボロルタイだった。それが誰にもできないことだと、ソルタホーンが認めていたのだ。

「おい、新しい従者は、まだ見つからんのか？」

そばを駈けているソルタホーンに、チンギスは言った。

「心利きたる従者が十名、その十名になりたがっている者は、五百名を超します。それ以上は、たやすく求められることではありません」

「わかっている」

「どうしてもと言われるなら、シギ・クトク軍の副官を解き、ボロルタイを呼び寄せられるしかありません」

「あいつは、やがて一軍を指揮する。もしかすると、モンゴル軍全体の、統率をやるかもしれん」

「先の話です、殿」

チンギスが生きている間に、あり得ることではない、とソルタホーンは言っていた。

「この戦には、俺は飽きた」

「いつもそうです、殿は。十のうちの八の勝利で、飽きてしまわれます」

「言うなよ、ソルタホーン」

「ですね。このところ、俺はもの事を、単純に割り切る傾向がある、と思っているのですよ」

「俺は、ねぐらを宮殿と言われることに、馴れてしまいそうだよ」

「サマルカンドやウルゲンチの宮殿と較べたら、小さな屋敷のようなものです。中華の都だった城郭となら、およそ宮殿などとは言えません」

「そんなことは、わかっている。都を作りたければ、アウラガにでも築けばよかろう」

「そうなれば、殿はアウラガで暮らそうとは考えられませんよね」

「俺は、名もない大地のどこかで、暮らせればいいのだ」

「また、無理なことを言われます。草原の覇者であっても、できるわけがないのです。草原から東へも西へも、領地は拡がってしまったのです。南など、中華を呑みこんでしまえば、どうなることか。西夏も、いまは国だと言っているだけです」

「なあ、ソルタホーン。領地などという言葉は、遣ってはならんぞ」

「ですが殿、領地だと思って守り、領地だと信じて見知らぬ土地へ行き、民政に命をかける、軍人や文官がいるのですから」

　自分がやっていることを、言葉で曖昧《あいまい》にするな、とソルタホーンは言っているのだろう。自分が立っている地は、すべて戦で奪ったもので、領地だった。

不意に不快感に襲われ、チンギスは馬首を右にむけた。丘にむかった。時々、気まぐれをやるが、眼の前のなだらかな丘は、まだ駈けたことがなかった。

緑の斜面だった。ソルタホーンは、遅れることなく、脇を駈けてくる。

丈の短い草だった。草原では、この時季、馬の腹に届くほどに丈が伸びている地域がある。それは刈り取って積み重ね、小さくまとめて軍馬の飼料にするのだ。

斜面を登り切ると、平地があった。岩山がいくつか、草の間から突き出している。そして泉があり、水が反対側の斜面に小さな流れを作っていた。この流れは、十里も進まないうちに、大地に吸いこまれて消えるのかもしれない。

流れを跳び越え、さらに駈けた。木立があり、家の屋根がいくつか見えた。

「あれは？」

「遊牧の民の集落です。ひとつの家族でひとりずつ出し、一千頭ほどの羊を飼っているそうです。家族全部で動くわけではないので、家帳《ゲル》ではなく、床のある家です。遊牧のやり方そのものは、草原とあまり変らないようです」

草原でも、毎日、家帳が移動しているわけではない。季節ごとに、食《は》む草を変えるので、その時、移動するのである。

草の見分け方など、実に細かく方法があるのだが、チンギスはすっかり忘れてしまっていた。それを恥とも思わない自分が、いくらか疎《うと》ましかった。

馬回りがどこかにいるにしても、見えているのは二騎だけだろう。近づいてもそれほど警戒はされないと思い、チンギスは集落に馬をむけた。

ソルタホーンが、めずらしく緊張を剝き出しにした。しかし、止めようとはしなかった。

集落には、子供がいて駈け回っている。それは、草原の集落でも同じだった。

こちらに気づいた子供たちが、動きを止め、じっと視線を注いでくる。誰にともなく、五人の子供たちに、チンギスは笑いかけた。

女の姿が見えたが、近づくチンギスに気づき、家の中に姿を消した。

ソルタホーンの緊張が、緩む様子はなかった。殺気こそ放たないが、他を弾き飛ばすような気配はあった。

チンギスは馬を降りて、集落の中に入っていった。

それほど離れていない場所に、五騎ほどが現われ、下馬した。その五騎は、馬回りの者の中でも、選《よ》りすぐった手練《てだ》れで、戦場では決してチンギスから離れない。

ソルタホーンが、なにか合図を出しているのだ。煩《わずら》わしいが、それをふり払うように、木の下の縁台にいる老人に、チンギスは近づいた。

強くなるソルタホーンの気配を、チンギスは眼で制した。

「よう、御老人」

老人が、横をむいた。なにかに腹を立てたという感じだった。

「その籠《かご》の中にある棗《なつめ》を、少し売ってくれんかな」

「売り物じゃない、これは」

老人の声は、錆《さ》びた鉄のような感じがあって、悪くなかった。

「ならば、奢《おご》ってくれないか？」

「高が、干した棗だ。好きなだけ振舞ってやりたいが、言葉の遣い方を知らない人じゃな」

「俺の喋り方が、気に食わないのか？」

「あんた、俺に老人と言ったな。身なりはいいが、自分だって老人だろうが」

「確かに」

老人が、相手を敬うようなつもりで、御老人と呼びかけたのだ。もしかすると、同じ年配かもしれない。

「失礼をしてしまった」

チンギスは、ちょっと頭を下げた。老人が、にやりと笑った。

「年寄同士だ。食いなよ。ちゃんと干しあがっている。いくらか甘味が出ているよ」

「すまんな」

チンギスは、老人のそばに腰を降ろした。

「身なりもいいし、立派な馬に乗っている。帽子は、実に手のかかった、絹の編みものだ。いい人生を送ってきたのだろうが、偉ぶっちゃいけないよ。死ぬ時は、人はみな同じだからな」

「まったくだ」

「いやな気はしていない。ここに入ってくる時、きちんと馬を降りたしな」

男は、丸いムスリムの帽子を被《かぶ》っていた。

旧西遼《せいりょう》の東端は、イスラム教と仏教が入り交じっていたが、そこから西へ来ると、ムスリムが圧倒的に多かった。

チンギスは、戦で奪った土地を統治する時、きちんと税を納めることと、法を守ることを、民に求めた。

それ以外は、どういう商いをしようと、どんなふうな家族を作ろうと、神を信仰しようとするまいと、すべて認めた。

ただ、同じ信仰を持った者たちが、ひとつにまとまり、不満を共有しはじめると、政事を圧迫する力になってくる。それだけは、チンギスは警戒した。

狗眼に民の信仰を探らせ、少しでもそういう動きが見えると、躊躇なく叩き潰した。長のサムラの仕事は、大部分はそれを炙《あぶ》り出すことだった。そして、潰すための工作をするのだ。

狗眼本来の仕事は、弟のタエンが指揮するようになっていた。

サムラは、信仰を監視する部下を、数百名抱えていた。それで事足りるのかと思ったが、信仰そのものは、心のどこかに潜むということはなく、きわめて見えやすかった。

宗教勢力になろうとする者たちは、場合によっては軍を出動させ、皆殺しにすることさえ、チンギスはいとわなかった。

しかし、いまのところ、それが必要な事態は起きていない。芽のうちに摘んでしまうことが、難しくなかったのだ。

信仰が人々が共有するものになった時、国のありようにどれほどの圧迫を加えるのか、チンギスは『史記本紀』を読むことで、なんとなく認識した。さらに『漢書』を読むことで、国にとって緊急なものだと、痛いほど理解した。

チンギスは、手を穢《けが》していない。穢れるのは、サムラばかりである。

信仰が集団になって個を殺せば、それはもう信仰とは言えないのだ。

チンギスは、棗に手をのばし、ちょっとだけ齧《かじ》ってみた。甘さと酸っぱさが、同時に口の中に拡がった。

「うまいな、これは」

「だろう。ただ陽の光を身の中に入れただけなのに、酸っぱくて口が曲がりそうなものが、こんなふうに変るのだ」

「そんなものなのか」

もうひとつ、口に入れた。

「その歳で、馬で動き回っておるのか。躰が丈夫なのだな」

草原では、人生の半分以上は、馬上で過ごしている者が多い。それは、老人でも同じことだ。

「若いころ、馬には乗らなかったのか？」

「乗った時期もある。俺は軍の将校だったことがあり、その時は乗っていた」

「ほう。将校か」

「馬に乗って行軍をするのを許された者は、みんな喜んだものだった。俺は、自分の足で歩く方が合っていたよ」

「歩兵だったのか」

「そうだ。地に立って闘うのが、俺は好きだったよ」

男が、棗に手をのばし、口に放りこんだ。

手が、自由に動かせないのは、肩か腕の負傷によるものとも思えた。脚もどこかに古傷があるように思えるが、歩いている姿を見ないとわからない。

「ひどい負傷をしたのかね？」

「もう、二十年以上も前の話だよ。死ななかった。運がよかったのさ。俺は死なずに、生き延びて、ここへ帰ってきたのだ」

「苦労した、ということか」

「まさか。生き延びたので、俺はこの集落でぼんやり生きている。妻帯もせず、この村の食客のようなものだ。早く死ねばいいのだろうが、死にもせん」

「仕事は？」

「羊群が帰ってきた時は、その見張りだ。動きが悪いので、高い櫓《やぐら》にいて、羊群に異変があれば、太鼓を打って知らせる。いまは、羊群が遠くにいるので、暇なものだよ」

「なかなかいい老い方だ、と思うよ。羨《うらやま》しいほどだ」

「いいものを着て、いい馬に乗って、供もひとり連れている。そっちの方が、いい暮らしではないか」

集落へ入ってきた二人が、それほど危険なわけではないとわかったらしく、大人たちの姿も少しずつ見えてきた。子供は、もう関心を失い、違う遊びをはじめているようだった。

「人は生きるのに、なにが必要なのであろうな。俺は、昔、将校だったころのことを、いまでもいくらか敬われているようだ。それだけでいいとして、生き延びるのかな」

「穏やかなものではないか」

「ここの人間を代表して、戦に行った。運よくいくつか手柄を立てたので、ここは新たな兵を出さなくて済んだ」

「ずいぶんと、戦はやったのかね」

「多いか少ないか、自分じゃわからんな。いつも、まわりの国と戦があった。いまも、モンゴル国の軍が、攻めてきている」

「大変か?」

「俺にも、この集落の人間にも、あまり関係はないな。若い者がひとり、兵にされた。そいつが死なないことを、みんなで祈っているよ。戦がなくなることはなく、いつかまた、誰かが兵にされるのだろうよ」

「戦は、続くか」

「顔を知っているやつでも、喧嘩《けんか》になることがある。国と国じゃ、顔も見えない。わかり合えるはずはないだろう。ここじゃ、せめて兵をひとり出すだけだが。あとは、羊がちゃんと育ってくれることを願う」

　チンギスは、三つ目の棗を口に入れた。いくらか酸っぱいところが残っていて、それが舌にではなく、気持のどこかに残った。

「馳走になった。礼を言う」

チンギスは、気後れのようなものに駆られて、腰をあげた。

「持って行けよ」

男が、棗をひと摑み差し出してくる。両の掌《てのひら》で、チンギスはそれを受けた。

「ありがたい」

ソルタホーンが差し出した布で、それを包んだ。

「無理するなよ」

「そう見えるのか？」

「俺のような男に、話しかけてきた。満たされてはいないのだ、という気がする。気を悪くしないでくれ」

「いや、棗は、戻って食うことにする」

馬のところまで、チンギスは歩いた。ソルタホーンは緊張したままだが、気配は穏やかになっている。

宮殿へ帰った。

チンギスの居室は、奥の狭いところだった。風通しはよく、外の光もよく入ってくる。壁は石で、床は板の上に不織布《フェルト》が敷いてある。歩いても、音はほとんど消される。

「女だと？」

「はい、僧のような男と二人で訪ねてきて、陛下にお目通りを願いたい、と申し出てこられました。名を哈敦《ハトン》と言われたそうです」

宮殿の中を取り仕切る、文官の責任者だった。陛下と呼ばれることも、もうどうでもいい気分だった。

「哈敦が」

名乗った女が本人であることを、チンギスは疑わなかった。

虎思斡耳朶《フスオルド》まではチンギスを追ってきたが、それから先は戦場ということで、進むのは禁じていた。

隣の部屋に通させた。

謁見のための部屋は三つあり、一番小さなもので、ほとんど使ってもいなかった。

ソルタホーンが、慌てて飛びこんできた。

「なにか、厄介なことになりそうですか、殿?」

「さて、会ってみなければわからんよ」

「哈敦公主が虎思斡耳朶におられない、という報告が俺には入っていません」

「それぐらい、うまくやるだろう」

「殿は、おひとりで?」

「その方がよかろう」

「ならば俺は、丘長春《きゆうちようしゆん》という道士と話をしてみます」

「一緒に来た僧というのは」

「全真教《ぜんしん》という道教です。何度か俺は名を聞いています。鎮海城に長くいたのではないか、と思います。ヤルダム殿も、知り合いの仲のはずです」

チンギスは、頷いた。

痩せて細い哈敦を、チンギスは思い浮かべた。気持の芯が、しっかりしたところがあった。一時、側室を何名か作った。哈敦は、金国王室から送られてきた、帝の娘だった。それだけの理由で、側室の中では第一位の扱いだった。その上にいるのは、ボルテだけである。

チンギスは、男から貰った棗の包みを持って、隣室へ行った。

哈敦は立って待っていて、チンギスを見ると拝礼した。下女たちに囲まれている時とはおよそ違う、そのあたりにいそうな女の身なりだった。

丘長春と二人で、虎思斡耳朶から旅をしてきたのだ、とチンギスは思った。

「棗を食うか、哈敦」

哈敦が頷いたので、チンギスは包みを卓に置いた。

むき合って腰を降ろし、それぞれ棗に手をのばした。哈敦の爪に、黒い垢《あか》が溜っている。そんなものも、毎朝、下女がきれいにしていただろう。

「ここは俺の在所とされているが、戦陣だぞ、哈敦」

「そうですね。虎思斡耳朶より、ずっと戦の匂いがいたします」

「いつまで戦を続ければ気が済むか、と言いたそうだな」

「いえ。戦は殿にとっては、食事のようなものでしょう。いつもあって、決して欠かしてはならないこと。人生に、そのようなものを抱かれてしまったのです、殿は」

「なるほど、めしか」

「戦をしなければ、飢えてしまうのです」

「皮肉を言われているとしても、あまり心を刺してくることはない」

「私は、私の人生を生きているのです」

「おまえとは、殺し合いを続けているのではなかったかな」

「殺しても、死なない人。それが殿ですね」

「ただ、言葉を並べているだけのような気がする。いま、従者に風呂を用意させる。新しい着物もな。虎思斡耳朵にいるような具合にはいかない。ここに下女などいないからな」

「躰は、きれいにさせていただきます。それより、私と同道してきた、長春真人《しんじん》という道士は、不死の法を身につけているようです。殿は、関心がおありでしょう」

「おうおう、その法を俺も身につけたい。そうすれば、いつまでも戦をやっていられるということだろう」

　哈敦の言を、もとより信じていない。チンギスの知るかぎり、哈敦もそういうことを信じる人間ではなかった。

　面白い女になったのか、つまらないことを大事に考えるようになったのか、チンギスには、うまく判別できなかった。

三

気分を変えるのに、適当なことだったのかもしれない。

チンギス・カンは、ナルスを呼ぶと、宮殿の裏側に家をひとつ建てさせ、哈敦を住まわせた。小さな家を哈敦は望み、下女も二名しか置かなかった。

チンギスは、三日に一度ほど哈敦のもとへ行き、ソルタホーンは女を用意する必要をまったく感じなかった。

「おい副官、私に酒を飲ませようとは思わぬか」

丘長春が、ソルタホーンの部屋に顔を出し、言った。

襤褸《ぼろ》に近いものをまとっているが、不思議に不潔な感じはなかった。言葉遣いはぞんざいだが、無礼ではなく、むしろ率直さを感じさせる。

数日いなくなると、こうしてふらりと戻ってくる。

ソルタホーンの部屋は、宮殿と軍営の両方にあった。どちらにいるかも、丘長春にはわかるようだった。

いまは軍営なので、引き緊《しま》った気配が漂っているが、そこにいても丘長春は違和感を抱かせなかった。

「酒を飲むのはいいのだが、短い旅から戻ったばかりではないのか」

「老いている身を、案じているのか、若造」

「宮殿と違って、ここにはうまいものがないぞ。なんせ、軍なのだ」

「気持がいい気配に、満ちているではないか。それをうまいもの、と言うのだ」

「わかった。飲むさ。入ってくれ」

チンギス・カンが裏の家へ行ったので、明日の朝までは用事がない。位置としては後宮だが、裏の家という言葉の方が似合っていた。

「どこへ出かけていた？」

「ブハラへ。サマルカンドは、面白い城郭ではなかったし、それほど期待してはいなかったが、人がみんな温かかったよ」

丘長春の眼が、なんとなく理解できた。

サマルカンドは、もともとはいまはない西遼という国の、西の端の城郭だった。ホラズム国がそこを奪り、強引に新しい都にしたようなところがある。

それと較べるとブハラは、モンゴル軍に陥されるまでは、古い城郭として栄えていて、あまり戦に揉《も》まれてはいない。

モンゴル軍はブハラを破壊したと言われたが、それほど遠くない昔に築かれた城壁を、完全に崩し、城内のイスラムの寺院を三つ、破壊して信徒を殺した。

信徒がひとつにまとまり、密《ひそ》かに力を持っていたことがわかったからだ。

ソルタホーンの眼から見て、いまは穏やかな城郭に戻っている。

「どれほどの破壊がなされているのか、私は愉しみにしていたのだが、実は反モンゴルの勢力になりそうだったイスラムを、叩き潰しただけだったのだな」

「道教はどうなのだ。やはり民を束ね、指導しようとしていないか？」

「まさか。というより、私はそんなことは考えない。信仰とはな、自分を信じることと同じなのだ。チンギス・カンは、ひと言でそれを理解した」

ブハラのイスラム教徒を殺せというのは、チンギス・カンの命令だった。

最初にブハラを陥したのは、チンギス・カンが指揮する軍で、陥したようで陥しているわけではない、という微妙な情況にぶつかったのだ。

並みの武将なら、陥したと満足したところだろう。チンギス・カンは、そうは思わなかった。邪悪な力がどこかにあると考え、時をかけて調べあげたのだ。

イスラム教の信徒が、十名で組を作り、その組が百ほどあるのが見えてきた。

チンギス・カンは、邪悪な力だ、と言った。ソルタホーンは、邪悪とは感じなかったが、厄介な力だとは思った。

酒が運ばれてきた。

ソルタホーンの従者が、丘長春の杯から注《つ》いだ。

「うまいのう」

杯を呷《あお》り、丘長春が声をあげた。

どこへ行っても受け入れられる。それが、丘長春だった。

わざわざソルタホーンのところに押しかけ、酒を強要しなくても、丘長春になら飲ませてくれる者は、いくらでもいるはずだ。

「老師、俺と酒を飲みたいと思った理由は？」

「チンギス・カンの副官を長くやっている。ただ便利な男、というわけではない。チンギス・カンの踏み出す方向の、ずっと先をいつも見ようと努めてきたのだろうな」

「老師、俺は理由を知りたい」

丘長春は、自分で酒を注ぎ、呷り、また注いだ。

「ホラズム国への旅を考えた時、私は会いたいと思う人間がひとりだけいた」

「わが殿ではなく？」

「会いたいと私はただ感じるのだ。しかしホラズム国領へ入った時から、その人間の存在は薄くなり、いまはほとんどなくなった」

「その人間について、俺が知っている、と思っているのだな」

「トルケン太后。いま、モンゴルの俘囚《ふしゅう》というのではないのか？」

「殿に訊《き》いてみればいいさ」

「なにを言う。理解できない人間に対する恐怖は、充分に感じさせられている」

「殿が理解できないのか。いままで、理解できない人間が、どれほどいた？」

「たったひとりだけだ」

「俺は理解できるか、老師？」

「理解するもしないもない。おまえなど、髪の一本一本まで、はっきりと見えておるよ」

「ほう。どんなふうに？」

「おまえは、自分の人生を持っていない。チンギス・カンの人生の一部だ。それも、ほんのわずかな一部さ」

「正直に言うが、いまのは突き刺さった」

「で、トルケン太后に会わせてくれるか？」

「できぬよ。トルケン太后に対する礼を、失することになる」

「毅然としているのか？」

「さあな」

「私は、チンギス・カンとトルケン太后の息遣いだけを感じて、ホラズム国へむかった。なぜ、トルケン太后の息遣いだけが消えた？」

「言えない。それより、飲もうか」

「ふむ。それしかないか」

「それにしても、虎思斡耳朶《フスオルド》から、哈敦公主と一緒に旅をすることになった経緯《いきさつ》が、何度聞いても俺にはわからんのだがな」

「公主などと考えるからではないか？」

従者が、肴《さかな》を運んできた。煮て戻した干し肉と、塩に漬けた野菜だった。

「ひとりの女、と考えるともっとわからん」

「実は、私にもよくわからんのだ。虎思斡耳朶の、中年の夫婦の家にいた私が、哈敦の屋敷に召し出された。訊かれたのは、旅は愉しいか、ということだけだった」

当然、愉しいと答えただろう。生きることと同じぐらい愉しい。丘長春なら、そんな言い方をしたのかもしれない。そして、哈敦公主は、ただ頷いた。

「わからないことだらけだ。やはり、飲もう、老師」

「その老師というの、私はあまり好きではない」

不老不死の法があるなら教えろ、とチンギス・カンに言われた。愚かな問いだ。あるわけがない。丘長春は高笑いをし、そう言ったのだ。チンギス・カンも、愉快そうに笑っていた。

「死ぬというのは、どういうことだ。これは、殿が訊いてみたい、と思われたことかもしれん」

「愚かな問いだぞ、副官殿。死んだことがあるという人間が、どこかにいるか。いなければ、死んでみなければわからん、ということだよ」

「なるほど。道士というのは、そうやって辻褄《つじつま》が合う言説で、人を誑《たぶら》かすのか」

「私自身が、切実に答を求めている問いなのだよ、副官殿。私の旅は、それを見つけるために、あるのかもしれん」

「やはり飲もうか、先生」

「おまえも、チンギス・カンという、桁のはずれた理不尽と、いつもつき合っているのだからな。私と同じぐらい、飲みたいのだろうと思うよ」

丘長春が、声をあげて笑った。ソルタホーンも、顔だけで笑みを返した。

トルケン太后のことを、丘長春はもう言おうとしなかった。

五十騎の一隊が、宮殿に近づいてきた。

ソルタホーンは、十里先から情報を摑んでいたが、すぐにチンギスに報告することはしなかった。

八つある検問所でも、誰何する者はいなかった。みんな、直立して見送り、ソルタホーンに伝えてきただけである。

「ジョチ様が、五十騎で見えられました」

あと二里というところで、ソルタホーンはチンギス・カンに報告した。

チンギス・カンは、表情を動かさず、頷いただけだった。

ソルタホーンは、宮殿の半里ほど手前にある下馬柵で、ジョチを待った。

ちょっと、うつむきたくなるような、悲愴感を漂わせた騎馬隊だった。

ジョチの青い旗が掲げられている。

ソルタホーンを見て、ジョチが笑いかけてきた。ジョチが下馬すると、全員が馬を降りた。ジョチと副官のツォーライが、歩み寄ってくる。

ソルタホーンは、直立した。ジョチは、直立の礼を受けるように、かすかに頷いた。

ツォーライとは、束の間、眼が合った。疲れている。というより、老いたようにさえ見えた。

ホエルンの営地出身だが、ソルタホーンより六、七歳若い。

「すぐに父上にお目にかかれるのかな、副官殿?」

「待っておられます」

ソルタホーンは、ジョチと並んで宮殿へ歩いた。チンギス・カンは、ここが宮殿と呼ばれることを好んではいないが、仕方がないとも考えている。

壮大な造りだが、それは石や木をふんだんに遣ったということで、華美なところはなかった。

「すごいな」

「殿が、こういうものを好まれないことは、御存知でしょう。それでも、そこそこ受け入れてはおられます」

「だろうな。この家帳さえあればいいと考えられても、それが言える立場ではない、と自分に言い聞かせておられる。俺は、心のままにやられてもいい、と思っているのだが」

「心のままを通されたら、俺はひと月で潰れますよ、ジョチ様」

「副官殿は、もう父上の一部分にしか見えないよ。俺はただ、感心するだけだな」

宮殿の入口に来た。

衛兵が、十名ほどいる。そこで誰何されることもなく、直立した衛兵の間を通って、宮殿へ入った。

最も奥が、チンギス・カンの居室である。

そこに到るまでに通って行く部屋は、飾りなどは少ない。大接見の間の壁には、巨大な地図と、地形図が張り出してある。

それでも空きのある壁に、この地の祭りで遣われるらしい、木製の仮面が三つ並べてかけてある。南の部族の長から、献上されたものだった。

ホラズム国というかたちでひとつにまとまっていたが、いくつもの部族が国を構成していたのだ。

目立たないところに、チンギス・カンの居室の衛兵がいる。

ソルタホーンはそれも遠ざけ、ジョチひとりを居室に入れた。自分はツォーライを伴って、隣の部屋に入る。

「やはり、顔色はひどいものだな」

「なぜあんな色になるのかよくわからないそうですが、あの病の特徴でもあるそうです」

ジョチは、オトラルの養方所にいた。一時は、躰を起こすことも難しい状態だったというが、いまはそこまでひどくない。

ただ、急に来る病が、快癒に到らず、いくらか軽い症状で持続していくのだ。

ケシュアという医師がオトラルにいて、ソルタホーンは書簡のやり取りをし、病状は把握していた。

すでに、肝の臓が石のように硬くなっている、とケシュアは言ってきている。石のように硬くなったものが、もう一度やわらかになり、肝の臓の本来の働きをすることは、まずないのだという。

「つまり、ジョチ様は、快癒のない道を往かれることになるのだな」

「はい。ソルタホーン様とボオルチュ様には、ケシュア殿から同じ書簡が行っているはずですが」

「あの書簡より、いくらか先のあることを、話で聞けないかと思ったのだ。はかない望みでも、捨てたくはなかった。それは、殿も同じだな」

「見事にモンゴル軍をまとめられる、と俺は信じていましたよ」

「多分、殿もだ。ジョチ様が後継となり、トルイ様が補佐する。それを見つけたとは、言葉では言われなかったが」

「才気で相手を斬るような戦はされませんが、肚《はら》の中に重しを持って、たやすくは動かない戦はされます」

それは、誰もが知っていることだった。

四人の兄弟の中で、最も安定した闘い方をする。それに、発想が特異なトルイがついていれば、最強の態勢を作り出せるはずだった。

「病か、ツォーライ」

「怪我はまだしも、快癒が見こめない病とは、俺も意表を衝かれました。なにより、ジョチ様御自身が」

チンギス・カンとジョチの話は、すぐには終らなかった。

ソルタホーンは、それぞれの城郭に必要な、商いの話をした。ツォーライに商いの才があるかどうかはわからない。

ただ、ジョチがいなくなれば、軍から離れていくだろう、という予測は立つ。それから先、なにをやるかは、それこそツォーライの人生だろう。モンゴル軍と関わっていたいと思えば、それができないわけではない、とソルタホーンは思った。

しかし人が口を出すことではないし、いま話題にすることでもなかった。

「男の居場所というのは、難しいものだな、ツォーライ」

「いま、居場所はひとつだけだ、と思っております」

「そうか。そうだな」

ツォーライが訊いてきたので、いまの全体の戦況の話をした。

ジョチの弟たちをはじめとして、十名の将軍たちが、各地を転戦している。ボレウとジンが率いる、それぞれ二万の歩兵は別として、各将軍は一万騎を率いていた。

ホラズム領内に、一万騎と対峙できる勢力はいまのところない。各地から入ってくる戦況報告も、芳《かんば》しくないと感じるものはなかった。

問題は、南へ逃げたジャラールッディーンが、各地の勢力を糾合《きゅうごう》して、大軍を擁するようになった時だろう。

ジャラールッディーンの探索は、狗眼で続けていた。南の、各部族の間を、渡り歩いているようだ。少しずつ兵を集めるのではなく、一気に大軍を組織しようとしている、とソルタホーンは思っていた。

狗眼でもそう考えているようで、チンギス・カンにはすべて報告してあった。

わずか数十騎にすぎないが、マルガーシの一党がいて、これは所在がなかなか摑めなかった。

狙っているのがチンギスの首、ということだろうから、各地にある戦線に現われることはないだろう。

それほど遠くないところにいて、チンギスの首を狙っている。

ソルタホーンの抱えている厄介事のひとつだが、チンギス・カンは無邪気に面白がっていた。

「どこの戦線も、接戦にすらなりそうもないのですね。シギ・クトク将軍が、一万騎を見事に率いるようになったのが、俺はことのほか嬉しいですよ」

「ジョチ軍のころとは、動きがいくらか変ったがね」

「それは、大将が替ったのですから」

「ボロルタイが、副官としてよくやっていると思う。殿に報告しても、大した関心はないというお顔だが」

肉親に、特に息子たちに、どうむき合えばいいかわからない、というところがチンギス・カンにはあった。ソルタホーンは、そこをあまり目立たないように補佐していたが、世の父と息子とは、やはりどこか違う。

ボオルチュの息子で、甥でもあるボロルタイに対しても、息子と同じぎこちなさを持っているような気がする。

土鈴《どれい》の音がした。

ソルタホーンは声をかけ、チンギス・カンの居室を覗きこんだ。

「めしだ。二人分、ここへ運ばせろ」

ジョチの背中が見える。ソルタホーンは、そこからなにも読み取ることはできなかった。

従者たちを呼んで、短く指図した。

ツォーライが、ソルタホーンの顔を覗きこんでいた。

「めしだ、ツォーライ。俺たちは、ここで食おう」

「そうですか、二人きりで」

ソルタホーンは、小さく頷いた。

チンギス・カンとは、眼を合わせた。

どんな表情をしていたか、どうしても思い返すことができなかった。

四

意表を衝いているはずだった。

南を駈け回ったあと、迂回し、天山《てんざん》山系を越えて、カシュガルの軍管区に出た。

五十騎である。テムル・メリクも入れると、五十一騎になる。

ジャラールッディーンは、どこかで休みたいと思った。夜営しても、ひと晩しかそこで過ごさず、また駈けた。

五十騎の馬はほとんど潰れ、馬匹の者たちが連れていた百数十騎の中から、自分の馬を選び乗り替えた。

ジャラールッディーンだけでなく、全員がそうした。馬に無理をさせた。疾駆したわけではなかったが、不眠不休で駈けることもあり、次々に潰れていったのだ。

カシュガルから、砂漠を横切るようにして、南下した。大きな集落があり、テムル・メリクがそこの長と交渉し、二十里東の、砂漠の中の水場で、しばらく駐屯する許可を取ってきた。

南の高山地帯の村へむかう、カンクリ族の傭兵ということにした。五十騎ほどの一隊なら、それはありそうなことだった。

兵糧を、いくらか買いこんだ。秣《まぐさ》はまとめて買い、わずかだが、数日そこに滞留する挨拶料も払った。

軍袍《ぐんぽう》を泉で洗って干し、小さな焚火を二つ作って、肉を焼いた。

みんな、思い思いの姿で焚火のそばにいる。

馬たちも、たっぷり秣を食い、水を飲んだ。こんなふうに、馬具を取り、ほかの馬と躰を擦《こす》り合わせたりする時も、必要なのだろう。

南の部族は、もう一度ホラズム軍を再編する時、兵を出すと約束した族長が多かった。モンゴル軍は侵攻してきた他者で、ホラズム国はそれを撃退するために全力で闘った、というふうに考えている者が多かった。

ジャラールッディーンは、ホラズム国の新しい帝で、生きているかぎり、ホラズム国は完全には潰《つい》えていない、と言えたのだ。

生き残ったホラズム軍の者たちも、百、二百というかたちで、各地に集まりはじめていた。そこで問題になるのは兵糧だが、戦の前に各地に匿《かく》したものが、まだだいぶ残っていた。ホラズム軍として匿したものもあれば、皇子軍として匿したものもある。

テムル・メリクは、兵糧の匿し場所を受け継いでいたので、集まっているホラズム軍の各隊に、それが渡るようにした。

サロルチニとワーリヤンが討たれ、マルガーシは五十騎ほどで離れたところにいる。

皇子軍の生き残りは、麾下に加えてあり、はじめにホラズム軍全体を指揮した時より厚みが出ている。

麾下の軍さえ、四つに分かれて、どこかに潜んでいる。ホラズム軍本隊には、軍を隠しおおせることができず、地元の部族と組んでモンゴル軍に抵抗している隊もあった。

とにかく、いくつもに分かれたモンゴル軍が、それを各個撃破しているのだ。

人民の海の中に自らを埋伏させせよ、と伝えられる者には伝えている。

ジャラールッディーンは、馬囲いの中に行った。

百頭ほどで、馬匹の者が五名ついている。

大集落は、和田《ホータン》というところだった。東西を結ぶ、街道の、主要な城郭である。

兵糧だけでなく、手に入った食材がかなり豊富だった。大鍋なども借り出してきて、早速、戦場では作らないような料理が準備されていた。

「ここは、モンゴル国のはずなのにな」

「陛下、まだすべてが決まったわけではありません。陛下が闘われるかぎり、ホラズム国は存在を続けるのです」

それは建前だ、という言葉を、ジャラールッディーンは呑みこんだ。

自分がいるかぎり、人は集まってくるのだ。それがホラズム国のためでなく、自己の利益のためだったとしても、とにかく集まってくるのである。

馬は百頭以上いるので、それぞれに替え馬が一頭いる、と考えていい。

「なかなかの馬が揃っている、テムル・メリク」

「はい」

「麾下の者たちに、いい馬を回すのは、やはり難しいのか？」

「バラクハジは懸命ですが、なにせサマルカンドはモンゴル国文官の統制下にありますから」

「何度も何度も、モンゴル軍相手なら馬が命と、思い知らされる。五十数騎を潰してしまった今度の戦でも、馬がいいので逃げきれたと、私は考えている」

ぶつかり、撃ち砕かれ、追撃をかけてきたのは、ジェベの軍だった。モンゴル軍で手強いのは、スブタイとジェベの軍だ。新しい将軍が三名いるが、同じ一万騎で対したら、互角に闘えるという自信はあった。

チャガタイ、ウゲディ、トルイの兄弟では、末弟が一番手強いとわかった。なにをしてくるか予測できない、というところがあるのだ。

チンギス・カンの馬回りと麾下の二千数百騎は、他のモンゴル軍と較べて、すべてが違っていた。まとまって闘う時はもとより、一騎一騎が、選り抜かれた力を持っている、とジャラールッディーンは骨の髄《ずい》にしみこむほど、躰に叩きこまれた。

モンゴル軍と戦をするのは、実は無謀なことだったのではないのか。

戦を企てた父は死に、一緒にいたイナルチュクは、カンクリ族の地でじっと躰を丸めていた。イナルチュクは、祖母のトルケンと父の二人のために闘い、ホラズム国についてはほんとうはどうでもよかったのだ、ということを、いまその姿勢が示していた。

ただ、テルゲノという、四百騎の遊撃隊を率いる武将がいて、それをイナルチュクの軍師だったウダラルが指揮をすることになり、思うように遣ってくれという、イナルチュクからの伝言があった。

「マルガーシがどこにいるのか、やはりわからないのか？」

「なにがなんでも探そう、と俺はしておりません。陛下が実戦下で、危機に出遭われたとしたら、必ずマルガーシはそこにやってくる、と思っております」

サロルチニとワーリヤンという、皇子軍の指揮官の二人は、チンギス・カンとぶつかって、驚倒するほどのたやすさで、討ち取られていた。

二人の名を、口にしたことはない。生き残った部下たちは、麾下の軍に組み入れた。

「何度も、同じことをくり返すというわけにはいかない。それに対する備えもするであろうし」

「モンゴル軍は各地を転戦し、チンギス・カンは二千数百で本営にいます」

「二千数百で、三万の軍でさえ打ち払える、という自信があるのかもしれない。急げば丸一日で戻れる場所に、常に一万騎がいる。どの軍であろうとな」

「いなくなったら、別なのが近づいていますからね。それでも陛下、丸一日はあるのですよ」

「わかっている。私は毎日、密かに接近する方法がないか、と考えているよ」

それか、チンギス・カンを本営から誘い出すことだった。本営についている衛兵が三百人ほどの隊で、四方での検問も行っている。

二日、兵馬を休ませた。

カシュガルでは、カンクリ族の傭兵であることを疑わず、南の高山地帯の村へ行くということも、信じているようだった。

カンクリ族の主要な部分は、ホラズム軍に加わったが、いまは領地としたところに戻り、動きを見せていない。

三日目の夜明けになろうとしている時、テムル・メリクがそばに来た。

「近づいているのか？」

「四百ほど。カシュガルの軍だろうと思います」

和田の軍営は、五十騎の移動を疑っていなくても、カシュガルの上層部と鳩の通信をやり、一応、捕えて訊問せよ、という命令でも届いたのかもしれない。

二日前だと考えれば、時の辻褄は合ってくる。

「まず、馬五十頭を移動させせろ。残りの馬には、鞍を載せろ」

「カシュガルの軍には、騎馬が八騎ほどいます」

「百名の隊に、二騎か。騎馬単独で追ってきたら、討ち果すしかないが、まずあるまい。とにかく、南へ駈け去るのを、カシュガルの軍に見せよう」

カシュガルまでは距離があるが、砂漠に駐屯しているのも、カシュガルから来ている軍だった。

和田は大きな集落だが、五十名ほどの警邏《けいら》隊がいるだけだった。

明るくなってきた。

四百が二隊に分かれて、近づいてくるのが見えた。旗は、カシュガル軍管区のものだ。

大した相手ではないが、ここは逃げることだった。カンクリ族が五十騎、南の山地へむかった、とカシュガルの軍管区では記録される。

顔が見えるところまで近づいてきたので、ジャラールッディーンは乗馬を命じた。馬首は南にむけていたが、歩兵より少しだけ速く駈けた。

立ち去った、というように見えるだろう。

カシュガルの軍も、モンゴル軍に違いないが、戦闘部隊ではないので、ありふれた歩兵に過ぎなかった。

「一応、二騎を後方から進ませます」

四百の軍に、警戒しなければならないほどの、闘気は感じなかった。

南へは、先に五十頭の馬が行っている。なんの異変もないのは、安全だということだ。

「テムル・メリク。逃げ回るのは、このあたりで終りにしたい」

「そうですね」

「軍を召集する知らせを出せ。集まる日限と場所を伝えろ」

「はい」

まず、麾下はすぐに集まってくる。ほかに、どれほどの軍が集まるのか。

ホラズム軍本隊の兵は、まだ数万はいる。十万を超えるかもしれない。ほかに声をかけた部族の軍がいる。

一度、どこかでチンギス・カンの軍を撃破したかった。パルワーンで大勝した時、全体の雰囲気は変ったのだという。たとえ相手が一軍であろうと、大勝すれば、すべてが変るほどの作用があるはずだ。

モンゴル軍は、侵攻してきてから、長い。疲弊もしているだろう。

それでも、焦らないことだ、ともう一方では思っていた。

完膚なきまでに、ホラズム軍は負けたのである。いまのモンゴル軍の動きは、すでに掃討というかたちになっている。充分な余力を持った動きなのだ。

不安が、襲ってくる。父は死に、兄弟はどこへ行ったかわからない。頼りになる存在だったイナルチュクは、自領で逼塞《ひっそく》している。

ここで自分が闘う意思を失ったら、それですべてが終るのだ、とジャラールッディーンは思う。

テムル・メリクがそばにいる。しかし生き残ってはいても、マルガーシはいない。

「三日、西へむかおう」

「そこで、全軍を？」

「いや、麾下が集まればいい。それから、ガズニにむかおう。そこで全軍集結」

「何度も、話し合い、想定に想定を重ねたことです。やはり、ガズニを選ばれますか」

「反転攻勢を、急ぐ気はない。ガズニから、北へ攻めのぼろう。それから、イナルチュクに使者を出せ。イナルチュクが軍を出してくれたら、北と南から、モンゴル軍を挟み撃ちにできる。イナルチュクが軍を出さない場合は、ほかの方法を考えよう」

喋り過ぎている。言葉にし過ぎている。それは、わかった。やはり不安なのだ、とジャラールッディーンは思った。

「陛下、イナルチュク殿の説得には、俺が行くべきだ、と思います」

「ならん。本軍を放り出す気か」

「そうですね」

テムル・メリクが、顔を伏せた。

適任であることはわかっているが、これから兵が集結してくる時、テムル・メリクの存在は欠かせなかった。

要するに、人がいないということでもある。軍の指揮に秀でた指揮官を育てようとは、父も自分も努めてきたが、それ以外の仕事をこなせる者が、こうなるといないと痛感するしかなくなっている。

「見ろよ、テムル・メリク。これが、ホラズム軍だぞ。皇子軍にも、遠く及ばない」

「陛下、いまここにいるのは、陛下とともに敵を振り切った者たちです。全軍ではないことは、よくおわかりでしょう」

「わかっているさ。しかし、これが全軍だという、苦い思いも忘れたくない」

「背後に、十数万の軍がおります」

「十数万か」

ジャラールッディーンは、低く呟いた。頭の中で考えた数にすぎず、実際の兵力は、北へむかって攻めのぼる時の、原野に拡がる軍がそうだった。

西へむかった。

四日進み、そこにホラズム軍の旗を掲げた。

すぐに麾下の一部が追いついてきて、二千ほどの軍になった。

兵站を担う者も六十名ほどやってきて、ガズニに全軍が揃った時の、兵糧の手配などをやりはじめた。

ホラズム全土から、完璧に税収をあげるという体制が、まだモンゴル軍にはできておらず、半分近い税収は、ホラズム国に入っていた。

このままでは、一年後には、あるかなきかの税収になる。

いま、民政には眼をむけられないが、戦をするのに足るものは、入ってきていた。

麾下が、四千を超え、五千に達しようとしていた。

ジャラールッディーンは、武具などの点検を命じ、馬の数を整えさせた。

集まっている五千騎は、はじめから麾下として動かしていた者たちではない。逃げる時に、麾下とともにいた者たちも、かなりの数いるようだった。

まだ寒い季節だが、山の雪は解けはじめていた。各地の涸川にも、水が流れている。

ジャラールッディーンは、従者が洗って干した軍袍を着た。

なにかが、満ちてきている。近づいている。それが自分の終末だろうという気が、時々入り交じってくる。

「ガズニは、テムル・メリク？」

「いまは城郭の民五千ほどと、守兵二百がいるようです。最も近いモンゴル軍は、ハリ・ルード東の、シギ・クトクの一万騎ほどです」

ペシャワール、ムルタン、ラホールという、線で結べば三角形になる城郭の、中央に位置するところにいた、スブタイの一万騎は、かなり前に北へ移動していた。

「よし、進もう」

西進すれば、ペシャワールの北を掠めて進むことになるが、守兵が出てきて闘うということはしないだろう。

ガズニまで、遮る者もなく進めるはずだ。

「先駈けに二隊、二千騎、本隊二千騎、後軍一隊一千騎。五十里先まで、斥候を出せ」

テムル・メリクがいくつもの指示を出しはじめ、陣は騒然としてきた。

ずっとそばにいた五十騎は、馬回りとしてそのままいる。

数日進む間に、テムル・メリクには他軍からの報告も届くようになった。

「いまのところ、日限に集結できる軍は、五万ほどです。騎馬隊は、二万」

「騎馬隊は、一万ずつまとめて指揮官を置き、さらにそれを一千ずつ十隊に分けて、細かい動きもできるようにする」

「はい、移動中の軍には、歩兵に先行して騎馬隊は進むように伝えます」

「進みながら、編制を整え直し、できれば合図伝達の調練も施せ」

「編制さえ決めてしまえば、必ずそれをやりますよ。念のため、命令として伝えておきますが」

テムル・メリクが、ちょっと笑った。

日限までに、五万が集まる。それは、テムル・メリクの予想を超えていたのかもしれない。ジャラールッディーンの希望と較べれば、二、三万は少なかった。

ガズニへの進軍が続いた。

途中で合流する者がいて、軍は次第に膨れあがった。数日で、一万騎に近くなっている。

ホラズム軍が、再び進軍をはじめているというのは、各地に知られはじめたようだ。

ガズニにむかう、敵の動きはない。シギ・クトクかスブタイ。まず現われるとしたら、そのどちらかだろう。

兵站部隊が、ガズニにむかって急いでいるのが見えた。各方面から、ガズニには兵糧、馬などが運ばれている。

「すでに、二万騎が到着。連携の調練をはじめているようです」

斥候の報告を伝えてくるテムル・メリクの声が、明るいものになってきた。

ジャラールッディーンは、馬回りを五十騎、麾下を二千騎、という規模で、自ら指揮をすることにした。そこには、皇子軍の生き残りである百二十騎も入っている。

後尾に五千騎ほど合流してきたとはいえ、進軍の速さは最初と変りがなかった。

ジャラールッディーンの心の中では、少しずつ気力が充実してきていた。時々顔を出す不安は、いまのところ出てこない。

戦では、死ぬ時は死ぬのだ。

出陣した時、大将はすでに死んでいる。死んでいるので、もう一度死ぬことはない。

誰かと、そんな話をしたことを、思い出した。

開き直るというのではない。恐怖に、不安に打ち克《か》つということだ。

夜営を重ねながら、ガズニの陣に入った。

すでに二万騎が到着していて、数万の歩兵も近づいてきていた。

本営の大幕舎が組み立てられ、いくつかの将軍用の幕舎も並んだ。

遠くに、兵站部隊の集積所がある。

ホラズム領内には、兵糧や武具を隠した場所がまだ多くあり、そこから補給を受けるというのも、しばらくは可能だろう。

翌日、伝令が行き交いはじめた。

歩兵が一万、近づいてきている。翌日にさらに二万、翌々日にまた二万が到着するらしい。それだけの兵の営地となると、広大な場所が必要である。

「騎馬も歩兵も、予定した以外にもいくらか集まってきそうです。騎馬は百騎の隊を作って、すぐに調練に入り、移動しながらもそれを続け、将校が見定めたら、一軍の中に編入します」

数日のうちに、大軍の陣容は整ってきた。

テムル・メリクは、騎馬隊五千を率いる大隊長、歩兵一万を率いる大隊長を本営に呼び、連日、六刻の軍議を重ねた。

何カ所かに、見張りの櫓が組まれ、陣らしさが強くなった。その櫓に、ジャラールッディーンは、一日に一度、夕刻に登った。

五万と読んでいた集結の兵が、八万に達しようとしている。散っていたホラズム軍の騎馬隊が、百騎二百騎とまとまって、集まり続けたのだ。厳しい調練を受けていて、編制を整え直しても、そのまま戦力になる。

「かなりの軍になってきた、テムル・メリク」

「これから、さらに集まってくるかもしれません。五万を超えたころから、それなら自分もと立ちあがった族長たちが、少なくありませんから」

「戦力の趨勢《すうせい》を見て集まってくる者たちは、生粋のホラズム軍ほど役には立たん。ただ、兵力勝負の局面では、大きいと思う」

テムル・メリクも、大軍を見て胸を撫で下ろしている。

北から、伝令が次々に到着した。数百の騎馬隊も到着し、その指揮官が、テルゲノだった。皇子軍の中で、時にマルガーシのもとで、調練をくり返した隊である。イナルチュクが、遊撃隊だけは寄越したのか。

「陛下に申しあげます」

謁見の場で、拝礼したテルゲノが言った。

「イナルチュク軍三万騎が、すでに北の営地を進発しています」

ジャラールッディーンは、頷いた。心に、喜びが拡がっていたが、それは抑えた。

「指揮は、軍師のウダラルが執ります。これまでのわが軍の闘い方とは、いくらか違ってくるような気がします」

「どう変ろうと、北と南からモンゴル軍を挟撃できることに変りはない」

「はい」

「テルゲノは、遊軍が希望か？」

「それが本領であります。皇子軍の生き残りも、俺の指揮下に入れていただいた方が、ずっと生きると思います」

「私も、そう思うぞ。いまからすぐに、編制を直せ」

テルゲノは、顔を赤らめ、拝礼して去っていった。

「勝てるぞ、テムル・メリク。かつてない大軍になるかもしれん」

「俺も、勝てるという気がしています。勝てると思っているから、これだけの兵が集まったのですよ」

ジャラールッディーンは、編制を書きこんだものを、卓に拡げた。

完成されたものではない。まだ、兵は集まってきているのだ。

五

雪解けの水で、涸川にもいくらか流れがあった。

乾いた土地だが、大地はこうやって水を蓄えるのだろうか。

マルガーシは、馬を駈けさせながら、地形の小さな特徴を頭に入れていった。

ここが戦場になるかどうか、まったくわからない。ただ、野営の時、これをやることが多くなった。

かつては、ホラズム国の領地だったが、いまはモンゴル軍の制圧下である。だからこそ、どんな地形であろうと、細かく知っていようと努めた。

不本意に駈けなければならないことが、少なくなくなるので、足もとは知っていた方がいい。

わずかな数の軍は、涸川に沿ったところに、思い思いに自分の寝床を作っていた。焚火はひとつだけで、それも小さい。

南のガズニに集結したホラズム軍が、北上を開始した。十万を超える軍なのだという。

ジャラールッディーンは、進軍をはじめる時、各地でモンゴル軍とぶつかっているホラズム軍の兵には、徹底抗戦の通達を出しただろう。

その動きが活発になれば、モンゴル軍は正面の大軍に、それほど軍をむけられなくなる。おまけに、北でイナルチュクが三万騎の軍を編制し、南へむかいはじめたようだ。広大な地だが、次第に敵との距離は縮まり、やがてモンゴル軍を挟撃する、というかたちができつつある。

焚火のそばに戻ってきた。陣に戻ったと言うほど、野営地の規模は大きくない。

ユキアニが、流れを跳び越えて、近づいてくる。ちょっと苦いような表情をしていた。

「あちらに、旅の老人がひとりいるのですが、焚火をしていました。やめさせようとしたのですが、言うことを聞かず、仕方がないので踏み消してしまいました」

「ひとりか?」

「そうなのです。大して困窮した様子もなく、俺が火を踏み消すと、仕方がないなという顔をしていました。そして、火を踏み消したのが、ひどくいやだったという気分になり」

「なるほど」

「軍でも、焚火がひとつだけなのだ、と言ったのですが、それもいやな気分で心の中に残っているのです」

「俺が、会ってみようか。話を聞いていると、なんとなく面白そうな老人だ」

「隊長が、行かれなくても」

「そう言いながら、行ってみてきてくれ、という顔をしているぞ、おまえ」

ユキアニが、苦笑する。

「一刻後ぐらいに、薪を持ってこい」

「は？」

しかしユキアニの顔に、一瞬だけ、笑みが浮かんだような気がした。

流れを跳び越え、土手になったところを登ると、すぐに小さな人影が見えた。

近づいても、マルガーシの方を見ようともしない。なんとなくという感じで、立てた膝を抱えている。それが、子供のような恰好に見えた。

そばに、焚火を踏み消した、黒い跡があった。

「よう、御老人」

マルガーシは、むき合うようなかたちで、腰を降ろした。

かなりの高齢に見えるが、疲れた表情もしていなかった。それよりも、落ちていく陽を眺めて、愉しんでいるようにさえ見える。

「悪かったな。焚火はひとつだけと、隊で決めているのだ。踏み消したやつは、悪気があってそうしたのではない。軍規に従おうとした。御老人に軍規が及ぶかどうかは、別のことなのだが」

「見事な帽子を被っているなあ」

ちょっとマルガーシに眼をくれ、老人は感嘆したような口調で言った。

「どちらへ？」

「決めておらぬよ。まあ、南にむかって旅してきた」

「まだ寒い。旅が快適な季節ではないのに」

「なんの。慣れておるよ。それに、気持のいいところで、冬越しはしたのだ」

不思議としか言いようのない、気配のようなものが、マルガーシを包みこんだ。邪悪なものとは正反の気配だと思えるが、言葉で表現しようがなかった。

ユキアニが焚火を踏み消す時、逆らってはならないものに、逆らうような気分に襲われたのかもしれない。

「御老人、お困りのことはありませんか？」

「ないよ。寒さも暑さも、ただ受け入れる。そうやって生きてきたのだよ。受け入れられなくなったら、私は人に扶《たす》けを求めるのだろうか」

「誰にも扶けられることなく、旅をされてきたわけではありますまい」

「いろいろと、してくれる人はいた。あれが、扶けというのなら、私は扶けの中に生きているよ」

「俺は、死にかかっているところを、何度か助けられました」

「助けられたのではなく、死なないところにいた、というだけだと私は思うな。だから、気にしなくてよい。助けた人は、そうすることで自分を助けたのだ」

「マルガーシと申します。小川のむこうで野営している軍の隊長です。焚火がひとつと決めたのは、俺なのです。焚火を踏み消したと聞いて、いい部下に恵まれている、と思ったものです」

「ふむ、確かに」

「勘弁してやっていただけませんか？」

「怒っておらぬよ。ずいぶんと怒りを見てきたが、私自身の生とは無縁であった。無縁であれば、それはよくわからないことでもあるのだが」

「なぜ、旅を？」

「生きているからな。生きることが、旅だからなあ」

「御老人、ひとりで笑っておられますね」

「稀《まれ》にだが、悲しんでいることもある」

「人が死んだりとか、そういうことにですか？」

「人が死ぬことは、悲しみではないよ。死ぬことも、生きることも、悲しみではない」

「俺は、戦をしてきて、これからもします。いずれ、戦で死ぬのでしょう。それでも、悲しいとは感じません」

「陽が落ちる」

「御老人の悲しみとは、なんなのです。教えてくださいよ」

「私は、丘長春という名だよ」

「名を教えてくれ、と言ったわけではありません」

「自分で考えろ、マルガーシ殿。自分で考えなければ、わかりはしない」

「はい」

ほんとうにそうだろう、とマルガーシは思った。

丘長春という老人には、屈託というものがまるで感じられない。わかるのは、それだけだった。

暗くなり、薄闇が顔の皺を消すと、ほんとうに童《わらべ》が腰を降ろしているようだった。

「もう少し、教えていただいてもよろしいでしょうか。いや、問いというより、ただ話すというのですかね。丘長春殿は、これまでなにかに心を傾けてこられましたか？」

「人が、自分を信じようという気持に」

「わかりませんが、考えてみます」

「私が不老不死の妙法を持っていて、それを教えろと言った人がいる。あるわけがない、ということがわからぬか。そう言うと、その人はほんとうに嬉しそうに笑った」

「不老不死の妙法。もしかすると、道教ですか？」

「世ではそう呼ばれていて、私は道士であり、それなりに敬われたりする。敬われることに、大した理由はありはしないのだが。仕事というものがあったとしたら、人と語るのがそれかなあ。いまも、語っている」

マルガーシは、腰の袋から石酪をひとかけ取り出し、掌に載せて丘長春に差し出した。

「これは、東の草原のものだな。石酪だろう」

「はい。俺は東の草原の出身です。これだけで、冬を越したという者も、かつてはいたようです」

「これを口に入れ、羊とともに寒さに耐えるのだな」

「羊は、死ぬ場合も少なくありません」

丘長春は、石酪をつまみ、口に入れた。嚙んだりせずに、口の中の温かさでやわらかくなるのを待つ。その食い方も知っているようだ。

マルガーシも、ひとつ口に入れた。

ユキアニが、闇の中から薪を抱いて現われた。なにも言わず、燧石《トチ》を遣って焚火を作った。それから、なにも言わず頭を下げて消えていった。

「やわらかくなるまで、じっと味わえる。いいものだよ。私が冬を越した軍営は、草原の男のものだったが、石酪はなかったよ。ふんだんに肉があったからな。馬乳酒はあり、私は何度もふる舞われた」

「北の軍営で、草原の男、ですか。チンギス・カンだな、まるで」

「うん、チンギス・カンだよ。私は、テムジンと呼べと請われて、一緒にいる時はそうしていたが、あれほど信仰が深い男には、会ったことがない」

「信仰ですと？」

「私は、人の信仰を、ただ感じるのだ。戦をする自分を、信じていた。マルガーシ殿にも、信仰はあるな」

「俺は、自分を信じて戦をやっているかどうか、考えたことはありません」

「そう信じていれば、考える必要などないのだ。チンギス・カンと較べると、ずいぶんと狭く小さな信仰だが」

「チンギス・カンは、これから俺が首を奪る相手です。あの男と較べて、どこが狭く小さいのでしょうか？」

「そんなことを訊くなよ。笑い飛ばすのだ。そして、自分を信ずるのだよ」

「そうか。俺に足りないのは、野放図さというか、大らかさというか」

「石酪の礼はできぬ。この火の礼も」

「俺は負けるのですね、先生」

「チンギス・カンと、勝敗を分かち合える男なのか、マルガーシ殿。それほどの大きさを、どこで貰った？」

「勝敗は分かち合えます。どちらかが勝ち、どちらかが負ける、というだけのことですから」

「自分が自分を追いつめる話法だな。話法の中に、信仰はない。屁理屈を考え、言葉にするのが私の道教なのだが、やめなさい。あの男は、この大地の上に、いると言えばいて、いないと言えば、はじめからその存在などない」

「先生、俺はすべての面で、チンギス・カンに勝てない、と思っています。しかしひとつだけ、勝って生き残る道があるのですよ」

「幻の道であるな」

「そうなのでしょうか？」

「道がひとつだけというのは、あり得ない。ひとつしか見えていない、ということなのだよ。それは幻だな」

　自分に見えているものはなんなのだ、とマルガーシは考えた。実は、なにも見えていない。母が死んだのも、トクトアとの森の暮らしも、ジャラールッディーンとの出会いも、ホラズム国も、ただの長い夢にすぎない。

そしていま、チンギス・カンの首を奪ろうと思っているのも、夢の続きなのではないか。

「眼は閉じず見開かず、ただ自然に立って、気持を小さくしない。私が見えているマルガーシ殿で、そんなことが言える。これを、石酪と火のお礼にしよう」

「チンギス・カンにも、礼をされましたか？」

「快適に過ごさせて貰った礼は、いろいろとしたが、あの人はそれを全部捨てたと思う。気を遣うのは先生らしくないと言って、笑っていたよ」

「そうですか」

「あの人は、戦をやる自分を信じている。それだけで充分だ。イスラム教や仏教や、そのほかの宗教が、あの人の心を捉えることなどできまい。あの人は、戦をやる自分を信じるから、それがきちんとした信仰になり、それは内なる神とともにいる、ということだ。内なる神とともに、天の下にいる」

「天ですね」

「天さえ見えれば、マルガーシ殿はあの人と同じ場所に立つことになるね」

マルガーシは、ユキアニが作った焚火に、新しい薪を二本足した。

「先生は、不思議な方ですよ。チンギス・カンの軍営で冬を越し、南への旅で俺に会われた。俺の父は、チンギス・カンの好敵手でありました。それこそ、チンギス・カンの名が、テムジンだったころです。父は、ジャムカと言いました」

「そのころ、草原を旅していれば、そのジャムカという人にも、会えたかもしれん」

「まこと、すべてはめぐり合わせですね」

マルガーシは、石酪のかけらを丘長春に差し出し、自分も口に入れた。

ふたつ目の石酪がやわらかくなるまで、ここにいよう、とマルガーシは思った。

翌朝、丘長春の姿はなくなっていた。自分が腰を降ろしたところに残してきた、石酪を入れた革の袋もなくなっていた。

その日は、二十里ほど北に移動した。

水心《すいしん》の者がジャラールッディーンとの連絡係になっていて、北へ進軍中のホラズム軍が、三つに分かれ、総勢で十三万に増えている、とテムル・メリクの伝言を伝えてきた。自国領であり、兵糧その他は思いつくかぎりのところに匿してあって、兵站の不安はまったくないらしい。

さらに、南下してくるイナルチュクの軍は、四万五千騎に増えてきて、西の小国の連合からも、二万が合流するはずだという。

ホラズム国内に散らばった者たちだけでなく、周辺の国々でも、モンゴル軍が負けると読んでいるようだ。

「隊長、あと十日もすれば、北と南の軍は出会うことになる、と思うのですが」

「気にするな、ユキアニ。あと十日もあると思えよ」

「はい」

「一人に、馬が二頭。そして武具、馬具、兵糧。いつもすべてを数えておくようにしろ」

チンギス・カンが、ブハラ郊外の軍営を、動いていないらしい。軍営というが、宮殿のような建物なのだ。

冬の間、チンギス・カンの軍営には、何度も接近した。しかし、あるところからまったく近づけなくなる。

チンギス・カンが臆病《おくびょう》だなどとは思えなかった。周囲にいる者が、用心深いのだ。三日経った時に、いきなりマルガーシの前に、テムル・メリクが現われた。周辺はそうとう厳しくしているが、それをかいくぐり、いきなりという恰好になったようだ。

「水心の者の報告で、それほど遠くないのがわかった。無性に会いたくなった。陛下も同じだが、お立場がある。自分の分も会ってこいと、お許しをくだされた。丸一日、馬を駈けさせただけだった」

夕刻近かったので、ユキアニに命じて野営地を決めさせた。

小さな焚火がひとつだけで、馬の世話を終えると、並んで腰を降ろした。

「テルゲノが、部下とともに、陛下のそばに来ている。それが、ホラズム軍の遊撃隊ということになる。皇子軍にいた者たちは、いまはテルゲノの指揮下だ」

いまのホラズム軍の状態を、テムル・メリクはしばらく語った。十数万の大軍に、戸惑っているようでもあった。

すでに十五万に達しているだろうが、中核になる八万以外の数は、正確にはわからなくなったのだ、とも言った。

イナルチュクの軍も、増えている。

モンゴル軍に関しては、一兵も増えていないという。こういう情況では、草の靡きという者たちもいて、モンゴル軍にも従軍を願い出る者が、一万や二万はいそうだ。一兵も増えていないというのは、受け入れていないのだろう。

「チンギス・カンも、出動すると思う。考えられなかったほどの規模の戦ということになる」

テムル・メリクが黙りこんだ。

薪の燃える音が、闇の中で大きく聴えた。

「そうだ、笛だ」

テムル・メリクが腰の笛を抜いた。

「聴かせてこい、と陛下に言われた」

テムル・メリクは小さく頷き唇を動かした。

戦列の端

一

じっと横たわっていることが、やらなければならないことだった。

ジョチはそれを守り、一日に数刻しか寝台を出て歩き回ったりはしなかった。

戦に出なければならない躰である。一万の兵の命を、預かりもするのである。

オトラルの野戦養方所に入っているのは、ほとんどが戦傷者で、ジョチのように病を抱えている者は少なかった。

毎日一度、ケシュアが回ってくる。まだ若いと言える女の医師だが、さらに若い陳高錬《ちんこうれん》とは男と女の関係を続け、最近、きちんと夫婦になったという話だった。

負傷して運びこまれてきた陳高錬が、一方的に惚《ほ》れ、ひたすら口説き続けたのだという話だが、出会いはずっと以前、鎮海城《ちんかい》でのことだったらしい。

それ以上細かいことをジョチは知らず、夫婦になったのだと挨拶を受けたのは、陳高錬が迎えに来た百騎と、前線というべきところへ進発する日だった。

陳高錬は、オトラルで無駄な時を遣ったのか。人生にとっては、有益な時だったのか。

陳高錬がいなくなると、ジョチはいくらか寂しさを感じた。

周囲には副官のツォーライと、従者が二名いる。病人としては、恵まれた状態だった。

急激な症状が出て苦しむ病というより、徐々に体力を奪われていく、とジョチは感じていた。痛みや苦しみよりも、それは心に響くものだった。

ケシュアは、ジョチの病状については、楽観できるものではないが、すぐにどうこうということもない、と言った。これといって薬はなく、安静にしているしかないようだった。

実際いつもより多く動いていると、夜には、どうしようもない重苦しさに、全身が包まれてしまう。

いつかは軍指揮に復帰する、という思いを持ち続けることは大事だと、ケシュアは悲しそうな眼差しで言った。

ツォーライが、いろいろと戦況の情報を集めてきて、卓上で想定戦などをやることがあった。以前の戦をふり返ることが多かったのは、このところ大きなぶつかり合いは起きていないからだ。

何度か厳しいぶつかり合いはあり、大抵は優勢だったが、シギ・クトクがパルワーンで大敗した戦がある。

　その軍は、もともとジョチが率いるべきものだった。自分に代る将軍が、シギ・クトクなのだから、そういうことになる。

　ジャラールッディーンとのぶつかり合いで、大敗ではあったが、あるところで踏み留まり、もう一戦という気概を見せながら、陣を動かさず、次の戦まで耐えた。

　シギ・クトクが自分だったかもしれないと思うと、その戦の分析だけは、他と較べて熱く詳しいものになる。

「そろそろ、両軍が近づきはじめております。モンゴル軍は、砂漠で挟撃を受けるというかたちですが」

「これほどの距離を、挟撃とは言うまい。二方向に敵がいる、というだけのことではないか」

「それでも、二方向とも大軍です」

「挟撃とは、気づいたら挟まれていたということだろう。そして、逃れるのはなかなか難しい」

「では、全軍がひたすらぶつかり続ける、と読まれますか？」

「父上が、そんな戦をされると思うか。まともにぶつかる。それが相手の意表を衝く時に、思いついてやられる」

「思いついてなど」

「いや。俺には、父上がいつも思いつきで動かれている、と感じられてならない。俺が三日熟考しなければできないことを、ふっとなされる」

「大殿は大殿で、人にわからないように熟考されているのではありませんか」

「そうかもしれない。要するに、わからないのだろうな」

「誰も、大殿の心の中は測れません」

「子供のころ、いつも一緒にいるわけではなかった。だが、一緒にいる時は、あたり前の父親だった、という気がする」

「俺は、ホエルン様の営地で育ちました。そこにいると、大殿の姿はあるようでない、と感じてしまうのです。正直、そんな感じでした」

「祖母《ばあ》さまは、さまざまなことを考えて、おまえたちを育てられたのだろう。父上を、あまりに偉大な男と、子供たちが感じずに済むようにもされたのだろう」

「ホエルン様は、母であると同時に、なにか主《あるじ》のような、心の底では決して甘えてはならない存在だ、といつも感じていました」

「俺は時々、祖母さまの営地出身の者たちを、羨しいと思うことがある。必要なものは、与えられた。そして無駄なものは、決して与えられることがなかった」

「殿はなにか、無駄なものを？」

「生まれた時から、若君であったよ。厳しくされたが、ほんとうの厳しさではなかっただろう。父親が誰であるのか、いつも思い知らされた」

「俺たちの父は、忘れられた、あるいははじめから無名の兵卒でしたから、殿のような思いはわかりません」

野戦養方所の外には、椅子が方々に置いてあった。

ジョチは、日に四刻、そこにいることを許されている。ただ、直接陽の当たらない、大木の下だ。

長大な幕舎が三つあり、そこでは数百名が傷を癒している。病を得た者も、少ないがいる。木陰の椅子に腰を降ろしていると、杖を持った者や、頭に繃帯《ほうたい》を巻いた者が、通り過ぎる。養方所で働く若い女に、支えられて歩いている者もいる。

養方所で働く女は、この戦場の近くであろうと、増えている。医師も増えたが、その下で働く女たちは、もっと増えた。

祖母が亡くなってから、その営地を、ダイルの妻であったアチが継いだ。その時から、戦で親を失った、女の孤児を収容するようになった。

厨房で働く者、縫い物をする工房にいる者、アウラガ府で、書類などを作る者。そういう中に、養方所で働く者が、かなりの数、いるのである。

アチが、養方所を統轄する仕事をしていたので、そういう者が多かったのか。

ダイルとアチの娘のツェツェグは、叔父のテムゲの妻である。

気になる者たちが、多くいた。戦の時は、そちらまで気は回らない。どういう相手なのか、どういう闘い方をすればいいのか。そればかり考えている。

「なあ、ツォーライ、こうして怪我をした者たちを眺めていると、みんなどこか嬉しそうな顔をしているな。生き延びたのだ。あたり前か」

「まあ、暗い顔にはなりますまい。癒えかけている者が、歩いているのですから。中の寝台では、回復の見込みのない者が、うつろな眼でなにかを見ていますよ」

「俺も、そうか」

「殿は、快癒されます。俺は、それを信じています」

「治ることはない。ケシュアの顔を見ていると、それはよくわかる」

「ケシュアは、優れた医師です。いかなる表情も、患者には見せはしません」

「俺は、感じる」

「ケシュアに映った、御自分の顔を見ておられます。そういうものです」

ひとり、外の情報を運ぶために雇っている者がいる。戦の趨勢など、少し遅れてだが、父の本営から伝えられてくる。本営で扱わないような情報を、その者は届けてくる。

「陳高錬殿は、鎮海城に家を構えられるようです。父親の陳双脚《そうきゃく》が、チンカイ殿に挨拶したようです」

チンカイも、ケシュアに心を傾けていた。しばしば二人きりで会うために、病勝ちになった、という噂まであったようだ。

陳高錬とチンカイは、ケシュアという女を争ったことになる。お互いを気にしながら、譲ろうという考えはなかっただろう。

陳高錬の方が、無謀な突進力を持っていた。

チンカイは、どこか気後れを感じてしまう男なのだろう。

もっとも、ジョチは二人をよく知っているわけではない。

片腕を失った兵が、ジョチの前で立ち止まり、直立した。ジョチの軍にいた者だ。

「生きていたのか？」

「はい、腕を失うだけで済みました。輜重《しちょう》に乗せられてここに運ばれた時は、命を失うかもしれないという車輛《しゃりょう》に乗せられ、一緒に載《い》た四名は、途中で二名死に、ここに入って残りの二名も死にました」

「片腕を失ったのは、つらかっただろうが、生き延びたのだな」

「はじめは、片腕でどうやって生きていくのだ、と思いましたが、オルギル将軍のもとで、働く場所を与えていただけそうなのです」

オルギルは、スブタイの隊にいた将校で、片腕を失ってから、街道や駅を管理する仕事をしていて、駅長と呼ばれている。

モンゴル軍では、負傷して戦に出られなくなった者たちが働く場所が、いくつも考え出されていた。躰が少々動かなくても、人は頭さえ働かせれば、場所を得ることはできる。

癒えるあてのない病とは、なんとも残酷なものだ、と歩み去る兵の後ろ姿を眺めながら、ジョチは思った。

なにを待っているのか。そんなことをふと考えたりする。

「ツォーライ、俺の馬を、病舎の近くまで連れてきてくれないか」

「馬は、ケシュア先生に禁じられております。御心配なされなくとも、供の者が交替で駈けさせ、いつでも戦場へ出られる馬になっています」

「それは、わかっている。俺はただ、一日のうちの二刻、馬と語り合っていたい」

「語るのですか？」

「躰も、動かしたい。鞍を載せて降ろすことは、いくらか運動になる。それぐらいは、いいであろう」

「馬は連れてきますが、鞍を持ちあげていいかどうかは、ケシュア先生に訊いてみます」

じっと寝たまま、少しずつ衰えていくことは、受け入れ難いという気がした。そのまま死んでいくのなら、すでに死んでいることと同じではないのか。

「おまえが語る相手としていてくれるが、馬にしか語れぬこともあるよ。多くは、愚痴とか嘆きの類いだろうが」

「馬は、すぐに曳《ひ》いてこさせます。殿がおられるところのすぐそばに、馬繋ぎも作らせます。寝ておられても、馬の気配をお感じになることは、できるはずです」

「頼むよ、ツォーライ。今日は、あの兵と話をすることができてよかった」

翌日から、寝ていても、馬の動く気配は伝わってくるようになった。馬繋柱《ばけいちゅう》のそばの台には、鞍も載せられている。

馬の首を、抱く。鼻面に手をやる。そっと撫でる。馬は、大人しくしている。

「なんで、こんな時に病を得てしまったのか。父上の後継など、やれはしない。だが、戦だけはしていたい」

時々、自分の腕に触れてみる。他人のもののように、細くなっている。なにか、呻き声をあげたいような気分だ。

「おまえは、しっかりしたものだな。一日駈け続けても、どうということはない。俺も、ついこの間まで、そうだったよ」

動きの悪い兵など、馬上で打ち倒すこともあった。本気で駈けると、ついて来る部下は驚くほど少なかったものだ。

毎日、馬とは会話を交わす。小さな囲いが作られ、ジョチがいない時は、裸馬の状態だった。囲いのそばに立つと、馬は寄ってくる。なにか言いたげに、鼻を寄せてくる。

「乗って貰いたいのか。俺を乗せて、思い切り駈けてみたいのか」

語りかけると、馬は嬉しそうに首を動かす。

ジョチは、さらに語りかける。言葉は発しなくても、馬は必ず答えてくる。

ある日の夕方、躰に力が漲《みなぎ》っていた。

ほんとうにそうかどうかはわからないが、気分としては戦に出たいような、闘志のようなものが、溢れ返っていた。

ジョチは、馬に鞍を載せた。

「今日は、駈けさせてやるぞ。疾駆はしないが、二刻、三刻は駈けられる」

ジョチは、鞍に跨《また》がった。

養方所である。全体に囲いが作ってあるわけではない。いつもいるツォーライは、二名の供を連れて、ケシュアのところへ行っていた。

自分たちが、ケシュアに躰を診て貰う日なのだ。それはケシュアが決めていることで、流行り病など、養方所では禁物なのだ。

長い幕舎も、風が通るようにさまざまに工夫されている。

ゆっくりと幕舎を離れ、木立の中に入った。小さな木立で、馬や人が通れる小径《こみち》は作ってあった。

「いいな、おい。おまえの背中で受ける風は、縁台に座りこんで感じる風とは、まるで違っているぞ」

木立を出た。

もう陽が落ちかかっていた。

光と闇が入れかわる時があり、さまざまなものが、幻のように見え隠れする。

馬の脚を落とした。

すぐに、闇が景色を包みこんだ。

ひとつだけ、光がある。近づいた。それが火であることが、少しずつわかってくる。焚火だろう、とジョチは確信した。見えないところにも、人がいたのだ。

それほど大きな焚火ではなく、いるのは二人か三人だろうと思った。

人が動く気配はなかった。ジョチは、腰の剣を確かめ、近づいていった。すぐそばまで行っても、火の光の中で座っている影は動こうとしなかった。ひとりだ。

「済まんな。焚火を分けてくれんか」

返事はなかったが、手が動き、火のそばに近づくように招いてきた。

ジョチは、馬を降りた。

佩《は》いていた剣ははずし、鞍にひっかけた。

「おひとりか？」

炎に照らされた顔は、老人に見えた。

むき合うように、ジョチは腰を降ろした。

「どうかしたのか？」

声は錆びついたようだったが、闇によく響いた。

「なにが？」

「おまえがそこに座っても、野鼠《のねずみ》が駈け抜けたほどにも感じぬ。私は、ひとりきりなのだよ」

「つまり、俺がいるかいないかわからん、と言っているのだな」

「声は聞える。だから、そこにいるのであろうが」

「言っていることが、わかるような気がしてしまう。いまいましいがな。俺は、半分、死んでいるようなものだろう」

「自分で、そう言うのか。死者は、語らぬ。火の温もりを求めたりもせぬ」

「残りの半分で、生きているのだよ」

「その半分は、死にたがっておらぬな」

「たとえ半分であろうと、生き延びたい、と思ってはならぬのか。生への執着は、断たれてはおらんのだ」

ジョチは、わずかだが不快な気分に襲われていた。

老人が、薪《たきぎ》に手をのばし、細い枝を折って、くべた。炎が揺れ動き、一瞬だけ、闇に押し潰されたようになった。再び躍りあがった炎が、気持のいい音をたてた。

「生も死も、悲愴じゃのう。おまえのこぼれる命が、この年寄の命に注ぎこまれているぞ。おまえはここで、わずかに残った命を、いたずらに費しているぞ」

「そうなのか」

老人の言うことが、痛いように身に沁みこんでくる。

「いまは、ただ温もるといい。この焚火は、おまえのものだ。去《い》ねと言うなら、私の方が消えていこう」

「待ってくれよ。俺はただ、御老人の焚火で、温もりたいだけなのだ」

「原野の焚火に、誰のものなどということはないか」

「喋っていれば、俺は生き返るよ。老師の言葉に、焚火か。思いがけず、贅沢な夜になりそうだ」

ジョチは、薪の一本を取り、二つに折って火にくべた。腹が減っていたが、食い物は持っていなかった。

老人が袋から魚の干物を出し、炙りはじめた。燃え盛る焚火の炎とは、かなり離してある。しばらくすると、いい匂いが漂ってくる。なにか香料がふりかけられているのか、香ばしい匂いだった。

売ってくれと言いたかったが、銭は持っていない。

ジョチは、眼を閉じていた。

不意に、匂いが強くなった。

干した魚が焼きあがり、眼の前に差し出されている。取れ、という仕草をする老人を、ジョチは見つめた。

「おまえと私を較べると、おまえの方がずっと空腹なようだ。食いものは、いつも空腹を抱えた者の物だ」

「いま、礼をするものはなにもないのだが」

魚を受け取りながら、ジョチは言った。

「俺は、ジョチという者だ。礼は必ずする」

「おまえは、空腹のようだから、食っていいのだよ。私は、丘長春《きゅうちょうしゅん》という、旅の僧だ」

「ひとりで？」

「気ままでいい」

「それにしても、この魚はうまい」

「腹が減っているからさ」

頷きながら、ジョチは口を動かしていた。

塩辛さと甘さが、同時にあった。躰の中をその味が駈け回り、蹠《あしうら》から温かくなってきた。

「死んでいた半分が、生き返ってきた。いや、眠っていただけで、眼を醒ましはじめたということかなあ」

「生きたいのだなあ。悲しいほど生きたがっているのう」

「それが人ではないのか、御老師」

「執着は人それぞれよ。生きて生きたと感じられる者は、それほど死を恐れはせぬと思う。私は、死はただいなくなることだ、とたやすく解しているだけだが」

ジョチは、魚を全部食ってしまった。

「うまい魚だった」

「生きていることは、いいのう」

僧だと言っていた。しかし、僧だという感じはなかった。

「しばらく、休め。食いものを躰に入れたので、すぐに元気を取り戻す」

丘長春の言葉に、なにかを返す気にはなれなかった。ひどく眠い。

しかし、眠ることなどできない。

ツォーライは、いま懸命に追っているだろう。

逃げられはしない、と眼を閉じながらジョチは思った。

二

起伏のある場所を、チンギス・カンは気にするでもなかった。

二千二百騎で、馬脚を落とすでもなく、軽やかに駈けている。

スブタイは、十里離れていたところを、五里の距離に縮めていた。

まだ、敵が近いというわけではない。しかし、草原の起伏や岩山や木立を利用して、兵を埋伏させるには、絶好の地形なのだ。

一万騎を二隊に分け、五千騎を先行させている。そこで起こす土煙が、後方から来るチンギス・カン本隊にかからないように、指揮の将校は、風を読んで進んでいる。

トルイの隊が近くにいるはずだが、姿は見えず、土煙も遠望できない。

右前方に五百騎、という斥候の報告が入った。敵ではない。トルイの副官のナダが、地を這い回っていた。

ナダが、従者ひとりをつけ、駈け寄ってきた。

「五百騎ほどの、敵の情報があります、将軍。二度、斥候が捉えております」

敵はまだ遠い。五百騎は、ジャラールッディーンのところにいる、遊撃隊だろう。これほど本隊と離れていることを考えると、狙いは奇襲だろうか。

問題は、マルガーシがいるかどうかだった。

こちらの読みを、はずした動きをしてくる。わずか数十騎で、気づくと味方の中に紛れこんでいる、ということにもなりかねない。

恐らく、トルイもそれを警戒している。

「どう思う」

「放っておく、とうちの将軍は考えています。奇襲をかけてきたとしても、一度ぶつかる間に急行できる、と思っています。いま見えている五百は、どう動いてこようと、打ち払えます」

スブタイは、部下の将校二名を呼び、先行する五千騎を、二隊に分けて指揮するように命じた。こちらの態勢が細かいほど、五百騎の動く余地を狭くする。

「ナダ、トルイ将軍は、やはり玄旗《げんき》の警戒か。どこかにいそうだものな」

「それだけを警戒している、と言っていいと思います。われらや、それからスブタイ将軍の軍を狙うことなどあり得ません」

どこかで、岩になっている。木立になっている。そんなふうに、自らを埋伏させているのかもしれない。

戦の大勢に影響するところはなく、だからどういう動きもできる。

ただ、マルガーシは、討たれかけたジャラールッディーンを、何度か守っている。

チンギス・カンの首を奪るか、ジャラールッディーンを守るか。

マルガーシの目的がその二つだとしたら、案外、本軍に紛れて、ジャラールッディーンのそばにいる、ということも考えられる。

遊軍の動きは変幻だが、マルガーシの動きは、三重、四重の変幻だった。

「五十騎に、馬匹の者と引き馬をつけろ」

副官に命じた。

すぐにも将軍になりそうな将校が三名いて、交替でスブタイ軍の副官を務めている。

チンギス・カンと話し合い、副官にして、将軍候補として育てあげることになっていた。

自分にむいているのかどうか、わからない。少なくとも、ジェベよりはむいているかもしれない。

新任の三名の将軍がいるので、いずれにしろ先の話だった。

五千騎の指揮を副官に任せ、ナダとその従者を連れて、トルイの軍にむかった。

チンギス・カンの本隊の、すぐ後方を駈けることになる。

地を這い回るような動きをしていたナダの部下は、すでに自軍に戻っているようだ。

「スブタイ将軍、五十騎で野を駈け回られるのですか？」

「本軍の衝突までには、まだ日があるだろうしな。ちょっと原野に潜ってみるよ、ナダ」

なんのためにと、ナダは訊かなかった。

トルイ軍が見えた。

隙だらけのように見えて、実はどこにも隙がない。それが兄たちの軍とは違うところだ。

近づいてくるところが見えたようで、トルイが二騎を連れて進軍中の軍から出てきた。

「俺の軍を指揮しに、来られたわけではなさそうですね、スブタイ将軍」

「トルイ殿の軍なら、一度は指揮してみたいものだが」

「俺はいつも、スブタイ将軍の動きを、ああやりたいという思いで見ています」

「ところで、この五十騎が、時々、眼に触れるかもしれん」

トルイは、五十騎をしばらく見回した。

わざわざ見せに来たというのは、わかったのだろう。

「大丈夫です、将軍」

「わかった。それでは、俺は行く。トルイ殿、もうナダ副官は、そばに置いて欲しい」

「スブタイ将軍が動かれるのですから」

頷き、スブタイは馬首を回した。

五十騎である。軍と離れると、そのあたりの灌木《かんぼく》の茂みと同じだった。

原野にも、腰の高さほどもない灌木の茂みが、果てないほどに続いている。時々、木立が現われる。それが森になることもある。

水の多い地帯に行けば、森ばかりになる。岩山が、緑の中で妙に禍々《まがまが》しい光景を作り出す。

そういうものの中に、人の営みがあるのだ。

人の姿は、地でうごめく虫のようなものだ、とスブタイは思う。自分は、その虫の一匹だった。

ただ死に、朽ち果てる。あるいは、ほかの虫に食われる。地虫は飛ぶこともできず、空を舞う鳥を見あげている。

そんなことを、時々考えるが、人に語ったことはなかった。

語りたい相手など、どこにもいない。もし強いて捜すなら、チンギス・カンだけだった。そしてチンギス・カンが、そういう話を、笑って聞くとも思えなかった。

俺は、虫か。

自分に問いかける。地虫が翅《はね》を持ち、自由に飛べることなど、多分、ありはしないのだろう。地を這っていると、鳥に食われる。それぐらいのものだ。

夕刻まで、そうやって駈けた。

チンギス・カンの本隊が野営に入ると、スブタイも小さな焚火を作り、全員でそれを囲んだ。

自ら、遊軍となっている。斥候などは、出さない。ただ全軍の動きを見ている。スブタイが出す斥候より、本隊の斥候は広範囲の情報を集めている。そして些細な変化にも、ソルタホーンは対処するだろう。本隊の陣立てが、わずかに変えられる。夜間まで、遠くへ斥候を出す。

敵の動きというより、本隊の動きに、スブタイは注意を払っていた。

三日目の夜営で、本隊の陣形がいくらか変った。

時々姿を見せる五百騎ほどは、日に一度は斥候に捉えられているようだ。

スブタイは、五十騎に臨戦態勢をとらせた。

少し離れている馬匹の者にも、連絡を送った。

夜半、本隊への夜襲があった。

その時、スブタイは疾駆して本隊に到り、地に伏せて情況を見つめた。

五百騎の動きは、どこまでも突っこむというようなものでなく、角度を変えて、浅い攻撃をくり返している。

「トルイ軍は、近づいてきたか？」

そばについて、本隊やトルイ軍との連絡に当たっている部下に、小声で訊いた。

「お待ちください」

呼吸にして、いくつか待った。

「トルイ将軍指揮の五百騎が、本隊の後方に到着しました」

スブタイは、乗馬の合図を出した。

すぐに、疾駆に移る。敵の五百騎が微妙に連携する動きを見せる。

チンギス・カンの馬回りが、突出してくる。つまりチンギス・カン自身が、突出してきているということだ。

五百騎が、横から突っこむ。敵ではない。スブタイが、ぎりぎりのところへ突っこむ。五百騎二隊が駈け回り、スブタイがそれを縫う、という動きをくり返した。

チンギス・カン自身が、前衛に出てきていた。二百騎だけがいくらか孤立し、後方に麾下がいた。

闇の中に、五十騎ほどの敵が現われた。それは素速い影のようで、動かないチンギス・カンにむかって、するすると近づいていく。

敵の五百騎がそれに続こうとしたが、トルイの五百騎に妨げられた。

スブタイが狙っていたのは、五十騎がチンギス・カンの馬回りに突っこみ、離脱した瞬間だった。

馬回りは、衝突と同時に、両側から二十騎ずつが出てきて、五十騎を押し包む。支えきれず、五十騎は離脱した。

スブタイは馬腹を蹴った。

五十騎に追いすがる。最後尾の三騎ほどを打ち落とすと、五十騎は反転してきた。渦のように、二隊が絡み合って回った。

強烈な斬撃を、スブタイはなんとか剣で弾き返した。かつて経験したことのない、鋭さと強さだった。

次の瞬間に、敵は駈け去っていた。スブタイは、追った。トルイ軍や自分の軍の布陣で、五十騎の進む方向はかぎられている。

疾駆していた。敵との距離を、それほど詰められなかった。

前方。布切れの合図。すでに鞍を載せた替え馬が待っている。

乗り替えるなり、スブタイは疾駆した。一旦遠ざかった敵が、見る間に近づいてくる。

一刻で、追いついた。三騎、四騎と打ち落としていく。どの一騎をとっても、驚くほどの手練れだった。

十騎ほど落としたところで、敵の動きが不意に変った。疾駆の脚が、さらにあがった。馬を潰す気かとも思ったが、横へも動いている。なにかを、たとえば小さな岩山などを背後にして、馬を降りて闘おうとしているのかもしれない、という考えがスブタイの頭をよぎった。

様子を見ようと思った。敵はなだらかな斜面を駈けあがっていく。

肺腑《はいふ》を衝かれた。見逃しているものがある。

馬腹を蹴って、再び追いはじめた。斜面を駈けのぼる。のぼり切ったところが危険だと判断したのか、部下が三騎、スブタイの前へ出た。

斜面をのぼり切った。

前方に、馬を乗り替えている敵の姿があった。

スブタイは、苦笑した。うまく、やられた。馬を新しくした敵には、もう追っても追いつけないだろう。

落とした敵で、まだ息のある者たちに、止《とど》めを刺した。十二騎、落としていた。

スブタイは、自軍にむかった。

途中で、やはり戻ってきたトルイに会った。

「自分で出たのか、トルイ殿」

「出ました。そして、マルガーシがいましたね。玄旗を出してはいなかったようですが」

敵に、五百騎の遊軍とマルガーシの隊。それと同じ五百騎とスブタイの隊。

こちらは仕組んだが、むこうは錯覚したようだった。マルガーシ自身も、一瞬、トルイ軍の五百騎を、味方の遊軍と錯覚したかもしれない。

敵の遊軍は、スブタイをマルガーシの隊だと、束の間、勘違いをしていた。

「マルガーシは、するりと俺の手の中を逃げていった。十二騎、落としただけだ」

「俺の方は、四百騎ほどは討ち取りました」

「ほう」

「もっともこの隊だけでなく、一千騎を回していて、それと挟撃をかけたのですが」

「ジャラールッディーンは、いなかったのだろう、トルイ殿」

「いるかもしれない、と思われていたのですね、将軍。実は、俺もいるような気がして、皆殺しにかけたのです。逃げおおせた百騎の中にも、ジャラールッディーンはいませんでしたよ」

誰かを守るというような動きが、一切なかったのだろう、とスブタイは思った。

「殿は、自分を晒すように動かれた。まったくなあ。まだ戦がはじまっていないというのに、もう退屈されているのかな」

「父は、ちょっとやってみたかっただけ、ということだろうと思います、将軍」

「わかるよ。俺たちが振り回されたのではなく、はじめたのはこちらだからな。うまく乗られたのだな」

スブタイが言うと、トルイが困ったように笑った。

何日かぶりに、自分の軍へ戻った。

すぐに、野営に入った。

陽が落ちようとするころ、チンギス・カンから伝令が来て、呼ばれた。

スブタイは、従者二名を連れて、本陣へ行った。

「おう、肉を食うか、スブタイ」

チンギス・カンは、焚火の前の胡床《こしょう》に腰を降ろし、自分で肉を焼いていた。

「ホラズム焼きと言われているものですか」

「香料は、草原のものだ」

「そうですか。殿、まだ香料には早すぎますよ」

うまく工夫されていて、肉の塊はほどよく炎から離れたところで、回転させられるようになっている。

「俺が回しましょうか、殿？」

「いかん。これは俺の肉だ。そして、おまえたちに振舞ってやる」

「トルイ殿も、来られるのですか」

「二人で、活躍していたではないか」

「殿、見え隠れしていた五百騎は、ちょっと不気味だったのですよ。ぶつかるという局面が何度かあれば、マルガーシも出てくるかもしれない、と思ったのです」

「それだけでは、出てこなかっただろう」

「まあ、殿がうまそうな躰を晒されましたから、間違いなく一度は出てきたでしょう」

「マルガーシは、どうしていまひとつ思い切れないのだ。俺にむかってきた時、あいつの頭のかなりの部分を、これは罠かもしれないという思いが占めていた。俺は自分であそこに出てやっていたのにな」

「ジャムカならば」

「思い切りがよかった。馬を疾駆させた時は、すべてのことを頭から消していた。それは見事なものだったぞ」

「殿は？」

「疾駆しても、悩みとか煩悩とか疑問とか、そんなものを重たく背負っていたな」

「そして殿は生き延びられ、ジャムカは長く生きることはありませんでした」

「いやなことを言うな、おまえは。俺とジャムカは、ぎりぎりのところで勝負を続けた。俺が勝ったのは、ちょっとした運のようなものにすぎないのだ」

「その運も含めて、殿はジャムカに勝たれたのだと思います」

「もういい。肉を食おう。そろそろ、香料をふりかけるぞ」

「まだです、殿。いまふりかければ、香料は火に晒され続けて焦げ、おかしな匂いになります」

「そうか、香料が焦げるか。俺はその按配《あんばい》が、よくわからなくなった。機を見て、いまだ、と言ってくれぬか」

「最も難しいところは、人まかせにしてはなりません。特に殿は」

「肉も、焼きすぎたり、焼きが足りなかったりする。すべての按配が、どこかで正しくなくなっている」

チンギス・カンは、喋りながら、肉を回転させていた。

チンギス・カンの按配が、どれよりも正しいものだ。しかしチンギス・カンは、そんなことは受け入れないのだろう。

肉の塊は大きく、羊の後脚の一本だろう。

トルイが、副官とやってきた。

「ホラズム焼きですね。しかしこれはでかい肉だな」

言いながら腰を降ろし、トルイは肉を回すのを交替しようとした。トルイの手を、チンギス・カンが押し戻す。

「マルガーシは、強かったか、スブタイ」

「一度だけ、斬撃をぶっつけ合いました。まともにです。俺の経験の中では、比類なき強烈さでありました。そしてどこか、悲しい剣だ、とも感じました」

悲しいという言葉を発した時、肉を回すチンギス・カンの手が、一瞬、止まった。

「黒貂《くろてん》の帽子ではなかったが、マルガーシとひと目でわかった。疾駆が、ひと呼吸遅かったので、俺はその場を動かなかった。もう少し早ければ、俺は二、三歩、退がらざるを得なかっただろう」

「そこまで、御自身を晒さないでください、父上。馬回りはみんな、ほかの者より先に自分が死のう、ということばかり考えていたと思いますよ」

「だろうな」

「それにしても、遊軍はきわどく動いてくるものです」

「百であろうが五百であろうが、動きは予測のうちにあるようになった。あいつらは、それを気づいておらん」

「だから俺は、五百騎のうちの四百騎を討ち果せたのでしょう。あの中に、ジャラールッディーンがいれば、よかったのですが」

ジャラールッディーンについては、スブタイもそう考えた。そこに現われるぐらいの、やわらかさは持っていた。いまは、大軍で、急造の軍なので、できるかぎり一緒にいようと考えているのかもしれない。

北から来ている、イナルチュクの軍とも、軍議などはまだ持っていないのだろう。軍議を開けないまま、多分、戦ははじまるのではないか。

「要するにおまえたちは、不測の事態を、できるかぎり減らそうと、ホラズム軍の遊撃隊とやり合ったのか。それにしても、敵と同じ隊の構成で、幻惑しようとしたやり方など、トルイの頭ではないな。長く、寡兵で西夏軍にむき合ってきた、スブタイの考えそうなことだ」

チンギス・カンは、ちょっと笑い、周囲に眼を配った。

「実はな、誰も出ていかなかったら、俺がやろうと思った。スブタイと、同じようなことを考えていたのだ」

「殿、いまが香料の時です」

スブタイが言った。

チンギス・カンは、注意を肉にむけ、丁寧に香料をかけた。

三

その二つの灯だけは、ほかと別のものに見える。

二つの灯を、合わせる。決してはずすことなく、その線上を進む。

深い闇の中で、はっきり見えるのは、港の入口の灯台の明りである。ほかには、時折、ぼんやりとした明りが浮かびあがってくるが、それが民家のものか別の篝《かがり》なのかは、よくわからない。

トーリオは、船の舳先《へさき》が海門寨《かいもんさい》にむけられるのを、甲板に立って見ていた。

夜に入港する必要はないと考える船頭もいるが、礼忠館《れいちゅうかん》船隊の船頭は、合わせ灯の遣い方を習熟している。夜明けを海上で待つことをしないので、かなりの時間の節約ができた。

帆は降ろされ、櫓《ろ》だけで進んでいる。櫓の動きを揃えるために、船頭の助手があげる声が、闇に響いていた。

右に灯台を見て、なんの問題もなく、船は港に入った。船着場にも小さな明りがあり、そちらに舳先をむけると、接岸を補佐するために立っている数人の姿を、認めることができた。

舳先にも甲板の縁にも、水夫《かこ》たちが立っている。

接岸を確認すると、トーリオは船尾楼の下の部屋に明りを入れ、荷をまとめた。

袁清《えんせい》が乗船してきて、トーリオの荷を担いだ。

「赤虫《あかむし》、鄭孫《ていそん》殿に、礼忠館に来て貰ってくれ」

「すでに来ておられて、お待ちです」

昔は港で赤虫と呼ばれていたこの従者は、すべてのことに気を回す。それが疎ましいと感じることもあるが、急いでいる時は便利だった。

船では、十数羽の鳩が飼われていて、それはすべて海門寨へ帰る。つまり、入港の知らせなど二日前に入れられる。

「侯春《こうしゅん》殿も、一緒にお待ちです」

「そうか、あちらの方が早かったか」

侯春は、長江の上流から、船を乗り換えて、こちらへ来ることになっていた。

礼忠館船隊の、船の数は飛躍的に増えていた。新造船だけでは間に合わないので、一艘、二艘と抱えて水運をなす業者を、水夫ごと買いあげた。それで、十六艘に増えた。

渡り板で地に降りると、トーリオは礼忠館へむかった。

「すべて異常ありません。お屋敷の方も」

張英《ちょうえい》が、そばを歩きながら言った。

「そうか、煙《えん》も？」

「はい。礼賢《れいけん》様をお守りしなければならないと、一途に思っておりますので」

煙というのは、母のそばにいる、巨《おお》きな犬の名だった。

母がその犬を飼いはじめた時は、なんとか掌に載るぐらいだった。それから巨大になり、羊ぐらいの大きさになった。黒い羊だと思われたこともあるらしい。

母以外では、トーリオに懐いていた。顔を見ると、低い声で哮《ほ》え、嬉しそうに全身をふるわせる。

礼忠館の会議の部屋では、侯春と鄭孫がなにか冊子を積みあげて喋っていた。

「早かったのだな、侯春。こんな季節なのに、北西の風が強かった。それに乗ったか」

「まさしく。風と潮流に乗った船が、どれほど速いか、はじめて体験したよ」

「いま、米がどれほど蓄えてあるか、調べていたところです。もう、モンゴル軍の一年分もありません」

鄭孫が言った。商いでは、母の弟子であり、トーリオの師だった。細かいことは、ほとんど鄭孫に教えられた。

「甘蔗糖は、十六艘分、入ることになったよ、鄭孫殿」

「米は？」

「雷州《らいしゅう》に集積して、ほぼ百艘分が集められる」

「足りぬと思いますぞ、トーリオ殿」

「わかっているが、それがぎりぎりだった。年に二度、収穫ができる。次の収穫では、三百艘分になると思う」

「それでも、足りぬな」

「いま、長江沿いの米を、あと百艘分多く買いあげられるかもしれない、という話をしていたところだ、トーリオ」

「あそこの米商人は」

「それが、アサン殿が、商人のひとりを手懐《てなず》けて、取引に参入された。かなりの銀《かね》を投入される予定だ。米は、武昌《ぶしょう》に集められ、南回りの街道を通って運ばれる」

「沙州楡柳館《さしゅうゆりゅうかん》の経由か」

「経由というより、沙州楡柳館が、自分のところの輸送隊を遣う。武昌からエミルまでだ」

「おう、タュビアンに繋がるわけか」

「アサン殿とタュビアンの関係は長く深い。タュビアンは、カシュガルへの街道もしっかり押さえているからな」

「わかった。とにかく四百艘分だ。それから小梁山の秦広《しんこう》は、増える甘蔗糖のほかに、糖蜜酒を、十艘分、引き受けてくれないか、と言ってきている」

糖蜜酒というのは、甘く思えるが、もともとの材料が甘いだけで、それほどの甘さを感じることもない、強烈な酒だった。

簡単に言えば、甘蔗の搾り滓《かす》を置いておくと、熟《こな》れてくる。それをさらに搾り、煮つめ、その湯気を集めたものなのだ。

傷を負った時に、それをふりかけると、絶妙な毒消しになる。つまり、戦場ではいくらでも必要としていた。

「俺は、飲む方が好きだが」

「それは、戦が終ってからだ、トーリオ。みんな集まって、糖蜜酒で酔いたいものだ」

「その時、大同府の妓楼を貸してくれないか、侯春。鄭孫殿も、その時は長い旅に耐えて、大同府へ行くと思うぞ」

「私は、いい。長い旅など、したいとも思わないよ。ここにいて、糖蜜酒をひと瓶《かめ》貰い、ひとりで酔うことにする」

鄭孫は、ほとんど動くこともなく、中華や西域《さいいき》の物流について、正確に把握していた。動き回ったところで、人が動ける範囲は限られたものだ、と母と鄭孫が言ったことがある。物が拡がっているのと較べると、ひとりの人間が動けるのは、細く狭く限られている。

「アサン殿が、米の取引のために投入できる、かなりの部分の銀が、甘蔗糖の取引で生み出されている。そんなふうなものなのだと、国外で戦を続けるチンギス・カンにも、俺は知っていただきたい」

「チンギス・カンというお方は、そんなものもすべて知った上で、人の世を体現したような戦をなされている、と礼賢様が言われたことがあります、トーリオ殿。私にはそれ以上のことは語っていただけませんが、トーリオ殿なら」

「鄭孫殿に教えられ、それ以外のことは自分でわかれと、母上は以前から言われていた。人の世という言葉には、俺も感じてしまうが、どんな問いを発したところで、母上はそれ以上のことを語らないと思う」

「そうだな、トーリオ殿。言葉にはならないところで、礼賢様はさまざまなことをなされていたのだ、と私はこのところ痛いほど感じているよ」

「われわれは、われわれで。気になることがあれば、母上は鄭孫殿を通して、なにか言ってくれると思う」

「そうだ。俺は秦広から書簡を貰った。会って、しばらく話したいと。だから、一度、大同府に行くと」

「さて、秦広という人も、やはり妓楼を求めておられるのか」

「そんなのではありませんよ、鄭孫殿。違う話を、秦広はしたいようです」

「梁山泊」

トーリオが言うと、侯春が頷いた。

「俺の祖父様のような人が、沙州楡柳館にいた。その人が持っていた、梁山泊についてのすべての冊子を、俺は読んだ。亡くなった宣弘《せんこう》殿と俺が、二人で新しい梁山泊を作ったのだ」

「いやもう、満腹ですな、侯春殿。私には、遠すぎるという気がします。そういう人が人と絡み合っているような話は、戦がなくなった、平穏な時に」

鄭孫が言う。戦は、ずっと西の異国の地で行われているが、自分の戦でもある、と侯春は考えているのだろう。

「やはり、大同府の妓楼での宴だな」

トーリオが言うと、二人とも笑った。

明け方まで、細かい詰めを重ねた。大きなところだけ決めた話だと、毀《こわ》れた時に修復のしようがないのだ。

細かい話は、大して説明もなく、お互いに理解し得る。やはり、昨年、保州でヤルダムが開いた会議において、これからの十年を話し合ったのが、大きかった。

国が、なんのためにあるのかは、わからない。いま、どういう意味を持っているかも、わからない。十年先がわかりようはないが、ずっと変らないのは、民がいる、ということなのだ。どれだけの歳月が経とうと、どれだけ昔に遡《さかのぼ》ろうと、変ることなく民はいる。

だから、十年先の民については、語り合えたのだ。

トーリオが、話し合いを終えて屋敷に戻ったのは、朝、陽も高くなってからだった。

母は楼台に出て、海を眺めていた。

トーリオは帰館を告げ、楼台の端に作られた、風呂に躰を浸した。

帰館という時になれば、風呂には必ず湯が満たされる。母はいつからか、二日に一度しか遣わなくなったので、普段は一日おきだ。

躰がのびていく。頭の中では、会議の内容を反芻《はんすう》している。

風呂を出て、裸のまま自室へ戻った。寝台に、新しい着物が置かれていた。

それを着て食堂に行くと、母は卓について待っていた。

「これから眠るのですか、トーリオ」

「はい、しばらく」

「夕食に、李央《りおう》、呂顕《りよけん》、茅知菓《ちちか》を呼んである。おまえが呼びたい者はいるか？」

「それでは、礼忠館の客殿にいる侯春を」

「わかりました。それで用意させよう」

母はさらに痩せてきたが、それでも普通の女よりはずっと大きく、骨格ががっしりしているので鶴のような印象にもならなかった。

「それで、物資は思うように回っているのかい？」

「南方の、甘蔗糖と酒、長江沿いの米、河北の麦、北の端の島で育つ昆布、青州《せいしゅう》近辺の塩。そういうものの動かし方を、ひと回り大きくします。すべてをひと回り大きくすると、二倍に増えるどころではありません」

「まったくだね」

「だから仕組みを、根本から組み変えていかねばなりません。それについて、昨年の保州会議から、出席した者がそれぞれの立場で考え続けてきました」

「戦や政事より、物資の方が先を行っているということですね、トーリオ」

「われわれは、できるところでやろうとしているのだと思います。カラコルムの耶律楚材《やりつそざい》は、われらを統《す》べながら、アウラガ府のボオルチュ殿と、われらが知らないことまで、共有していると思いますよ」

「糖蜜酒が、手に入れやすくなるのか？」

母は、違うことを訊いてきた。この話題は、もういいということだろう。

「あの酒に、酸蜜《レモン》を搾って入れるのが、このところの私の気に入りでね」

「それは母上、誰でもいいので、ひと声かけてくだされば、不足することはあり得ませんよ」

「私は、市場で買いたいのだよ。顔を隠して、自分で歩いてみる。それでわかるものも、多くあるからね」

母の頭の中が、どうなっているかいまだによくわからない。市場の品揃えには常に関心を持っているが、甘蔗糖が多く入るようになったことを、喜んでいるふうもない。

食事を終えると、夕刻まで眠ることにした。

船の中で、眠れないということはない。眠っているが、躰がいつも揺れている。その揺れは、揺れていないはずの陸《おか》の上でも続いていて、ひと眠りするとようやく消えるのだ。

夕刻、船隊の三名と、侯春と鄭孫がやってきた。

李央は、数カ月前から、船頭をやめた。海門寨にいて、とにかく船頭を育てる、という仕事に打ちこんでいる。

母は、こうして人を呼んで食事をすることが、意外に嫌いではなかった。さまざまな人を呼んで、話をする。

そこで人の評価が母の中で積みあげられ、いま相当なものになっているだろう。それを、母はほとんど出したことがない。

めずらしく、李央は母に気に入られていた。

父が、駄目になりかかっている軍人として、李央をまず捉えた。そこから、再び立ちあがらせた父を、母はなにより好きだったはずだ。

父が死んだ時、李央はほんとうに再起したと言っていいのだろう。

母が李央を気に入っているのが、なんとなくわかるような気がする。

母は、一日のうちの数刻を、楼台の椅子で過ごす。椅子が二つあり、父が生きているころは、よく並んで座っていた。

もともとあった答満林度《タマリンド》の大木が、夏は心地のいい日陰を作った。トーリオも、片方の椅子が空いている時は、よく座った。

母はいま、そこに座って、話をしている。大部分は父と話しているが、時には違う人間とも話す。

ジャムカという男と、よく喋るという。父と二人で、草原を制しかけた男だ。その男と喋っていると、チンギス・カンの名も、時々出てくるのだという。そういう時のチンギス・カンは、テムジンという名だ。父は馬忠《ばちゅう》ではなくタルグダイである。この屋敷で、馬忠であったことはない、とトーリオは思う。

侯春が、梁山泊の話をはじめた。トーリオは何度か聞いた話だが、母には新鮮なようだった。

南の甘蔗糖の国と呼んでもいいような、小梁山の秦広の曾祖父と祖父が、秦明《しんめい》と秦容《しんよう》という名で、北宋と闘った男たちの中心にいたのだ、と侯春は言った。

自分の父祖も同じ仲間だっただろうが、侯春はあまり語らなかった。

「梁山泊の男たちの子孫というのは、あなたが挙げた人のほかにも、いるのでしょうね、侯春殿」

「はい、礼賢様。かつての金国や南宋に、かなり散らばっていて、それぞれの人生があるのでしょう。俺はそれを、探し出そうとは思えません」

「沙州楡柳館に、それについて書かれたものが、何十巻とあるのですね」

「何十巻などというものではありません。何百巻です。宣弘殿から、俺が管理を任され、すべてを大同府の書肆の蔵に移しました。宣弘殿は、病を得られ、二年前に亡くなりました。それで、宣弘殿と俺の梁山泊は消えてしまいましたよ」

「それは、宣弘殿と侯春殿が、梁山泊を作られたということですか」

李央が、口を挟んできた。

「二人で、言い交わしただけのことですが」

「侯春殿、その何百巻かの書は、読めるのですか？」

「はい礼賢様。大同府では、泥胞子《でいほうし》という人が、老後を愉しむように、ゆったりと読んでいますよ」

「面白そうですね。私も読んでみたい気がする。まあ、無理かな」

「礼賢様は、読まなければならないものが、部屋に積みあげられているのを、お忘れではありませんよね」

鄭孫が言った。

母が書類を読む速さは異常なほどで、トーリオはとても真似ができない。

「私に、まだ仕事をさせるつもりなのですね、鄭孫は。もう私は、仕事の中に私の判断を入れることはやめてしまったのです」

「私の頭には、入れてください、礼賢様。私には、まだ自信がありません」

ひとりで判断していると、頭がおかしくなってしまう、とよく鄭孫はこぼしている。

やがて、そんなことは感じなくなるのだろう、とトーリオは思っていた。

商いの細かいところは鄭孫が判断するが、大きな流れはトーリオが決めてきた。それで二重の判断がなされるのだ。母も、そう思って見ているだろう。

「ところで、長い旅をするのですか、トーリオ」

「はい。ひと月後には出発しようと思います。まず、船で保州にむかいます」

「それで、帰りは？」

「半年後です、母上。保州では来年の雪解けのころですね」

遊びの旅だ、と言われるだろう。言われても、抗弁のしようはない。旅をしなければならない理由はなく、ただ自分がやりたいだけなのだ。

「どこまで、行くつもりなのかい？」

「はい、西へ、西へ、ひたすら西へ」

「どこまでと訊いている」

「行けるところまでです、母上」

「おまえは、南へ旅をしてきたばかりだろう」

「南へは、確かに何度か。しかし、西へは一度も行ったことがないのです」

「保州から西へ行けば、どこに到るかわかっているのでしょうね」

料理が並んで、酒も出てきた。

草原へ行くことになる。生まれた場所を探そうなどという気はないが、その土地で生を受けたことは確かだった。

しかし、そこも通り過ぎる。街道というものを、旅してみたいのだ。

アウラガには、ボオルチュという人がいる。そこから西へ進めば、カラコルムがあり、耶律楚材がいる。さらに西で、鎮海城である。そこにはチンカイという人物がいて、会って損のない、おかしな男だ、とヤルダムが言った。そしてタュビアンのいるエミルである。

そこからも、街道はさらに西へむかっている。

「面白そうだが、仕事は物流のなにかかかい。街道が、この世で最も太い交易路だろうし」

「仕事はないのです、母上。やる気もありません。伴うのは、張英と袁清の二人です」

「なるほど。それはよい。羨しいほどだね。しかしよく、鄭孫や李央が許したものだ」

「私は許すような立場ではなく、ただトーリオ殿に告げられただけです」

慌てて、鄭孫が言う。

「俺は、行けと言いましたよ。そのうち、身動きできないほどの、重い仕事を背負います。いまはまだ、取引そのものは、単調だろうと思うのです。戦を支えている、という恰好ですから」

「私はどこにも行けないのだよ、トーリオ。もう旅などしても、なにも得ることはないだろう」

「わがままも言われないのですか、礼賢様？」

「言いはしないが、いま思いついた。あなたにわがままを言ってもいいだろうか、侯春殿？」

「はい、なんでしょう」

「大同府で、泥胞子という方が読まれている、梁山泊について書かれたものを、私も読んでみたい」

「わかりました。しかし、大同府で読まれるのなら、大同府に住まなければならない、というほどの量です。俺も、沙州楡柳館で読み続けて、一年近くかかったのですから」

「私は、あなたにわがままを言っているのですよ、侯春殿」

「わかりました。泥胞子様が読み終えられたものから、順次、このお屋敷に送りましょう。これで、わがままにお応えしていることになりますか？」

「ありがとう、婆の言うことを聞いてくれて」

「半年、気ままな旅をするトーリオに較べたら、小さなわがままですよ」

「西の西では戦ですよ。それほど楽に、トーリオが旅を愉しめるとは、思っていません」

母が、ちょっと笑った。

「草原を旅する時は、父祖を思いなさい。そしてもし、チンギス・カンに会うことがあったら、父を語りなさい。若いあなたが誇りにできるのは、まだ中途半端な仕事ではない。あの父を持ったということです」

「母上、俺はちょっと泣きそうです」

「父を語った時、負けた父のために泣け」

「はい」

強い口調だったが、母の表情はいつになく柔和だった。

四

闇の中で、眼ではなく耳をすべての感覚にしていた。

闇に潜むのは、久しぶりのことだった。昔は、もっと早く、闇に眼が馴れたものだ。ひとりきりだった。いまはそうだが、やがて囁《ささや》き声が聞える。その時、イナルチュクは、闇の中で動きはじめる。

一昼夜、じっと動かなかった。昼の光は、ここへは入ってこない。

十六名いた。それぞれが、お互い知らない場所にいる。

長い戦だった。そしてまだ終っていないが、アラーウッディーンが死に、トルケン太后が敗れた段階で、イナルチュクにとっては終ったものになった。

多くの人間が死んだ。代々が傭兵の一族だから、残してきた家族が普通に暮らせれば、本人は死んでもいいのだ。傭兵というのは、そんなところで生きている。

だから、自ら戦をしたりせず、雇われるだけなのだ。国がどうあるべきかなどと考えるのは、誰もが苦手だった。傭兵として生きる者には、馴染めないものがある。

アラーウッディーンの父が、自分にとっても父親だった。トルケンが母であることも、変らない。

アラーウッディーンとは兄弟のような間柄だったが、どこかに守ってやらなければならない、という兄のような意識があった。

それが、自分の人生の色なのだ、とイナルチュクは思っている。

求められた通りに闘えばいいというのは、勇敢さなどとは無関係だった。ある種の技と言っていいようなもので、無理な場合は、はっきりとそう言う。

調練に調練を重ねるのは、技を高めるためで、それは売れる値が大きくなるということだった。

イナルチュクが、ほかのカンクリ族といささか違うのは、親をなくし、トルケン太后に息子のように育てられたからだろう。

カンクリ族を、国と国の戦の、片方だけに与《くみ》する方向に導いたのが、正しかったのかどうかはわからない。

ただ、傭兵には、破滅への道と、明らかに限界だと言えるものがあった。

これだけの規模になると、雇い主がいくつにもなり、カンクリ族同士が殺し合わなければならない場合が、起きてくる。そこに、傭兵の限界がある。

破滅への道は、イナルチュク自身が、心に宿らせ、大きくなってきたものかもしれない。闘うということ、殺すということが、家族のためにとしか思えないのだ。なにかを作り出す、というところにむかわない。闘う以上、それは破滅にむかうのだ、とイナルチュクは考えていた。

それについては、誰にもわからせることができないし、もしかするとイナルチュク自身も、ほんとうは感じているだけで、わかってはいないのかもしれない。

数年前、アラーウッディーンは、調べれば調べるほど、チンギス・カンに対して恐怖を募らせていた。いずれ、戦になる。それは確信したようだ。

戦で周辺を併呑《へいどん》しながら大きくなったモンゴル国と、ホラズム国は国のありようとして似ていたのだ。

恐怖感は持ちながらも、臆病ではなかったので、戦力を作りあげることに思いを傾注していた。

モンゴル国は大きく、さらにふくらもうとしていた。両国の間には西遼という国があり、アラーウッディーンはそこを奪るために、西側の一部を奪った。

それ以後も西遼との戦を続けるつもりで、サマルカンドに宮殿を築き、ホラズム軍の本隊も置いた。サマルカンドは、もともと西遼の城郭《まち》のひとつだった。

チンギス・カンが、西遼を併呑するのは速かった。しかしまだ、本格的な戦の準備が整う前に、ホラズム国はチンギス・カンを戦場に引き出した。

チンギス・カンの使節団四百数十名を、オトラルで殺したのである。

アラーウッディーンは、そういう手を思いつく男ではなかった。イナルチュクがオトラル総督として使節団を迎え、断行したことだった。

「道が、通っております」

闇が、囁きかけてきた。

イナルチュクは、腰をあげた。

「いま、昼なのか夜なのか」

「夜でございます、イナルチュク様」

「そうか。できれば、月明りで光に眼を馴らしたいものだ」

「城内の用意した屋敷に入りましたら」

カルアシンが、松明《たいまつ》を燃やした。それで充分に光に眼は馴れそうだった。

三頭を屈《かが》めなければならないほどの、低い通路だった。虎思斡耳朶《フスオルド》にむかうこういう隧道《すいどう》は、三本あるという。そのうちの二本はモンゴル軍に知られていたが、いま歩いている一本は、水心《すいしん》の者が牢番の話をもとにして推測し、見つけ出したものだった。

「長いな。どれほどの距離がある？」

「十一里あります。城壁から十里離れたところに出入口があるので、見つからなかったのかもしれません」

「牢に通じているのだな」

「西遼時代に使われていましたが、いまは囚人はおりません」

「いまは、以前のような都ではない、ということか」

「それでも、一千のモンゴル軍がおります。主力は、西五十里に展開していますが、戦闘部隊ではありません」

各地に駐屯しているモンゴル軍は、どれも戦闘部隊ではなかった。文官の仕事をやりやすくするために、治安の維持などを任務にしている。小規模の城郭では、せいぜい百騎とか二百騎とかだが、さすがに虎思斡耳朶とカシュガルには、五千近くの守備部隊が配置されていた。

「部下たちは？」

「みなさま、お待ちでございます」

訊くまでもなく、わかっていた。無事だから、カルアシンが迎えに来たのだ。

わかり切ったことを訊いたのは、松明が天井や壁を照らし出すと、隧道があまりに狭く感じられたからだ。

明るさというのも、厄介なものだった。見えてくるものが、圧迫してくる。息をするのも、苦しいと感じはじめる。

「もう少しです、イナルチュク様」

こちらの不安を見透したように、カルアシンが言った。

水心の女頭領であるカルアシンは、太后に絶対的な忠誠を誓っていた。

そのあたりの女同士の結びつきの強さは、イナルチュクにはよくわからなかった。遊軍の三百騎を率いていた華蓮《かれん》も、太后との結びつきは強かった、という気がする。

華蓮は、姿を消し、行方は知れない。死んだ、とイナルチュクは思っていた。

狭いまま、行き止まりになった。

頭上の石が、どけられる気配がある。

引き上げられたのは、牢の中だった。ただ、扉は開いている。

カルアシンの部下が、三名いた。

「牢屋《ろうおく》を出ると、城郭の通りの端です。そこをしばらく進みます。モンゴル軍の哨戒の合間を縫わなければなりません」

長い回廊を駈け、道へ出た。月の明りがあり、松明は消されている。

小走りで駈け、息が切れる前に一軒の家に入った。戸をいくつか通り抜け、奥の部屋へ行った。

「殿」

声が迎えた。十六名全員が、揃っていた。

「ここから出る時に使うために、隧道はできるかぎりそっとしておきたかったのです。部下の方たちは、城壁を登るようなことをして、城内に入られました。おひとりも、欠けておりません」

「カルアシン、手間をかけさせた。しかしこれから、もっと手間をかけさせることになるだろう」

「承知しております。太后様が、西遼王の宮殿のどこかにおられることだけは、いまわかっております」

「ここに、水心の者は何名入っている？」

「五十名ほどは。残りは、陛下の軍とウダラル様指揮のイナルチュク軍のもとで働かなければなりませんので」

「ほかの者は全部潰えたであろうに、水心だけはよく生き残ってくれた」

イナルチュクは、一傭兵に戻ったような気分で、日々を過ごしていた。ただ、トルケン太后の居所だけは、水心に探らせていた。

一傭兵に戻ると、国などどうでもよくなった。ジャラールッディーンに対しては、愛情も忠誠心もなかった。

傭兵にあるのは、忠誠心などではない。なにがあろうと、受けた仕事を完遂するという矜持《きょうじ》だけである。

本来それだけのはずが、アラーウッディーンを守るために、国というものを考えた。カンクリ族の最有力一族であったイナルチュクに、ほとんどの長たちは逆らわず、カンクリ族の軍は、ひとつの国のもののようにまとまって闘った。

イナルチュクは、引き裂かれるような気分を持たないでもなかったが、軍師のウダラルは、カンクリ族が巨大な国家を作るいい機会が到来した、と捉えていた。

ウダラルはいま、七万騎を率いて、モンゴル軍と闘おうとしている。

「無理はできません。ここに駐屯している軍は、戦に出るには歳を取り過ぎた者や、怪我の後、回されてきた兵たちで構成されています。闘わないというだけで、それなりの力は持っていて、警戒の動きや、索敵の行動などには優れているのです」

チンギス・カンの軍は、負傷兵までこき遣うと言われていたが、むしろ働く場所を与えてやっているのではないのか。

「二日ほど、時をいただけますか、イナルチュク様?」

「二日が三日でもよい。おまえが安全だと思うやり方でやれ、カルアシン」

カルアシンが、拝礼し、部屋を出ていった。

イナルチュクは、卓を三つ並べて、部下たち全員と囲んだ。

「戦況のことは、気にするまい。ここにいて、なにかできるわけではない」

三万騎のイナルチュク軍は、七万騎に増えていた。ジャラールッディーン軍は、十数万に達しているかもしれない。

草の靡きの軍が、相当数いるのだ。

卓を囲んで座っていても、喋ることはなにもなかった。

ひとりが、故郷の家にいる妻と二人の子の話をはじめた。雑談だったが、気づくと全員が耳を傾けていた。

「申しわけありません。ちょっと喋っただけのつもりだったのです」

「いいさ。この間、家に帰れたのだからな。子供が、驚くほど大きくなっていたのは、俺も同じだ」

カンクリ族は、すぐには嫁を貰えない。それなりに、傭兵として実績を積み、一族に利をもたらさなければならない。

ここにいる半数は、妻帯していた。

老婆がひとり、酒と肴を運んできた。大したものではないが、座が和んでいくのがわかった。

夜が明けた。

外の光は入ってきて、部屋の中を埃《ほこり》っぽく見せている。老婆が厨房で料理をはじめ、肉を甘辛く煮たものを出した。

老婆は、多分、カルアシンの部下か縁者だろう。ひと言も喋らず、動かない時はいることも忘れてしまいそうだった。

肉を食い、水を飲んだ。

もう一度、老婆は食事を出し、そして陽が暮れた。

部下たちの役割については話したが、細かいことがわからない以上、イナルチュクを補佐する順番を決める程度しかできない。

十六名は、イナルチュクの生地に残した五十騎の麾下のうちから、選び出した。もともと五十騎の麾下は、イナルチュク軍の選りすぐりだった。

ウダラルが率いているイナルチュク軍は、カンクリ族の各一族が集まり、構成されている。五十騎だけは、二十名ほどの文治をなす者とは別に、軍として抱え、臣下とした者たちだった。

夜更け、カルアシンが姿を現わした。

「私にだけわかる、合図があります。そこではじめ、この家にはもう戻りません」

「そうか。俺は、虎思斡耳朶という城郭を、ちょっと見物したい気分もあったが」

軽口を叩いてみたが、カルアシンは反応しなかった。

二刻ほど、待った。どういう合図があったのかわからないが、カルアシンが立ちあがった。ひとり前に置いて、イナルチュクはカルアシンに続いた。

「三組で」

カルアシンが、ようやく聞き取れるほどの声で言う。

街中を、駈けた。

深夜で人の姿はないが、時々、家の明りは見えた。

どこをどう駈けたかわからないが、一刻は小走りを続けた。

ところどころに、カルアシンの部下らしい者がいて、手で合図を送ってくる。

誰にも会わずに、大きな建物の前に来た。

宮殿だった建物のようだ、とイナルチュクは思った。

人が擦《す》れ違えないほどの、小さな出入口があり、内側から扉が開いた。

「厨房で働く者たちが、出入りするところです」

どこかに、篝でもあるのだろう。ぼんやりと明るくなっているところが見える。

建物に入ると、闇になった。淡い明りを灯《とも》す者がいる。それでしばらく進み、また別の明りに導かれた。

そうやって、どれほど曲がりくねって進んだのか。宮殿は、敵襲に備えて、わざわざ迷路のように作ってある。

小さな明りがあった。それは、カルアシンの部下が持っているものではなかった。壁につけられた灯台である。

看守らしい男たちが二人、気を失って倒れていた。

扉が開けられ、もうひとつ奥の扉を開けた。

「母上」

トルケン太后は、寝台に座って宙を睨んでいた。

「ここを、出ます」

「イナルチュク、おまえがもし私を救い出しに来たのなら、無駄なことだ。おまえが救い出したい私は、もうおらぬ」

「時がありません。御無礼して、担がせていただきます」

言い終えた時、イナルチュクはトルケン太后を担ぎあげていた。悲しいほど軽い躰だ、と思った。

また、闇の中を淡い明りに導かれた。十六名の部下も、ついてくる。なにもこんなに人数は必要なかったと思ったが、しばらく駈けると息が切れてきた。次の者に、担がせる。そうやって、駈ける速さは落とさなかった。

街を駈けた。来た時とは違う道筋だ、と思った。トルケン太后の躰は、部下が交替で担いでいる。もう六、七名は担いだのか。

暗い建物に入った。牢屋の臭《にお》いがする。出た時とは別の入口だったが、すぐに牢まで行った。床の石はどけられていて、先に飛びこんだ二人が、トルケン太后の躰を受け取った。

カルアシンが、松明を持った。眩《まぶ》しいほど明るいと感じた。

隧道を駈ける。

イナルチュクが一昼夜過ごした場所まで、帰ってきた。

外に出る。

鞍を載せた馬が、待っていた。

駈けた。三刻駈け続けたところで、夜が明けてきた。

虎思斡耳朶の城郭からはかなり離れていて、のどかな畠の光景が浮かびあがってきた。

カルアシンはまだ駈け続け、木立の中に入ったところで、ようやく馬を止めた。

トルケン太后を抱え降ろし、草の上に寝かせる。

「外の空気だな、イナルチュク。しかし、おまえはやはり無駄をやった。私は、以前の私ではないのだ」

「なんと言われようと、俺にとっては母上は母上です」

「私は、いい息子を持ったのだな。そして、光の中で死ねるようだ」

水が出された。トルケン太后の上体を起こし、ほんの少し水を含ませた。しばらくして、トルケン太后ののどが上下するのが、イナルチュクにはわかった。

「母上は、死なれません」

「私はな、もう死んでいるのだ。チンギス・カンという男に殺された。ここにいるのは、トルケンに見えて、トルケンではない」

「俺は」

「いいのだ、イナルチュク。最後に、息子が来てくれた。思ったほど悪くはない生涯だった」

「太后様」

「カルアシンか。おまえなら、いまの私が、ほんとうの私でないことがわかるだろう」

「生き延びよ、と言われました。生き延びてまた会おうと」

「こうして会った。私は行くぞ。華蓮が待っているであろうし、遠からず、おまえも来るであろうし」

カルアシンは、うずくまり、両掌を地についていた。

イナルチュクは、なぜかトルケン太后が死ぬのだ、とわかった。握っていたトルケン太后の手がかすかにふるえた。

「母上」

「おまえには、つらい生き方を強いたのかもしれん。もうおまえに弟はいないのだから、これからは思うように生きよ。そして、生きることを愉しむがいい」

「そんなことは」

「チンギス・カンとは闘ってはならぬ。恐ろしい男だぞ。あの男は、人を見きわめる。私は、見きわめられた。自分でも驚くほどだ。闘ってはならぬ相手と、闘っていたのだ」

「母上」

「イナルチュク。もう、おまえにホラズム国の紋めつけはない。気ままに生きることを、私は許そう。いや、願おう。血の繋がりもないのに、長い間、息子でいてくれた」

「俺は、あなたの息子です」

「ありがとう。闇に沈んで、死ぬのだと思っていた。こんな光の中で、おまえがそばにいてくれる」

トルケン太后が、かすかに微笑《ほほえ》んだように見えた。

「カルアシン、やれ」

風を感じた。カルアシンが、地に降り立った。トルケン太后の胸に、短刀が突き刺さっている。これが起きることが、はじめからわかっていたような気がした。

「無駄をすることになる、と太后様は言われた。確かに、大いなる無駄だった。しかし、息子と何度も呼んでくださった」

カルアシンは、うずくまって静止している。その背中は、なんの気配も発していなかった。

「俺は、無駄に生きて、無駄に死ぬか」

立ちあがった。

「おまえも無駄をしたか、カルアシン」

「いえ、私にはまだ戦があります」

顔をあげたカルアシンは、無表情だった。

「生き延びよ、と言われたのか」

「はい」

生き延びないだろう、と思われたに違いない、とイナルチュクは思った。

「俺はもう、戦はいやだな」

「お心のままに、イナルチュク様」

「俺は、おまえに利用されたような気が、しないでもない。しかし、まあいい。もう、会うこともなかろう。いろいろ、面白かったと俺は思っている」

「傭兵は続けられるのですか？」

「おまえは、忍びを続けるのか」

イナルチュクは、カルアシンから眼を離し、部下の方を見た。

五

チンギスは、幕舎から出ると、躰をのばした。

陽の光を、心地よいと感じる。

草原の陽の光は、冬でも強烈だった。心地よい、と感じたことはない。

従者が差し出した木片を、口に入れた。木片に、猪《しし》の皮が張りつけてある。毛がみっしりと生えた皮である。

それで歯を擦って苔《こけ》を落とし、口を漱《すす》ぐ。

「シギ・クトク軍が、今日あたりそばを通るはずです」

ソルタホーンが、近づいてきて言った。

この男は、いつ眠っているのだろう、と時々思う。

「シギ・クトクは、どこへ行く」

「どこにも行きません。戦に備えて、兵馬を甘やかしていないということです」

駈け回っていて、たまたまそばを通る。偶然としては歪《ひず》みがあり過ぎるので、わざわざそばを通るのだ。

「麾下の者たちが、会いたがっているであろうな」

「お許しをいただけますか」

「もともとそのつもりで、ただ報告に来ただけだろう、おまえは」

シギ・クトクは、麾下の指揮官をしていた。部下には厳しかったが、なぜか慕われてもいたのだ。

「しばしの宴を許そう。麾下の者たちが、ひと樽《たる》の酒を飲むことも認める」

「副官が来て、殿と酌み交わすのも、認めていただきたいのですが」

「俺がそうだと言われている、かなりの部分はおまえだな、ソルタホーン」

「まさか。いつも、真似はしていますが」

「副官を持ち出したのは、俺が宴に入るのを阻むためか、副官と二人で酌み交わすことの意義を認めたからか。どちらか言え」

「両方です、殿。いや、もっとあるかな。もの事は、そうたやすく割り切れません」

「二人で酒を酌み交わしていたら、おまえも加わってくるのだな」

「それは、わかりません。なにしろ、一応は戦場でありますから」

「そして、たやすく割り切れない」

軍は、動きはじめていた。

出しているのは駐留の命令で、だから移動のために動いているのではない。

「各軍は、離れ離れのようでいて、一体です、殿」

「あたり前のことを、なぜ言ったりする」

「殿の無聊《ぶりよう》を、いささかでも」

「待て、ソルタホーン。俺は、無聊を持て余しているように見えるのか？」

「それはもう」

「おまえは、ここは戦場だと言った。そこで、俺が無聊を持て余しているのか」

「多分。無聊を持て余すと、殿は、俺のはらわたが引き千切れるようなことを、好んでなさいます」

「もういい」

ソルタホーンは、ホラズム軍の遊撃隊の奇襲に、わざわざ身を晒して囮《おとり》になったことを、蒸し返そうとしているのだろう。

あれをやったあと、しつこいと感じるほど、ソルタホーンはそれについて言い続けている。

「本物の奇襲は、これからだぞ」

チンギスが言うと、ソルタホーンの表情は、一瞬、硬いものになった。

とにかく、いま軍は同じ位置でじっとしている。敵が動かないからだ。

南の、ジャラールッディーンの軍は、十三万を超えて、さらに集まりつつある。外から眺めていれば、大軍のホラズム軍の方が、圧倒的に優勢に見える。

それで、兵が集まり続けているのだ。北のイナルチュクの軍も、同じだった。

もうしばらくすると、両軍合わせて二十万に達するかもしれない。そして、ホラズム軍の方から、動かざるを得なくなる。

ホラズム軍は、自領で闘う利点を生かし、各地に蓄えた兵糧などを遣う。つまり、兵站の心配はあまり必要ではなかった。しかし予想外に兵力が増えてしまうと、兵糧の計算に狂いが生じる。すでに、思いがけない兵糧の消費を、まのあたりにしているはずだ。

ただ兵糧の問題は、長期戦に入れない、という程度のことだろう。

ジャラールッディーンは、兵力が増えれば増えるほど、自信を持つ。同時に、不安になる。大軍を、自分の躰のように動かす、などということはできない。自信と不安が、同時にふくらんでいくのだ。

「ソルタホーン、俺はこのところよく眠れる。実戦をやっているようにな」

「そうですよね。朝も、そういうお顔をなさっていますよ」

実戦の時、よく眠れるのかどうか、決めてかかれない。ほんのちょっとの余裕を見つけて、まどろんでいるような気がする。

実戦では、眠れない時も、それを実戦のせいにしないだけだ。すべてのもののせいにしない。眠れない自分がいる、と思うだけだ。

「殿、ホラズム軍が動かなくなって、もう十日になります。その間に、数万の兵は集まってきています」

「それでよいさ」

実は、モンゴル軍に加わりたい、と申し出てくる者たちもいる。それを、一兵も受け入れていない。

「殿が退屈されていても、奇襲を受けて気を晴らそうなどとは、絶対に思わないでください」

「おまえは、こんなにくどい男だったか、ソルタホーン」

「私はくどいのです。くどいところを出すまいと、いつも耐えています」

馬が用意されていた。

食事の前に、四刻、馬を責める。馬回りの者たちの準備も、すでに整っているはずだ。

「今日は、俺は遠慮をしておきます、殿」

言ったソルタホーンの方もむかず、チンギスは馬に乗った。

いつもの遠出だった。といっても、四刻で馬責めが終るように馬回りの者たちは按配している。

戻ってくると、躰はかすかに汗ばんでいた。

幕舎に入り、全身を従者に拭わせ、新しい軍袍を身につけた。

こういうものは、戦場でも行軍中でも、やるものではない。汗にまみれても、躰を洗うのは本営へ戻ってからである。

思いながらも、チンギスは受け入れていた。従者たちの仕事がなくなる、と理由を考えてみるが、躰ひとつ拭くことをとっても、実に気持がいいのだ。

四刻、駈けた。そのうちの一刻は、疾駆である。それで充分だと思いながら、チンギスは幕舎の前の胡床で水を飲んだ。

食事が運ばれてきた。

実戦中でないかぎり、料理人が現われて、さまざまなものを作る。

料理人は、鍛冶などの職人や医師とともに、兵站部隊の馬車に乗って移動していた。

チンギスは、肉が一片《ひとかけ》と饅頭《マントウ》がひとつと馬乳酒の、軽い食事にした。

昔は、肉を貪《むさぼ》り食った。時々、そんなことを考える。いまも、時折、駆られるように貪り食ったりするが、翌日、苦しい思いをするのだ。そんなチンギスを見て、ソルタホーンはただ笑っている。

本営にいた時、ソルタホーンが女を寄越したのは、二度だけだった。哈敦《ハトン》公主がいたとはいえ、いかにも少ない数だった。

行軍中でも、女が必要だと思ったら、ソルタホーンはすぐに手配した。いまも行軍中だが、移動というより、戦闘にむかうという意味が強い。

食事を終えると、チンギスはソルタホーンに促され、もうひとつの、大きな幕舎に入った。

入口には、二十名の衛兵が直立している。モンゴル国の、大きな旗も掲げられている。

華美ではないが、飾りなど方々にあり、チンギスが座る椅子も、金がむき出しになったようなものだった。その椅子に興味を持ったことはないが、座るたびに贅沢なと思う。

チンギスにとって、贅沢というのは居心地が悪いのと同じ意味だった。

椅子の両脇に、文官が六名立つ。

広い部屋で、椅子は階《きざはし》を二段昇ったところにあり、全体を見渡せるようになっていた。

ひとりの老人が、二人の若者を従えて入ってきた。横に並んだ老軍人のひとりが、どういう人間かというのを、大声で告げた。大声を出すのが、仕事なのだ。

チンギスは、言葉を交わす。相手が言うことにも、耳を傾ける。

五通り、そういう会見をした。

近辺の部族の長で、モンゴル軍に合流したい、という申し入れが三つ、儀礼的な挨拶がふたつである。

陰に、漏刻《ろうこく》（水時計）を持った文官がいて、一件の時間はすべて同じだった。

軍に合流したいという話は、かなりあったが、すべて礼を言って断る。申し入れてきたという事実だけは、書き記す。

終ると、隣の幕舎の居室に戻り、楽な服に着替えた。

特に、苦痛を感じる仕事ではなかった。稀に、面白いと思える人物もいた。もう一度呼んで話そう、とまで思わせてくれた者はいない。

「殿、お耳に入れておきますが」

ソルタホーンが入ってきた。

大幕舎で仕事をしている間、ソルタホーンはいないがごとくである。姿は見えても、喋ったことは一度もない。いない場合の方が多い、と言っていいだろう。

「虎思斡耳朶《フスオルド》から知らせが来て、トルケン太后の姿が消えたようです」

「ひとりで消えはしないよな」

「そうだと思いますが、見た者はいないのです。最も近くにいた看守二名も、縛りあげられて発見されています。気づいた時は、縛られていたそうです」

「水心、かな」

「でしょうね。ただ、水心が独自に動くとは思えないのですが」

「おまえは、イナルチュクの所業だと思っているな、ソルタホーン」

「軍を、配下のウダラルという軍師に預け、ひとり自分の領地に残っていたのですから」

「誰だ、と特定してみても、はじまらんな。俺は、あの太后の遣い道はある、と思っていたのだが」

特に、決めたものがあるわけではなく、なんとなく生かしておいた、と言えば言える。

死に方に、風格があるかもしれない、と感じたような気もする。そういう死に、接したくないとも思ったのか。

虎思斡耳朵の、かつて宮殿だったところに幽閉したが、ほとんど忘れた存在だった。

「もしかすると、太后が死に方を選ぶために、イナルチュクに命じたとか」

「人が死に方を選べると、俺はほとんど信じられないのだが」

「太后の場合、幽閉されたところ以外で死ぬというのが、それになるかもしれません」

「難しいことを言うな。いつか現われる、と俺は思っていよう」

それ以上、ソルタホーンはなにも言わなかった。

何度か、チンギスを罠にかけようとした。巧妙なものだった。

総大将だったら、もっと違う闘い方をしただろう。正面切った戦ばかりをしたがる息子の、足りないところを補うような罠だった、といまは思える。

夕刻、ボロルタイが来たと、従者が告げた。

チンギスが頷くと、部屋に通されてきた。

「お呼びに従いまして」

「別に呼んではおらんぞ、副官殿」

「それは」

「ソルタホーンが、そう言ったのか。俺の甥だと言って、会いに来るような男ではないから、やつはそう言ったのだろう」

「俺はただ」

「呼ばれた、と言ったではないか」

なにも言わず、ボロルタイはうつむいた。

「まあいい。俺の前に来てしまっているのだ。だから、俺のそばにいろ」

従者としては、手ばなしたくない、と思えるほど、なにか持っていた。

「俺は、シギ・クトク将軍の」

「シギ・クトクは、今夜は俺の麾下の者たちと一緒にいるそうだ。おまえ、そちらの方がいいのか？」

「いえ。私は副官なので、いつでも将軍のそばにいるべきだ、と考えたのです」

「いつもそばにいる副官というのは、それはもう面倒なものだぞ。煩わしく、時に斬ってしまいたくなるほどだ。わかるな。ソルタホーンのことを、俺は言っている」

「俺は、なにも聞きませんでした」

「そうか」

チンギスは、声をあげて笑った。

「外へ行くぞ、副官殿。俺が外でめしを食うのが好きだと、よくわかっているだろう」

外には小さな焚火が作ってあり、胡床が置いてあった。チンギスはそれに腰を降ろすと、ボロルタイにも座れと言った。

「どうだ、シギ・クトクは？」

「はい」

「それは返事になっていないぞ」

「俺が、将軍についていてなにか言えるわけはありません。言うつもりもありません」

「そうか。それでいいか」

いい副官なのだろう。

両親は、ボロルタイが軍に入ることを、否定しなかったのだという。

一兵卒からはじめさせたのは、いかにもボオルチュらしかった。そして、のびのびと軍での暮らしを愉しんでいた、という話を聞いた。

「おまえ、前にいたジェベの軍は、どうだった？」

「ジェベ将軍とその軍について、いかなる考えも持っていません。考えるべきことではない、と思っています」

従者が、卓を運んできて、食事の準備をはじめた。

「苛められているな、ボロルタイ。殿の従者とシギ・クトク将軍の副官では、どちらがいい」

酒の瓶をぶらさげてきたソルタホーンが、笑いながら言った。

「苛めているのは、おまえだよ、ソルタホーン。俺は、伯父としてボロルタイの心配をしているだけだ」

妹のテムルンの息子だが、父親はボオルチュなのだ。周囲に、いろいろ言われたことがあるかもしれない。

「おい、ボロルタイ」

器三つに酒を注ぎながら、ソルタホーンが言った。

「副官など楽なものだ、とおまえは思っているだろう。殿は、おまえが羽をのばしていないか、心配されているのだよ」

「副官が、楽など」

「シギ・クトク将軍は、丁寧な男だよ。あまり副官に負担をかけたりはしない。おまえの羽を、のばさせてくれる。ジェベ将軍の副官のトゥザンに、副官の仕事はほとんど教えられただろう」

「ジェベ軍では、俺は下っ端の将校にすぎませんでした」

「そんなやつを、トゥザンはかわいがったりしない。あれで、人をよく見る。おまえの両親に阿《おもね》っておこう、とも思っただろうし」

「そのような方では」

「もういいぞ、ソルタホーン。夜中に軍に帰って、疲れきっていたら、シギ・クトクはおまえと懸け合いに来る」

「まったく、そういう男で、どこまで部下思いかと思いますね」

「ボロルタイ、焚火を少し大きくしろ。生肉を運ばせて、ホラズム焼きをやろう」

「はい」

ボロルタイは、積んであった薪の中から、細いものを選び出してくべた。

肉が運ばれてくる。チンギスが命ずるまでもなく、ソルタホーンがやっていた。

「ボロルタイ、ホラズム焼きの時、おまえはどんな香料を遣う？」

「持っていません、殿。兵糧を口に入れるだけで、俺には充分です」

「やっぱり、ボオルチュの息子だな、おまえ」

チンギスが言うと、ソルタホーンがしばらく顔を伏せて笑い続けた。

「俺の、香料の袋をやろう。濡らさないかぎり、香料は長保ちをする。戦場でないところで、肉を焼くのに塩とともにこれを遣うのは、恥ずかしいことではない」

「殿のあの革袋を、頂戴できるのですか？」

「それを、おまえの親父に、知らせてやってくれ。俺の革袋を、いつも懐に入れていると」

「はい」

「おまえを死なせたら、親父は悲しむ。その悲しみがどれほどのものだろうと、時々、想像した。ボオルチュの悲しみが」

「殿、親父は大丈夫です。俺が軍に入る時、俺の命については割り切りましたから」

「口ではな。口では、おまえにそんなことを言っただろう。おふくろさまもだ」

「そうでしょうか」

「ボオルチュのことは、よくわかる。あいつは、俺の大事な妹の亭主であるし」

焚火の炎が、ボロルタイの顔を赤く照らし出した。なんなのか読めないが、表情は動いている。

いや、炎が揺れているのか。

「ジェベもトゥザンも、絶対におまえを死なせてはならないと、気を遣い続けてきただろう」

「そんな」

「シギ・クトク将軍のことは、気にするな。おまえの命は、ただの副官の命だ」

「おまえが、そんなことを言うのか、ソルタホーン」

「ただの副官の命であることが大事だ、と俺はボロルタイに言っておきたいです。将軍が死ななかぎり、死ななくていい。死ぬことを、兵たちと同じように、恐れてもいい。死なねばならない時に、死ねる。副官は、それだけでいいぞ」

「死なねばならない時、というのを教えてください、ソルタホーン様」

「出会った時に、それがわかる。わかった瞬間に、死ぬのだよ」

「わかりました。死なねばならない時から、眼をそらさないようにいたします」

「たやすくは、できないな。自分がこの世からいなくなると思った瞬間、人は多かれ少なかれ、逡巡する。そして、機を逸する」

「俺は」

「ここだと思って死んで、犬死にと言われることもあるぞ」

「できます。できるように、日々努めます」

「それでも、死ぬことは忘れるんだよ。普通に過ごす。時が来たら、躊躇なく死ぬ。それが、副官というものだ」

「できるようになります」

できれば、死なない。ソルタホーンは、その時を、何度乗り越えてきたのか。

「父は、大して俺に関心を持っていませんでした。軍に入りたいと言った時に、文官の素質はないのかと、二日ばかり一緒に過ごして話しました」

「文官の素質だと、愚か者。ボオルチュは、軍に入りたいというおまえに、軍について語るべき言葉を持たなかっただけだ。あいつが真剣に語ろうとすると、民政のことしかないのだ」

「殿は、父のことをそこまでおわかりなのでしょうか」

「あたり前だ。ボオルチュは、友でもなく、兄弟でもない」

「はあ」

「あいつは、俺さ。俺自身だ」

「そんな」

「ここまでです、殿。ボロルタイも、この話題は終ったと思え」

ソルタホーンが、板の上に載せられてきた肉を、品定めするように裏返した。

「いい肉でなければならない。殿と、ボオルチュ殿の息子の、会食ですから。間違っても、硬くまずい肉であってはなりません」

「おまえが、それほど真剣になると、肉は違うものになってしまうからな、ソルタホーン。俺たちはいまから、うまい肉を焼く。焼き方を、誤ってはならん。ボロルタイ、俺のやる通りにやれ」

「手もとを、見つめてもお許しいただけるのですか？」

「ボオルチュが見ている、と思うさ」

ソルタホーンが、肉に串を打った。

慌《あわただ》しくなったのは、それから三日後だった。

「殿、二十万の敵です。ようやく動きはじめました」

「小僧が。ようやく来るか」

「殿、お気をつけください。死んだら、死んだことさえわからないのです。自分がどこにいるかもわからないまま、俺を叱《しか》り続けているかもしれないのですから」

「自分が死んだことぐらい、わかりたいと思うがな」

「死んだことがある、という人間はいません。だから、すべてがいい加減なのです」

「いい加減だと」

「そう考えなければ、死とむかい合うことなどできません」

「おう、ソルタホーン。おまえに教えられることも、またあるのだな」

チンギスが笑うと、ソルタホーンの笑い声と重なった。

青天

一

二十万に達したところで、四隊に分けて進発の命令を出した。

麾下は二千騎で、普段は経験のある将校が指揮しているが、いざとなるとジャラールッディーンやテムル・メリクが指揮をしたりする。

ほかにジャラールッディーンのそばには、サンダンとトノウが、百騎ずつを率いて馬回りをやっていた。

ジャラールッディーンは馬回りと、原野を見渡せる丘の頂にいた。

動きはじめると、二十万は息を呑むほど大きかった。丘が草原が、生きたもののように動いている。

「これが、二十万か」

兵が集まってきた。だから、十数日、そこに滞陣して、軍への合流を待った。その結果が、二十万である。

いいのか悪いのか。はじめはいいと思ったが、ふくれあがると、兵站の心配が出てきた。自領での兵站の心配など、滑稽なことでしかないが、なにごとにも数というものはある。

二十万がぎりぎりの線だ、とジャラールッディーンが決めた。

イナルチュク軍のウダラルからは、三万が七万にまで増えたという知らせが来ていた。

全軍で、実に二十七万である。

モンゴル軍は、八万数千騎で、まったく変っていない。ホラズム国の領内で、孤立しているとは言えないのか。

二刻ほど、出動する軍を眺めた。

それから丘を降り、待っている麾下のところへ行った。

「チンギス・カンの動きは？」

テムル・メリクに訊いた。

「ありません。虎思斡耳朶《フスオルド》とジャンドの中間あたりに、野営したままです」

「やはり、二万数千か」

「残りの六万は、オトラルと虎思斡耳朶の間を、活発に動き回っております」

決戦は、その近辺ということになるのか。山と砂漠の多い地帯である。

緒戦は、はじまっているかもしれない。

遊軍を率いるテルゲノが、五百騎でチンギス・カンの鼻先を掠めに行った。

それに、マルガーシの隊も同行したようだ。

マルガーシが、チンギス・カンにあと一歩というところまで迫った。あと一歩までは、マルガーシは何度か行っている。最後の一歩の距離が、百歩と感じるほど長いと、マルガーシもジャラールッディーンもわかってきていた。

皇子軍の残党も加えて、五百騎超となっていたが、取り囲まれて突き落とされ、百騎ほどがかろうじて生き延びたのだという。

マルガーシは、十数騎失っただけのようだ。

いま遊軍がどこにいるのか、ジャラールッディーンは大して気にしていなかった。

大軍を指揮していると、遊軍が働ける余地はきわめて限定されている、ということが見えてくる気がする。

チンギス・カンとむき合うまで、あと三日というところだろうか。

その間に、モンゴル軍はひとつになるのか。

さまざまな想定が、ジャラールッディーンの頭の中にあった。

二十万は、それでも選びはしているのだから、ホラズム軍の軍律の中に無理なく入り、ほぼ思う通りに動く感触は得ていた。

いまモンゴル軍と較べて、明確に勝るのは、兵力である。

まず、全軍を十軍に分ける。二万になり、それでモンゴル軍の一万にあたる。単純な図式だった。負けない、と思う。だからあり得ない。わざわざ不利なことを、モンゴル軍がやるわけはないのだ。

実際にぶつかった時、臨機応変に闘い方を選ぶしかないのか。それでも、軍同士の連絡、伝令の充実は、絶対に必要なことだった。

モンゴル軍の中に、水心《すいしん》の手の者を潜りこませてある。ずっと以前から、荷を運ぶ馬車を扱っていた。それが、三日に一度ぐらいで近くに行く仲間に、口頭で伝える。書いたものなどは残さない。

そこからも、情報は入ってくる。

とりたてて言うほどのことが、チンギス・カンの軍にはないようだ。チンギス・カンの本隊のほかに、二軍二万騎が近くにいる。

一軍のスブタイの方は変らないが、もう一軍の方は、しばしば交替していた。

父が、大軍で敗れた時のことを、いやでも思い出す。

モンゴル軍は、一万騎ずつ、違う場所からくり返し突っこんできた。歩兵も擁していた父は、うまく兵を動かすことができなかった。

一万騎が、突っこむ。撥《は》ね返す。しかし、そのうち深く食いこまれる部分が出てくる。そこを起点にして、軍全体が徐々に緩みはじめる。それを立て直す方法を、父は見つけられなかったのだろう。擁している歩兵も、うまく生かせなかった。

突っこんできた敵を、包みこんで殲滅させるという方法を選んで、さらに陣形を崩した。

モンゴル軍は、それぞれの軍がひたすら突っこむという方法を、最後まで変えなかった。

大軍は、潰走だった。

父は負傷し、大海《カスピ》の島に逃げ、死んだ。

父が死んだからといって、ホラズム軍のすべてが崩壊したわけではないことは、二十七万の大軍が証明していた。

「陛下、先遣部隊として、二、三万行かせたらどうか、という意見を持っている将軍が多いようですが」

「必要ない。斥候とは別に、五百騎の偵察部隊を十隊出せ。これは敵兵と出会ったら、一応、交戦する。ぶつかり、すぐに駈け戻ってくる」

「わかりました。どこかに強力な敵がいれば、それでわかります」

陛下と呼ばれる。テムル・メリクだけでなく、みんながそう呼ぶ。これは、ホラズム国がまだある、ということではないか。

二十七万という大軍が、しばしば湧き出してくる恐怖を打ち消した。

陽が落ち、野営に入る。

二十万の軍の野営地は、想像もつかないほど広大なものだった。

兵站部隊が、各軍に兵糧を運びこんでいく。

一年分の蓄積があると思った兵糧が、ひと月でなくなりそうな気がした。

カシュガルからガズニへむかう時、大軍での戦を、ジャラールッディーンは想定していなかった。せいぜい二万の軍が集まれば、と思っていたような気がする。口では、七万の軍を集める、と言っていた。

二十万が集まり、さらに増えようとしていた時、ジャラールッディーンは編制を決め、進発の命令を出したのだ。

三日、四日と進軍し、なにも起きなかった。

斥候は、敵の影を捉えなかったし、五百騎の偵察部隊も、敵の軍と接触することはなかった。

「これからだ、これからだぞ」

自分に言い聞かせるように、ジャラールッディーンは言い続けた。

五日目、本営での軍議を召集した。

全軍を、十軍に分けてある。二万ずつである。その編制は、騎馬一万騎、歩兵一万である。進軍のためには、悪い編制ではなかった。

このまま実戦に入るべきか、それとも編制を変えるか。決めるのはジャラールッディーンだが、指揮官たちの意見は聞いておきたかった。

「軍議の前に訊いておくが、おまえたちはどう思う？」

「いまの編制のままで。行軍というのは大事な調練でもあり、一軍の騎馬隊と歩兵の連携は、ようやくできあがってきました」

サンダンが言った。指揮はうまくなった。肚も据《すわ》ってきている。

「俺は、騎兵、歩兵の大軍を作るべきだと思います。大軍同士で、連携すればいいのではないでしょうか」

トノウは、どこか臆病である。自分を奴隷の身から救い出してくれた、マルガーシを一途に慕っている。

テムル・メリクは、なにも言わなかった。

「おまえの考えは？」

二人だけになった時に、ジャラールッディーンは言った。

「編制は、いまのままで。それがモンゴル軍の編制によって、変えられるようにする必要がある、と俺は思います」

「そうか」

「将軍たちが集まって話し合うと、意見が一方に傾くかもしれません。将軍たちの考えは、聞くだけです。そうしてください。陛下の考えも聞きたがるでしょうが、決して言わないようにしてください。その後、陛下がお決めになればいいのです」

「そのつもりだ、テムル・メリク」

ジャラールッディーンは、並べられた胡床のひとつに腰を降ろした。

テムル・メリクは、そばに座ろうとしなかった。

二

自分が先鋒《せんぽう》だと思っていた。

先鋒などいない、とチンギス・カンに言われ、ジェベは指揮を副官のトゥザンに任せ、軍の後方をひとりで進んだ。拗《す》ねていると見られるだろう。

チンギス・カンさえ、そう見なければいいのだ。

拗ねている将軍がひとりいる、とホラズム軍で思う者がいればいい。進軍中は、やることがあまりない。思いついたので、やっているだけだった。

他愛ない、とスブタイには言われるだろう。

スブタイについては、いつも頭を上げられない相手だ、という気がある。

好きだが、男同士の友だちのようにはいかない。

ソルタホーンから、進軍の位置について伝令が来る。それはトゥザンが受け、ジェベにまた伝令で伝えてくる。そんなことをやって、トゥザンも伝令兵をいくらか鍛えているつもりだ。

行軍の間も、四方への警戒は怠らない。隊伍《たいご》の組み方の調練も、将校たちが兵にやらせる。そうやって、行軍の時を、移動以外のことに役立てる。

緊張が足りない、と言われることもあった。

言うのは、大抵、チャガタイかウゲディで、トルイは時々、近くを行軍していたら、話しに来るほどだった。

ジョチは、病に倒れた。なぜと思うが、顔の色が異常に黒くなるのをまのあたりにすると、言葉を失った。

ジョチとは、よく話した。チンギス・カンの四人の息子の中で、ジョチとは気が合った。トルイについては、軍人としてジェベは評価していた。どこか、普通でないところがある。つまり、それを非凡と言うのかもしれない。

チンギス・カンの二人の弟には、かわいがられた。次兄のカサルは、晩年まで、よくジェベを呼び、麾下の軍の調練をさせた。

精強な兵で、面白いほどいろいろなものを吸収した。しかし、馬回りの武術鍛練は、好きではなかった。数名の将校が、みんな秀麗な男ぶりで、カサルに対する態度が、なにか生々しいものを感じさせた。数名の従者も、同じ感じがあった。

カサルは、もういない。領地と軍は、息子が継いでいる。

テムゲとは、長く会っていない。会えば、戦の話で盛りあがった。好きでも嫌いでもない、というところか。

チンギス・カンとボオルチュを、好きだった。軍人では、ジェルメとスブタイが好きだ。その四人は、ジェベがはじめて出会った、まともな大人だった。人に魅《ひ》かれるということを、ほんとうに知ったのだ。

沙州《さしゅう》で賞金稼ぎをしていて、ジェベは十四歳だった。

兵卒としてボロルタイが配属されてきた時、ちょっと気にした。ボオルチュの息子だったからだ。

しかしほとんど話をすることはなく、副官のトゥザンに扱いを任せた。

おまえの親父と、沙州から旅をしてきて、アウラガで軍に入った。旅の間、さまざまなことを教えられ、字もいくらか習った。

それをボロルタイに言おうとしたが、言えない間に、チンギス・カンの戦場での従者になった。いまは、シギ・クトク軍の副官である。

「親父殿」

行軍中に、トゥザンが駈けてきて呼びかけた。ジェベは、最後部を進み、馬上で居眠りをしているふりをしていた。

「斥候が、ようやくホラズム軍を捕捉したようです。指揮に戻られますか、親父殿」

トゥザンは、ジェベを親父殿と呼ぶ。部下たちと話をする時は、殿はつかない。自分のことは、副官殿と呼ばせている。

「ソルタホーン殿から、編制の指示が来る。その時に、戻る」

「了解です」

トゥザンは、駈け去った。

いつも躰を洗い、白の軍袍を着て、自分のことをきれい好きだと称していた。野営地に水があると、必ず軍袍の洗濯をした。気に入っている兵には手伝わせ、ボロルタイもよくやらされていた。

ちょっと変ったように見えるが、軍人らしい軍人だった。軍に入った時、将校だったスブタイの下に入れられた。それから何年も、スブタイの幕僚だったのだ。

副官が、自分以外の人間に心酔しているとして、それがスブタイなら、ジェベにはなんの文句もなかった。

スブタイに心酔しすぎていて、ジェベ軍の副官に回されてきた、というところがある。スブタイは、部下との関係の中で、心酔とか尊敬とかいうものを嫌う。

ジェベの軍は、チンギス・カンの馬回りと麾下が、ブハラ近郊の本営を進発し、サマルカンドに近づいてきた時に、合流した。すぐ近くに、いつの間にかスブタイの軍もいた。

ずっと東へ進み、途中で南へ方向を変えた。

方向を変えて二日目に、斥候がホラズム軍を捕捉した。

どのあたりが、戦場になるのか。

パミールと呼ばれる高原に入っていた。山が多いが険しいところは少なく、騎馬の戦も合わないわけではなかった。

ホラズム軍は、二十万という。北には、イナルチュクの軍をウダラルという軍師が指揮して、七万騎である。

いまのところ、チンギス・カンの周囲にいる軍は、スブタイ、シギ・クトク、そして自分の三万騎にすぎなかった。

三万騎で、南北から挟撃を受けることを考えると、いささか憂鬱だった。

ただ、ソルタホーンは、悠々としている。

つまり、ほかの五万騎も、開戦時にはそばにいるということだろう。

「親父殿、ソルタホーン殿から、伝令が来ました」

トゥザンが、駈けてきて言った。

「一千騎の隊を作れ、ということです。ほかの軍も、すべて同じだそうです。この高原に、八十の一千騎の隊がいることになります」

「おまえは、それを黙って聞いていたのか」

片脚の鐙《あぶみ》をはずし蹴ろうとしたが、トゥザンは巧みに馬を横に動かし、躱《かわ》した。

「まったくまた」

ろくでもないことを思いついた、という言葉は呑みこんだ。

こんなことは、周囲にいる将軍も将校も、発言はできない。ソルタホーンでさえ、言えないだろう。

いや、三十万近い軍を前にして、一千騎の隊などと、誰も思いつかない。

「軍を、十隊に分けろ。指揮する者は、おまえが選べ。三番手まで、決めろ」

指揮をする者が倒れたら、次の者。そういうふうに三番手まで決めておき、三人死ねば、そばにいる別の隊に合流する。

何名の隊であろうと、ジェベには三人の指揮官に死なれた経験はなかった。

「親父殿は、どの隊の指揮をなされますか？」

「分けて分けて、最後に残った一千騎。おまえも、そばにいろ」

「俺は、最初に分けた一千騎を」

「いや、俺と一緒にいろ」

「一隊だけ、指揮する者が」

「やめろ、トゥザン。俺たちが指揮する隊は、さらに百騎ずつに分けるのだ。その百騎は、すべて囮で、敵を引きつける」

「二十万です、正面のジャラールッディーン軍は。北に、七万騎の敵が」

「構うな。兵站等については、ソルタホーン殿から、また伝令が来る」

「来ますか？」

「あたり前だ。これは、殿が考えられた、大軍への対処だぞ」

「しかし」

言ったトゥザンを、ジェベは蹴った。躱す暇はなく、トゥザンはもう少しで馬から落ちそうになった。

「親父殿、一千騎八十隊など、先鋒がどれだかもわかりません。拗ねて、軍の後ろにいても、誰も理由がわからなくなるだけです」

「おまえ、もう一度蹴られたいのか？」

「まさか。手加減というものを、知らない人ですからね。とにかく、十隊一千騎」

蹴ったが、馬が離れすぎていた。ジェベは、反対側に落ちそうになった。

「一隊の一千騎を、百騎の分隊に」

トゥザンが、駈け去っていく。

ジェベは、舌打ちをした。しかし半刻も経たないうちに、一千騎が周囲に駈け寄ってきた。百騎ずつ。鮮やかな動きを見せているのがわかった。

「やっと実戦だ」

そばに来たトゥザンに、ジェベは言った。

「ところで、おまえ」

「なんですか？」

「野営で、いつも軍袍を洗濯しているな。あれは、全身の臆病傷を、自慢するためか」

「なんと」

その声が聞えた時、ジェベはもう馬を離していた。

そのまま馬を駈けさせ、一千騎の指揮をする者たちの顔を、見て回った。

三

はじめ、斥候の言葉に耳を疑った。

一千騎ほどのモンゴル軍が、最前方にいる三万のホラズム騎馬隊にぶつかってきている。

テムル・メリクは、次の斥候の報告を待った。間違いなかった。

「陛下、一千騎ずつを押し包んで殲滅させるしか、方法はないような気がします」

「慌てるな、テムル・メリク。一千ずつと言っても、正面の二万だけだろう」

「ほかの六万の位置が、はっきりしません。眼の前の敵から潰していくのが、いいと思いませんか。正面に三万をむけても、こちらはまだ充分に余力があります」

「いや待とう。この陣形を、まだ崩してはならん」

「はい」

すでに、交戦に入っているのと同じだった。総指揮官の意思が、すべてでなければならない。

前衛は、三万の騎馬隊を前に出した恰好で、その後方に六万の歩兵を配置してある。そしてさらに後方に、三万の騎馬隊だった。それが、第一軍になる。

第二軍、第三軍は、騎馬隊一万と歩兵一万の二つの軍が並んでいる。

ジャラールッディーンは、この陣形を最終とした。第一軍の六万騎は、まとまり、細かくは十二隊に分かれる。歩兵は三万ずつ、二つの戦場の中心になる。

この陣形が最上かどうか、テムル・メリクには判断がつかなかった。

テムル・メリクは、二十万という大軍に圧倒された。どういう用兵がいいのか、多過ぎて判断がつかなかったのだ。

軍議のあと、いまの陣形を指示したジャラールッディーンには、全体が見えている、ということではなかったのか。

軍議の大勢も、騎馬と歩兵それぞれ一万の、現状のままで進軍したい、というものだったのだ。

正面の敵二万が、こちらの前衛に降りかかってきた。一千ずつの隊が、撫でるようにこちらにぶつかると退がっていく。降りかかっているとしか、形容のしようがなかった。

「ああやって、こちらに届くには、一年はかかってしまうぞ」

トノウが声を出した。

東側の山襞《やまひだ》から、一万騎が現われ、一千ずつの隊になり、降りかかってきた。

西からも、降りかかってくる。

東西の敵の存在を、斥候はなぜ把握できなかったのか、とテムル・メリクは考えていた。

平場ではなく、山地でもない。微妙な起伏が、どこまでも重なり合っている、という地形だった。

歩兵だけでなく、騎馬の埋伏も難しくない。

四万騎が、一千騎ずつになって降りかかってきても、ジャラールッディーンの本陣には、衝突の気配さえ伝わってこない。

「あと四万騎、どこかにいるぞ、テムル・メリク」

「斥候は、出しています。特に後方へは」

たとえ降りかかるようなものであろうと、攻撃がまだ来ていないのは、後方だけである。

次第に、切迫した気分になった。

戦ははじまったのに、寡兵であるモンゴル軍の方が、半分の兵力しか出していない。これはどういうことなのか。

それに、突っこんでくるのではない、この攻撃。やわらかく撫でているようだが、必ず数騎は削っていく。

「四万騎が、見つかりません、陛下」

「いや、見えてきた。私には、見えてきたぞ、テムル・メリク」

「俺には」

「正面は、二万騎ではなく三万騎に増え、さらに増えようとしている。両側は、どうだ？」

テムル・メリクは、眼を凝《こ》らした。

左右から、一万騎ずつのはずだ。一万騎。いや、一万騎以上いる。そして増えようとしている。

一万騎の後ろに、ほとんど重なるようにして、一万騎が続いている。

半数しかいないと思った敵が、気づかぬ間に全軍になっている。

「ふむ。変幻をわざわざ見せつけているのか、チンギス・カンは。しかし、これで敵の全軍を、私は見ている」

「そうです、陛下。全軍が出てきています」

すべてが一千騎であり、巨大な岩の周辺で、蜂が飛び回っているように見える。

「なんの意図の、変幻か、テムル・メリク」

別に変幻ではない、とテムル・メリクは思った。ただ順番に、全員を出してきたのではないのか。変幻というのは、相手を見つめすぎたがために、こちらがそう感じただけではないのか。

眼前のぶつかり合いに気を取られていたら、気づかないことだったかもしれない。奇襲というわけではないのだ。

「陛下、幻に惑わされませんように。チンギス・カンは、全軍を、順番に出してきただけです」

「そうか。全軍を一千騎に分けている。そのことにこそ、驚くべきだな。一千騎は、いつまでも撫でるような攻撃はくり返すまい」

「いまは、蜂の針が刺さるところを探っているのだと思います。針で刺し、槍で突いてくるのではないでしょうか」

「正面の三万騎を、動かそう。一万騎ずつで、一千騎を二隊蹴散らして、戻ってくる。その間に襲ってくる一千騎は、五、六隊まとめて、歩兵で包みこめ。後方の三万騎が、敵の騎馬の動きに対処」

テムル・メリクには、それが的確な采配だと思えた。

三万騎が、動きはじめた。

いま、ほんとうにはじまったのだ、とテムル・メリクの血が熱くなってきた。もともと、軍人なのだ。戦さえやっていればいい、と思っていた将校なのだ。帝の副官など、柄でもなく、重荷すぎた。

「テムル・メリク、見ろ。敵の攻撃が乱れはじめたぞ」

ジャラールッディーンの本陣は丘陵の上にあり、戦場は一望に見渡せた。

三万騎が、ホラズム軍とモンゴル軍の間に、自分の場所を作りはじめた。つまり、いまならホラズム軍が前進する余地が、充分にあった。

その先に、チンギス・カンの本陣らしいかたまりがある。

まだ細かいところは見えず、時には砂塵《さじん》で隠れてしまう。

しかしそこにむかえる。進める。

「おい、槍になってきたぞ。先頭の三万騎が、敵の動きを変えた」

八万騎だと、八十の小隊がいる。八十と頭では思ってみても、ひとつひとつが一千の部隊でもある。

先頭が、乱戦になってきた。一万騎ずつ三つに分かれた味方に対して、周囲の一千騎が次々に突っこんでいた。

よく見ると、一千騎が突っこんでいるのは、一軍にだけではないか、とテムル・メリクは思った。

「陛下、右の一万騎だけが、突き崩されています。すでに、半数に減りました」

「歩兵を出す。いや、歩兵は動いたとたんに、突き崩され、踏み躙《にじ》られる」

「耐えるのですか」

「耐えろ」

ジャラールッディーンの方が、自分よりずっと冷静だ、とテムル・メリクは思った。

そう思った瞬間、テムル・メリクは自分を取り戻した。

二十隊ほどの敵が、本陣のすぐ下の歩兵に突っこみはじめる。一千騎が、次々に二カ所に突っこむ。すさまじいものだった。槍を出したところで、一隊が騎射を放った。歩兵が、楯《たて》を出す。

しかしそれが閉じる前に、もう一隊が突っこんでいる。

見る間に、突き崩された。そこは第二軍、第三軍のところで、歩兵が騎馬隊の中に紛れこみ、混乱になっている。

「騎馬隊の隊長に合図。一万騎ずつ、両側に出ろ。歩兵は、中央に集まれ」

ジャラールッディーンの指揮は、やはり的確だった。大軍に酔ったような自分の感覚も、元に戻っていた。

テムル・メリクは、遠くに眼をやった。

チンギス・カンの本陣が、ない。いくら眼を凝らしても、消えている。

「陛下、もしかすると、チンギス・カン自身が、こちらへ来るかもしれません」

「来たら、ちょっと逃げよう。馬を用意しておけ」

考えてみたら、ジャラールッディーンの言う通りに動いている自分がいた。

いまはそれでいい、と思えた。

一万騎ずつ両側に分かれた騎馬隊が、歩兵を守るように動いた。歩兵は半分に減っているが、それ以上、一千騎の隊には攻められていなかった。

四

チンギスがいたところから、ジャラールッディーンの本陣がある丘の下まで、十里ほどあった。

縦にも横にも、戦場は拡がっている。

それも、騎馬隊がぶつかり合うだけでなく、歩兵と入り混じっているので、戦場そのものが、稠密《ちゅうみつ》なものだった。高いところから見れば、地面が見える部分が、一般に考えられる戦場と較べて、ずっと狭いはずだ。

八十隊の一千騎が、めまぐるしく攻撃を加えている。それに対して、ジャラールッディーンが、軍を大きく動かそうとしないから、稠密な戦場ができあがっている。

この稠密さは、自分ではなくジャラールッディーンが作ったものだ、とチンギスは思った。その持つ素質なのか、いつの間にか、ジャラールッディーンは、大軍の扱い方を会得したようだ。

ただ、自分に注意を払うことを忘れている、とチンギスは思った。チンギスの本陣は、開戦時に頭に刻みつけた位置から、動いていないだろう。

チンギスは、夥しい交戦の中を縫って、ジャラールッディーンの本陣のある丘の下まで来ていた。

馬回りと二千騎の麾下。戦場の中で疾駆しても、不自然なところはなかったはずだ。

馬を、しばし休ませた。

「駈け登るぞ。これで、結着がつけられる」

「おやめください、殿」

「ソルタホーン、止めるのか、俺を」

「止めます」

「止めるな。結着が、安全なところにあると思うな」

「ここは、別の将軍に。俺はすでに、合図を出しています」

「なんだと」

チンギスの脇を、ジェベの一千騎が駈け抜けた。それに続いて、ボロルタイが丘を駈けあがって行く。

「おまえ」

ほかに、二隊が駈けあがって行った。

ジャラールッディーンは、二千騎だけだった。ソルタホーンを、ふり払おうとした。

「伝令です」

いきなり、叫び声が背中にぶつかってきた。

「イナルチュク軍七万騎が、二十里のところに近づいております」

チンギスは、丘の上を見た。

ジャラールッディーンのもとへ、四千騎ほどが駈けて行く。

「退《ひ》き鉦《がね》だ。西へ」

次の瞬間、チンギスは西にむかって疾駆した。イナルチュク軍が近づいていることは、ホラズム軍にも伝わっているようだ。

騎馬隊の動きが、いきなり鋭くなった。歩兵は、小さくかたまりはじめている。

疾駆して、戦場を脱《ぬ》けた。しかし、一万騎ほどは追ってきている。

駈けに駈けて、引き離した。

ソルタホーンは、そばを駈けている。丘を二つ越え、三つ目を越えた。一万騎は、まだ追ってくる。

丘を越えた、前方。馬。チンギスは、素速く乗り替えた。馬回りも麾下も、そうしているようだ。

西へむかって、また駈けた。

これは敗走か。一瞬思った。しかし後方の土埃を見ると、モンゴル軍も一斉に西にむかって移動をはじめたのがわかる。

一旦、分けただけだった。

五十里ほど行ったところで、陽が落ちてきた。

麾下が先行し、野営地を見つけてきた。

チンギスが到着した時は、焚火が燃やされ、小さな幕舎がひとつ張られていた。

従者に水を運ばせ、馬の手入れをした。

馬車が来ていて、料理がはじめられる。各軍には、馬車が十台ずついるはずだ。

水を飲み、塩を少し舐《な》めた。

「具足のままでいい」

従者が着替えを促してきたので、チンギスは低く言った。

胡床に、腰を降ろした。チンギスのそばに、すぐに小さな焚火が作られた。

馬回りも麾下も、馬の手入れを終え、鞍を降ろした馬を縄の囲いの中に入れている。篝《かがり》が方々で焚かれ、火もあって陣内は明るかった。

スブタイが来た。

「馬は？」

「ぎりぎりのところで、潰さずに済んだようです。各軍、同じようなものだろう、と思います」

「替え馬は、俺だけか。馬がいないわけではないのに」

「一度に、移動させられません。殿は替え馬があったので、楽な離脱だったでしょう」

「言うな、スブタイ」

「敵の馬も、限界に近づいていたので、いずれにせよ、殿の離脱は難しくありませんでした」

「一万騎が、執拗《しつよう》に追ってきた」

「それは、殿だと認識したからです。どこまでも食らいつくつもりだったでしょう。馬を潰していましたよ。歩いて、本隊に戻ったでしょうね」

馬乳酒が、差し出された。スブタイも、ちびちびと飲んでいる。

軍だけの移動だと、馬乳酒などはない。各軍についている馬車がやってきているので、緒戦が終ったというところだ。まだ、軍は乱れていない。

各軍を回ったスブタイの副官が、犠牲の報告に来た。各軍ごとだが、犠牲は似たようなものだ。一軍で、百五十騎前後を、失っている。

「大軍を相手にしたことを考えると、殿に受け入れていただける数だろう、と思いますが」

チンギスの想定の中にある数だったが、頷こうという気にもならなかった。

「おい、スブタイ。おまえは、また兵が死んだ、という思いは持たんのか。兵の死を、数だけで考えるのか」

「俺は、犠牲を数としか考えません」

「そうだな。おまえは、そうだ」

「殿もです。ただ、時々情緒を剝き出しにされます。俺とは較べものにならないほどの、数を抱えておられますから」

「こんな話を、なぜここでしているのだろうな」

「わかりません。俺に、殿の心の中のほんとうのことは、わかるわけがありませんから」

「ほんとうのことなど、俺は覗きこんでみたことがあるのだろうか」

「殿は、ひとりきりの時、いつも覗いておられるのだ、と俺は思っています」

「難しいことは言うな、スブタイ」

肉が、煮られているようだ。ホラズム焼きなど、やろうという気も起きない。

報告に来た副官と二人で、スブタイは帰っていった。

入れ替りに、ジェベが来たが、スブタイが帰るのを待っていたのかもしれない。

「わずかでした。ほんのわずかですが、俺は遅れていました。ボロルタイは、もっと遅れたと、自分を叱責《しっせき》しているようですが」

「ぶつかったのは、一度だけか。ボロルタイが来た時、敵はもう逃げる構えに入り、ホラズム軍の騎馬隊が、丘を登りはじめていたというところだな」

「見たようなことを言われますね、殿。まさしく、そうでした。退き鉦は、丘を駈け降りながら聞きました」

ジェベにも、馬乳酒が出された。

「一度ぶつかった、ジャラールッディーンはどうだった？」

「小僧じゃなくなってましたよ、なぜか。いつもついている手練れが、俺の部下を二人斬り落としたのです」

手練れとは、多分、テムル・メリクだろう。

「ジャラールッディーンが俺にむかってきたら、どうにかできたかもしれないのですが、側近の手練れが二人斬っている間に、離れていました」

「いずれにせよ、首は奪れなかったと思う。どう考えても、いくらか遅かった」

ジェベも、すぐに帰っていった。やはり、闘った部下と一緒にいたいのだろう。

シギ・クトク、ドルベイ・ドクシン、バラ・チェルビが、連れ立って現われた。やはり待っていたのだろう。

ならば次に、チャガタイ、ウゲディ、トルイがやってくるはずだ。将軍たちの挨拶は、それで終る。

こうやって本陣に挨拶に来られるというのは、戦そのものが激烈ではなかったということでもあるのだろう。

　肉が運ばれてきた。

　戦場ではこうだと決めている通り、チンギスは一番最後だった。

　崩れかけた肉を、腹に流しこんだ。

　ソルタホーンが、そばに立った。もう寝た方がいい、と言いに来たのだろう。実戦は、躰にこたえる歳になっている、ということなのか。

　チンギスは胡床から腰をあげ、右手でソルタホーンを殴りつけた。

　ソルタホーンは、地に腰を落とした。束の間、チンギスを見たが、立ちあがり、直立した。

「なぜ、止めた」

　チンギスは、そう言った自分の声が、低くくぐもっているのに気づいた。

「ジェベは、一拍遅れた。俺が行ったら、間に合っていた。あそこで、こんな戦は終らせることができた」

「はい」

「はいではない。おまえの考えを言ってみろ」

「俺は、はらわたが口から飛び出すような戦は、したくありませんでした」

「おまえが、したくないだと」

「部下たちにも、させたくありませんでした」

「口から、はらわたを出しながら、闘え。それが、俺の部下だということだ」

ソルタホーンの唇の端から、血がひとすじ流れている。それが、焚火の明りに照らされて、別のもののように鮮やかに赤かった。

「俺は、武人だ」

ソルタホーンが、かすかに頷いた。

「ずっと、武人だった。武人を取りあげたら、俺はただの年寄だ」

ソルタホーンの眼が、チンギスを見つめている。

「勝てた。あそこで、戦を終らせられた。確かに、危険だったかもしれん。しかし、武人なのだ。死はいつも、あたり前のことだった。死ぬかもしれん、ということで、俺は闘いをやめなければならんのか。武人が闘いを取りあげられたら、なにが残る」

なにも言わず、ソルタホーンはチンギスに眼をむけている。

「勝てる機があれば、それは逃したくない。逃してはならないのだ。たとえ、死と引き換えであってもな」

チンギスは、ちょっと焚火の方に眼をやった。新しい薪を足そうという者は、誰もいない。自分とソルタホーンの間に、近づきたくないなにかが流れている、とチンギスはなんとなく思った。

「戦場に立った時から、俺は死んでいる。だから、死なん。これは、俺の言葉ではないが、どいつが言ったか憶えていない」

「はい」

やっと、ソルタホーンの声が聞えた。

「俺は、いつも武人でいたい」

「殿は、いつも武人であられます」

「ならば、なぜ止めた。十里、戦場を疾駆することは、止めはしなかった」

ソルタホーンが、ちょっとうつむいた。

「それにおまえは、勝負を止めたことなど、これまでになかった。自分の勝負さえままならない爺《じじい》か、俺は」

言葉は並べているが、声は相変らず低くくぐもっている、とチンギスは思った。

そして、自分はなにを言おうとしているのか、と一瞬考えた。

勝負を止められたくなかった。違う。死ぬことを心配されたくなかった。違う。

強いて言えば、ソルタホーンにさえ踏みこませなかった心のどこかに、踏みこまれたような気分になったのか。

ソルタホーンをいきなり殴った自分が、信じられなくなってきた。

なにをしているのだ。自問してみる。ソルタホーンの唇の血は、そのままだった。

「殴ってしまった。躰がそう動いた。悪かったよ」

「殴られることなど、なんでもありません。殿。俺などに、謝られてはなりません」

「いや、おかしなことだった。ただ、もう俺を止めるな」

「また、止めるかもしれません」

「なんだと」

「勝負を決意された瞬間、常ならぬ気が俺に伝わってきました」

「常ならぬ気だと？」

「それがいいものだと、俺には思えなかったのです。止めて、ジェベ将軍に合図を出したのは、とっさでした」

自分がどういう状態にいたのか、チンギスには思い出せない。

ソルタホーンにとって、なにかいやな気だったということだろう。

「常ならぬ気は、戦場で武人が発する気ではないな」

「ふだんも、そんな気は放たれません」

「不吉か？」

「いえ」

「なんだか、言ってみてくれ」

「言葉にできません。しかしそれを感じた時の俺は、思い出せます。ただ悲しかった。それだけです」

チンギスは、焚火のそばにしゃがみこんだ。

細い枝を取り、二つに折って火にくべた。

薪の折れる乾いた音が、いつまでも耳に残っていた。

「ソルタホーン、頼む、血を拭ってくれないか」

「えっ」

「口から、血が出ている」

ソルタホーンの手が、顔に跳ねあがった。かたまりかけたひとすじの血が、きれいに拭い取られた。

「こういう戦、早く終らせたいものだ」

「たやすくはいきません」

ソルタホーンの声が、もとに戻っている、とチンギスは感じた。それで、なぜかほっとしていた。

「もう、止められるようなことは、やらんよ」

「お気になされずに。俺はまた止めるかもしれませんが、その時は殴ってください」

「止められたくない。これはなんだろう。死にたくないということか」

「戦場では死んでいる。だから死なない、と殿は言われたばかりです」

「それは、俺の言葉ではない」

「誰が言ったか、思い出せないのですね」

「思い出せないなあ」

「ならば、多分、御自分の言葉です。そう思い定めてしまわれればいいのです。いい言葉だと、俺は思います」

チンギスは、もう一本枝を取り、火の中を少し掻《か》き回して、くべた。

焚火は一瞬、熾火《おきび》だけになり、それから勢いよく炎をあげた。

「俺はもう寝るよ、ソルタホーン」

ソルタホーンが頷き、拝礼した。

従者が、恐る恐る近づいてきた。

「具足」

言ってチンギスは、幕舎に入った。

追ってきた従者が具足を解《ほど》き、軍袍も脱がせた。明日の朝には、新しい軍袍が用意されている。

肩から、寝巻を着せかけられた。

ここでも寝巻なのかと、チンギスはおかしくなったが、なにも言わなかった。

低い寝台が組み立てられている。

チンギスがそこに横たわると、従者は恭しい仕草で、蒲団《ふとん》をかけてきた。

寝巻と蒲団。それに戦を組み合わせると、チンギスはやはりおかしくなった。

従者が、灯台をひとつだけにして外に出ていくと、チンギスは低い笑い声をあげた。

晴れた日だった。

いつ眠ったのか思い出せず、眼醒めたら朝だったのだ。深く眠ったのだろうと思った。

躰を起こし、寝巻を脱ぎ捨てて裸になると、従者に水を命じた。

「今日もまた、戦だ」

外に出て、容器の水を、頭から被った。

躰が縮まり、それからかっと熱くなるのを感じた。

五

掌の中で、木片が折れた。

二つ目である。自分の手に、意識しないまま、異様な力がこめられているのに、マルガーシは気づいた。

部下たちが、ちょっと離れたところで、組打ちの稽古をしている。

掌に流れた血を、マルガーシは握りこんだ。

しばらく、小刀を掌に突き刺していたのだ。

痛みなどは、どこにもなかった。折れた木片が、血を吸っている。二度続けて、木片が人形になることはなかった。

昨日の戦では、ついに戦場に出て闘う機を見い出せなかった。二十万のホラズム軍の中を、チンギス軍の二千二百騎が、矢のような勢いで突っ切った。

マルガーシは、その動きをしっかり見ていた。

見ていただけでなく、すぐ近くにまで進んだ。

ジャラールッディーンは、丘の頂の本陣を動かなかった。

戦は、互角で動いていた。ホラズム軍は、軍を小さく分けず、逆にモンゴル軍は小さな隊に分かれていた。

大軍は大軍なりに、小隊は小隊らしく、ぶつかり合いをくり返した。

その中での、チンギス・カンの動きだった。

一千騎の小隊が、夥しいと言えるほどの数で駆け回っていたので、チンギス軍本隊の動きは、それに紛れて目立つことはなかった。

チンギス・カンは、麓まで駆けてくると、しばらく馬を休ませるようにじっとしていた。マルガーシは、チンギス・カンの次の動きを、ただ待ち続けた。

チンギス・カンが、奇襲という恰好で、丘の上のジャラールッディーンを襲えば、そこでマルガーシはチンギス・カンの首を奪れたはずだった。

しかしなぜか、丘の頂にむかったのは、ジェベとボロルタイの隊だった。

なぜだ、と思った時、イナルチュクの軍が戦場に到着した。モンゴル軍は、退き鉦に従ってぶつかり合いを止《や》めた。

チンギス・カンも疾駆して戦場を離脱したが、マルガーシはつけこむ隙を見つけられなかった。

チンギス・カンがあの丘を駆け登っていれば、討てただろうと思う。

一千騎、二千騎で駆け登るのではない道を、マルガーシは把握していた。実際、自分で一度登ってみたのだ。一騎しか通れない道だったが、頂上に到着する前のチンギス・カンを、襲うことはできた。それが十騎でなせるか二十騎でなせるか、チンギス・カンの速さ次第だった。十数騎と、マルガーシは読んだ。それでも、意表を衝くことになるので、十騎でも充分だと思えた。

チンギス・カンが駆けはじめたら、駆ける。待ったが、ついに駆けることはなかった。

両軍は、離れて野営に入った。

その陣は、今日になっても動く気配はなかった。どちらかが動いた時、また大軍がぶつかり合うのだろう。

ジャラールッディーンは、思ったよりよく耐えている。二十万という兵数を聞いた時、まとまりのない大軍になるのではないか、と危惧《きぐ》した。

ジャラールッディーンは、大軍を決して拡げず、数軍に分けて腰を据えさせた。だから、一隊千騎の軍での、際限がないほどのモンゴル軍の突撃でも、崩れず持ちこたえた。

イナルチュクの数万騎が近づいた時、迷うことなく退き鉦を打ったのは、すでに限界に近い戦をしていたのだ、とマルガーシは思った。

動かないまま、夕刻になった。

チンギス・カンが、少しでも動く気配を見せたら、ホラズム軍は応じたはずだ。

マルガーシは、血を吸った木片を捨てた。

三つ目の木片を、削ろうとは思わなかった。暗くなっていたし、うまく人形が削り出せるという気もしなかった。

「隊長、今日は結局、戦がありませんでしたが」

ユキアニが、そばへ来て言った。

兵糧として湯餅《とうへい》と干し肉を用意してあった。しかし、四日前に獲《と》った鹿の肉を、どこかに隠してあったようだ。あるいは、馬の尻に載せていたのか。

ユキアニは、兵糧ではなく、その肉を遣っていいか、と訊いている。焚火を囲んで、自分の肉をそれぞれ焼くので、部下たちはみんな好きなようだった。

「うまくなっているか?」

「多分。きのうのうちに、隠してあった場所から運んできたので、全員が充分に腹に入れる量があります」

「ならば、そうするか」

ユキアニが、部下たちの方をふりむいて、大声を出した。

部下たちは声をあげたりはしなかったが、素速く動き、焚火をいくつかに分けた。マルガーシのところにも、小さな焚火が作られた。

積まれた薪の中で、人形を削り出せそうな木片を選んで、別にした。木片は、いつもそうやって集め、鞍につけた革袋に入れている。

切り分けた肉が届いたころは、もうすっかり暗くなっていた。

「俺たちも一緒に」

ユキアニと流れ矢が、マルガーシの焚火のところに来て、自分の肉を炙りはじめた。

マルガーシは、肉に香料を振りかけ、火に翳した。香料を遣うのは、最初と最後である。いろいろ試してそうなったというのではなく、一度うまいと感じたやり方で、そうやると決めて、変えていない。

部下たちを見ていると、話し合ったりして、やり方をいろいろ試している。

「本隊の副官から、連絡を求めている合図があるのですが」

「放っておけ、ユキアニ」

マルガーシも気づいていたが、面倒だという気分しかなかった。

結局、今日は戦がなかった。本陣も動いていない。それは知っているが、テムル・メリクはなんの用事があるというのだ。

四十名の隊ができるのは、本軍の補助ではない。作戦に与することでもない。ただひとつ、チンギス・カンの首を奪ることだけだ。

その首を奪るまで、ジャラールッディーンにもテムル・メリクにも、こちらから会いに行く気はなかった。

肉の表面が焼けてきた。片側だけが焼けすぎないように、表裏をしばしば返した。それに、炎に近づけすぎると、焦げてしまう。注意が必要だった。

どの焼け具合で食うかは、兵によって違う。マルガーシは、いつもあまり焼かない。

きのう、チンギス・カンがなぜ丘に駈け登らなかったか、などとは誰も口にしない。ただ、登らなかった。それだけのことだ。

マルガーシは、少しずつ焼けていく肉を、じっと見つめていた。

命など、もともとないものだった。そう思うようになった。死んでいるというわけではなく、命は勝手に燃え、勝手に消える。

マルガーシとは関係のないところに、命というものはある。

理屈ではなく、マルガーシはそう感じ、思った。

勝負が命のやりとりだとしたら、勝負もまた、マルガーシと関係のないところにある。

「隊長、弓隊はやっぱり、いた方がいいんですか？」

「騎射が、役に立つ局面はある。弓と五本の矢。それだけは、無理しても持て」

馬で駈け回る。そのために、具足を切りつめて小さいものにしたり、胴だけ着けたりしている。できるだけ、軽くしようとしているのだ。弓矢を持っているのが、疾駆の邪魔になることはあるのだろう。

「弓を、小さくしてもよいですか？」

「どれぐらいだ？」

流れ矢が、両手を拡げた。肉を落としそうになり、ちょっと慌てている。

「いいだろう。というより、そういう弓をもう作っているな」

「弦を張るだけなんです」

「腕をあげろ。小さい弓は難しい」

「稽古は、毎日やります」

マルガーシは、肉の具合を見た。香料をふりかける。ユキアニが、マルガーシの手もとを覗きこんだ。

「俺は、これぐらいでいいのだ」

「血が出そうですよね、まだ」

「これ以上やると、肉のいいところが抜けてしまう」

「そうなんですか」

マルガーシは、肉に食らいついた。

口の中に、じわりと脂が拡がってくる。香料の匂いが、鼻に抜けていく。

ユキアニが、肉に息を吹きかけ、食らいついた。

「おう、これはやわらかいです、隊長」

流れ矢は、ちょっと焦ったような表情をしたが、火に肉を翳し続けている。

流れ矢が肉を口に入れた時、二人とも食い終えていた。

マルガーシは、草の上に横たわった。

二人は、部下たちの方へ行ったようだ。

空を見上げた。星が満ちている。まるで草原の空のようだった。ひとつ、ふたつと星が流れた。

どうして星が流れるのか、考えたことはない。

空に星があれば、流れる。ただそう思っていた。

トクトアのもとにいた時が、最も空を見ていたような気がする。トクトア以外に人はおらず、深夜には、岩に寝そべって空を見ていた。

ダルドという名の狼が、トクトアと一緒に暮らしていた。マルガーシは、ダルドから、群に入ることを認められた、という気がする。

狩が、群でやらなければならないことだった。マルガーシは野山を駈け回り、獲物をトクトアの前に追いこんだ。

　ダルドは、狩に加わっているのかどうか、よくわからなかった。どこか臆病なところがあり、虎がそばにいる時は、いつも姿を消していた。

　軍が、近づいてくる。二百騎、いや、百数十騎か。敵の動きではなかった。マルガーシは、上体を起こしたりはしなかった。

　しばらくして、人の足音が近づいてきた。

　ユキアニである。走っていた。

「隊長、本軍の副官殿が来られました」

　マルガーシは、上体を起こした。

　松明が近づいてくるのが、すぐそばに見えた。

　騎馬隊は、百騎と少しだった。

　マルガーシが立ちあがると、闇の中からテムル・メリクが歩いてきた。

「呼んだところで来ない、と思った。だから、俺の方から来た。テルゲノを連れてきている」

　遊撃隊の隊長だった。マルガーシが十二騎失った奇襲で、五百騎のうちの実に四百騎近くを失ったのだ。戦の時もそれからも、会っていない。

　奇襲を主張したのは、テルゲノだった。平凡な作戦だったが、行軍中のチンギス・カンを襲うには、むしろその方がいいと思った。

　そういう奇襲も、チンギス・カンに見せておいた方がいいかもしれない、とふと思ったのだ。

戦闘中の奇襲とは、根本的に違っているところがある。

戦闘の中に紛れることができずに捕捉されれば、殲滅されかねない。しかし、そこに思わぬ活路もある。

テルゲノは、奇襲の許可を、ジャラールッディーンから貰っていた。

出撃するテルゲノに、マルガーシはただついていった。死んだ華蓮《かれん》の部隊を加え、五百騎だった。

実際に奇襲をかけた時は、敵は守るだけでなく、こちらを幻惑するような動きをした。五百騎を出して、テルゲノの隊と同じような動きをさせたのだ。

明らかにマルガーシがいると想定して、それを引き出すような動きだった。それだけなら、乗らなかっただろう。

そこに別の五十騎が現われ、テルゲノはそれをマルガーシと見誤った。そして先導した。

戦場に、間隙ができた。マルガーシは、出た。はじめから、チンギス・カンの馬回りが相手だった。

討てそうで、討てない。それがチンギス・カンだった。反転して逃げた時、五十騎が追ってきた。スブタイ将軍自身が、指揮しているようだった。

結局、マルガーシは十二騎失い、テルゲノは四百騎失った。

「テルゲノを、指揮下に置いてくれ、マルガーシ」

「断る。俺は俺で闘う、と言っただろう」

「一体にならなくてもいい。指揮下に置いてくれ。テルゲノが、指揮を執れる状態ではなくなっている」

言い返そうとしたが、テルゲノが一歩前へ出てきた。

「死にたいのだ、マルガーシ。それすらも、俺はできなくなっている」

マルガーシは、スブタイの五十騎に追われ、しかも替え馬を用意していたので、逃げ切った。

テルゲノは五百騎と対峙し、ぶつかった時、後方から一千騎が現われ、挟撃を受けた。

いまいる百騎は、全滅しか考えられないところから、脱け出したのだ。

「そばにいろ、テルゲノ。俺は時々、そばにいるおまえを、楯代りにする」

「望むところだ」

「俺は行く。明日は、間違いなく、再び交戦するぞ」

「わかるのか、テムル・メリク」

「陛下を見ていれば」

やはり急いでいるのか、三騎だけ連れて、テムル・メリクは帰っていった。本陣まで、三刻ほどのものだろう。

「隊長でいろよ、テルゲノ」

「死なせてくれるよな」

「さあな。最後の最後で、おまえは怖がるかもしれん」

マルガーシはそれだけ言い、自分の寝床に戻った。

六

信頼されている。

いや、お互いに足りないものがあって、それを補い合おうと言われているような気が、いつもしていた。

シギ・クトクが、ボロルタイに直接そう言ったわけではない。

副官としてできることは、すべてできる、とボロルタイは考えていた。シギ・クトクに許可を取るもの、副官の独断で片付けるもの、その区分けを間違えることもなかったようだ。

じっくりと腰を据え、時には考えすぎるところもある将軍は、しかし人が好きでもあった。野営の時の食事には、適当に兵を三名連れてきて、ボロルタイも入れて五名で、小さな焚火を囲む。

兵の故郷などの話が多いが、必ず入るのは母親についての質問だった。いないとか、死んだとか聞くと、はっきりと悲しそうな表情をする。

以前は、麾下の隊長だった。その時は、無口で謹厳な印象しかなかった。

一軍を率いていると、部下たちに自分を見せるようになった。

戦の話、武術の話などをすると、無口になる。相手の言うことを、よく聞いて、最後にいくつか指摘をする。

兵が質問をしたら、丁寧に答える。教えることも好きなのだ、とボロルタイは思った。ただ、兵とはそれ以上は親しくならない。

ボロルタイと二人きりで話す時は、いきなり友人のような口調になる。はじめは戸惑ったが、ほんとうの自分を伝えようとしているのだと、やがてわかった。

シギ・クトク軍の副官に任じられ、着任した時、母がテムルンで、父がボオルチュであることは忘れる、と言われた。その方がありがたい、とボロルタイも返した。

翌日から、もう友だちのような口調だった。

シギ・クトクは、ボルテの営地の出身で、しばしば泊りに行ったボロルタイのことを、どこかで見たのだろうか。

軍は、動きはじめていた。

一昨日の戦では、一千騎ずつに分かれた。だからボロルタイも、預けられた一千騎で、ホラズム軍に突っこんだ。

その奇抜とも思える編制は、退き鉦が打たれるまで変らなかった。

軍全体の姿を、ボロルタイは頭に浮かべる。

一万騎を、いざ命令が届けば、いくつにでも分けられる。一昨日、千騎ずつの隊とソルタホーンの伝令が言ってきた時も、躊躇したり考えたりせずに、素速くやれた。

「今日は、殿のそばだ、ボロルタイ」

「はい」

兵に聞えるところでは、こんな口調である。

「はじめから、二隊に分けろ。おまえの頭の中でな。交戦中は、半分は殿の前。麾下だろうが馬回りだろうが、いきなり突出しようとしたら、遮れ」

「わかりました」

「その場合、殿の前の五千騎の指揮は、おまえだ」

「絶対に、本隊を単独では前へ出しません」

「後方からどやされるかもしれないが、ソルタホーン殿は、わかってくださると思う」

「一昨日、殿と馬回りは動こうとしました。しかしソルタホーン殿の合図が出て、近くにいたジェベ将軍が丘に駈け登り、俺が続きました。ジェベ将軍はひと呼吸遅れ、俺の方は、呼吸にして三つは遅れていました。一度もぶつからずに、退き鉦を聞いたのです」

「行軍中だ、ボロルタイ。終ってしまった戦の報告など、野営地でやれ」

「はい」

時々、ボロルタイが出した斥候が戻ってきて、馬を寄せ報告してくる。

本隊が、斥候だけを任とする隊を二百騎は出していて、重要な情報は、各軍を伝令が回り伝えてくる。

敵の先鋒は、イナルチュク軍。後方に騎馬一万。進み方は、ひどくのろい。歩兵を戦に加えようとしている。歩兵を戦場の中心に置こうという構えだった。

「むこうが遅いので、ぶつかるのは三刻後ぐらいになります」

「行け、ボロルタイ」

ボロルタイは、五千騎に合図を出した。

半刻かけて、本隊のやや右前方になる位置取りをした。正面を塞《ふさ》ぐという構えは巧妙に避けた。

いくらか近い、シギ・クトク軍の遊軍という恰好である。

チンギス・カンと馬回りが動いたら、即座に前方を塞ぐことができる。

イナルチュク軍の七万騎が、二つに分かれている。だからいま、先鋒のバラ・チェルビは、正面の歩兵とむかい合うかたちである。そこにいた一万騎は、歩兵の後方に退がっていた。

敵の本軍は、まだ見えない。たとえ見えたとしても、原野全体が軍、というようにしか思えないだろう。ジャラールッディーンの本陣も、判別はできない。

なにか、躰を打ってきた。

ボロルタイは、緊張した。

本隊から、闘気がたちのぼり、それがボロルタイを打った。

闘気は、ボロルタイの指揮する五千騎にも伝わった。それは少しずつ、各軍にも伝わっていくだろう。

原野を、闘気が覆いはじめている。

押し流されるな、とボロルタイは自分に言い聞かせた。大軍同士だが、つきつめれば一対一の争闘と、なんら変るところはない。

ひとりなのだ。自分は、ひとりだ。しかし、五千騎を率いている。それはシギ・クトク軍の一部で、シギ・クトク軍はモンゴル軍の中の一軍である。

わかってるさ。不意に声が出た。ボロルタイは、周囲を見回した。

戦はいつも、ひとりであり、ひとりきりではない。そう思い定めていた。

雰囲気や勢いにのみこまれ、うつろになってはならない。見るべきものを、最後まで見続ける。見えなくなった時、死んでいる。

はじめに戦に出た時は、直接、敵とぶつかり合ったりはしなかったのに、尿を漏らし糞《くそ》をひり出した。

周囲にいた兵たちは、誰もそれを嗤《わら》わなかった。野営に入ると、分隊の仲間が全員で人垣を作り、着替えさせてくれた。

あの時から、一度も失禁をしていないし、多分、死ぬまでしないだろう。

同僚の兵は、仲間だった。将校は兄や父である。そう思えると、軍の暮らしは快適なものになった。

「伝令が飛び交いはじめました」

ケンゲルが、馬を寄せてきて言った。

ボロルタイの五千騎は、本隊のすぐ前を進んでいる。伝令が活発に動けば、即座にわかる位置だった。

「おい、ケンゲル。先鋒同士は、十里の距離になっている。しかし、前ばかり見ているなよ。俺たちは、常に後ろも見ていなければならないのだからな」

「俺の眼は、後ろにもついていますよ。なにしろ、俺はボロルタイ殿の副官ですから」

ケンゲルは、ただの将校にすぎないが、ボロルタイの副官を自称している。そしてなぜか、ボロルタイのそばにいることが多かった。

前方の軍の動きが、いきなりこれまでと違ってきた。

「どういうことだ、これは」

ボロルタイが見たかぎりでは、先鋒が途切れ途切れだが、見えてきている。つまり、先鋒は進軍の速さを落としている。左右も近づいていて、やがて全軍が見渡せるかもしれない、と思った。

伝令が来た。各軍の間を詰めて、進軍せよというものだった。

右から、シギ・クトクの五千騎が、間隔を詰めてくる。二つに分かれている意味がない、と思えるほどだった。

ボロルタイは、隊列の右側を駈けた。すぐに、シギ・クトクに近づいた。

「おい、いまはひとつになるが、それは弾ける。どう弾けても、おまえは本隊の前だ。そこを動くな」

「わかりました。前も後ろも横も、こんなに近づいてきて、本隊の動く余地がいまはありませんが」

「もっと密集するぞ。敵は、攻囲をかけてくる。完全に、取り囲まれるというやつだ。ただ、八万を二十七万が取り囲む。これは攻囲ではないかもしれん」

数から想像できるものは、まったくなかった。ただ、なんのための密集か、なんとなく考える。

ソルタホーンからの伝令はシギ・クトクに来ていて、ボロルタイのところに来たのは、シギ・クトクからの伝令だった。軍を二つに割っているのは、シギ・クトクの独断なのだ。

シギ・クトクには、密集せよだけでなく、それからどうするか、という指示もあったのかもしれない。

密集が弾ける、とシギ・クトクは言った。それでもおまえは弾けるな、と念を押されている。

弾けるのか、と頭の中で考える。言葉はわかるが、具体的にどういう動きかは、思い浮かばない。

周囲がきつくなった。

それでも、調練を重ねた兵馬は、乱れることはない。

どこでぶつかるのか。敵は、すでに包囲にかかっているのか。

本隊には、次々に斥候が戻っていく。

ケンゲルが、それを気にしている。ボロルタイは、全軍の動きがどうなのか、待つような気分で見ていた。攻撃に移る、その瞬間を摑めば、本隊の動きはそれで見逃さない。

この大軍の中に、二千二百騎が紛れこむと、追いかけるのは至難だろう。

戦の展開を、見きわめることができるのか。

それればかりが気になった。戦の前の緊張とは、どこか違っている。

チンギス・カンの従者として戦場に出た時の緊張と、なぜか似ているという気もする。

「なにか来てますよ、ボロルタイ殿」

ケンゲルが、押し殺した声で言った。

進軍は、遅くなっている。馬は、それに合わせていた。

確かに、なにか来ている。肩のあたりが、妙に重たかった。馬が、耳を伏せる。ボロルタイは、手をのばして、首筋を掌で軽く叩いた。

「ケンゲル、もしかすると、包囲されようとしているぞ」

「まさか」

八万を、二十七万で囲む。これが包囲と言えるのか。

ボロルタイは、斥候を二騎、右翼の方へ出した。縦はともかく、横の幅はそれほどない。

進軍は、まだ続いている。

右の、シギ・クトクの隊は、ほとんど一体になったように進軍している。シギ・クトクの姿は、見つけられなかった。

斥候に出した二騎が、駈け戻ってきた。

「わが軍は、内へ内へとかたまりながら進んでいますが、ホラズム軍は、一里ほど離れた壁のようです。見えるかぎりでは、壁です。包囲されているのかもしれません」

包囲されたら、どういうことになるのか。馬で縦横に駈け回るということはできないのか。包囲の輪は、少しずつ絞られていくだろう。

後方の本隊が、いままでとは違う気を放った。

七

包囲が完了した、とウダラルが伝令を通じて報告してきた。

ジャラールッディーンは、周囲よりいくらか高い場所に本陣を置き、長い対峙にも耐える覚悟をした。

地平まで、軍が充満している。

ジャラールッディーンは、じっとそれを見つめていた。周囲には、馬回りの者たちがいる。サンダンとトノウも、緊張した表情で立っていた。

ジャラールッディーンは、束の間、感動に似たものに襲われていた。およそ、三十五万の大軍なのである。

中央に、モンゴル軍の八万がいる。半里ほどの距離を置いて、ホラズム軍が囲んでいる。それは四方に拡がるだけ拡がり、モンゴル軍から見ると絶望するしかない圧倒的な大軍だろう。

しかし、八万である。たとえ三十万近い軍であろうと、包囲することはできるのか。そもそもそれを、包囲と呼ぶのか。

かたちとして、囲んでいる。優勢でもなんでもない。戦のはじめのかたちが、こうだということだろう。

「見事な攻囲です、陛下」

斜面を駈け登ってきて、テムル・メリクが言った。

「いままで、イナルチュク殿に隠れて見えなかったのですが、ウダラルの用兵は水際立っている、と思いました」

攻囲のための現場の指揮はウダラルに任せたが、総指揮を執らせているわけではない。

こういう攻囲は、教えられていれば、自分でも指揮ができる、とジャラールッディーンは思った。大軍の指揮をはじめて、まだ日が浅い。だから、数を扱いかねるというところがあるかもしれない、と自分で判断したのだ。

うまく言葉にできないが、この見事な攻囲には、信じ難いような罠があるのではないか、とジャラールッディーンは考えていた。

先鋒が行き合い、二度ほどぶつかり、小さくかたまっているモンゴル軍を、両側に出たホラズム軍が挟みこむかたちになった。

そこで、モンゴル軍は動かなかった。身を縮めた、というようにジャラールッディーンには感じられた。

包囲されることを、嫌がらなかったのだ。

押し返そうという力も、突き破ろうという力も、出さなかった。大軍に圧倒された、という見方もできるだろう。

しかしチンギス・カンは、八万の軍を八十の小隊に分けて、戦場を縦横に舞わせることができる男なのだ。一昨日のあの戦は、意表を衝かれた。

攻囲を受けたチンギス・カンは、いま懐にとんでもないものを隠しているのではないのか。

「陛下、この攻囲の輪を、じわじわと絞っていけば、モンゴル軍は抗しようもないと思われます」

「逸《はや》るな、テムル・メリク。チンギス・カンは、こちらの兵の実力を、しっかり把握しているはずだぞ」

「はい」

「唯々諾々《いいだくだく》と、包囲を許してしまうような男か、チンギス・カンは」

テムル・メリクがうつむいた。

あるところから、テムル・メリクは大きな存在にならなかった。成長が止まった、というような言葉で、ジャラールッディーンはそれを見ていた。

ほんとうに、そうなのだろうか。

太子として、そして帝として、ジャラールッディーンをほんとうに支えるのは、自分ひとりしかいないという思いが、逆に萎縮させてしまっているのではないのか。

「言いたいことがあるのだろう。言ってみろ、テムル・メリク」

「まさか。陛下にむかって言いたいことなど、あろうはずもありません」

「言いたいことでなくてもいい。心に抱えこんでいるものを、ここに吐き出してみろ」

「そんな」

「戦場で、敵とわたり合う時のおまえは、眼を瞠《みは》るほどだよ。帷幕《いばく》をまとめているおまえは、ただそれだけの人間だ」

うつむいたまま、テムル・メリクが唇を噛んだようだ。

「吐き出したくなったら、いつでもいい。吐き出してしまえ。私は、おまえの言うことなら、いつでも聞く耳を持っている」

テムル・メリクから眼をそらすと、ジャラールッディーンは胡床に腰を降ろした。

見えるかぎりの原野が、そのまま軍だった。これだけの人間が、戦をするために集まっていることを考えて、ジャラールッディーンは一度、身をふるわせた。

モンゴル軍を見つめる。どう見ても、怯懦《きょうだ》にとらわれた軍ではなかった。たちのぼらせている闘気は、濃く強い。

「サンダン、ウダラルに、あと半刻待て、と伝令を出せ」

半刻で、なにかを見きわめられる、とは思わなかった。ただ、逸り切って攻めるのは、なにか間違っていると思った。

ジャラールッディーンは、眼を閉じては、モンゴル軍を見つめる、ということをくり返した。新しいものは、なにも見えない。

「陛下」

テムル・メリクが立っていた。

「心に抱えこんでいるものは、ありません。俺はただ、こわいだけです。これまで、こわいという思いを持ったことはありませんでしたが、数万という軍を見て、俺は底のないようなこわさに襲われました。いまも、こわさの中に浮いているのだと思います」

「そうか」

「一度だけ、申しあげておきます。数万でこわかったのに、二十万という数は、頭にさえ入ってこないようなのです。この中の、ひとりの兵であったら、どれほどよかっただろうか、と思います」

「わかった」

直立しているテムル・メリクを見て、ジャラールッディーンは、一度、笑った。

「テムル・メリク。教えておこう」

手招きをして顔を近づけさせた。

「私も、まったく同じなのだよ。こわい。深い闇に漂って、触れられるものがなにもない、と感じてしまうほどだ。それだけ、教えておくよ」

「はい」

「私は、私と同じようにこわがっているおまえより、敵を打ち倒しているおまえの方が、好きだな」

「はい、陛下」

「旅は、まだ続いている。私は、そう思っている」

テムル・メリクから、戦場に眼を戻した。

こわい。あえて言ってみたことだが、一度口に出すと、ずいぶんと久しぶりに、ほんとうの思いを吐き出した、という気分になった。

そして、あまりこわがらずに、戦の次の展開を待つことができた。

半刻経ち、なにも見きわめられないまま、ジャラールッディーンは肚を決めて、攻撃の合図を出した。

八

熱い。

肌が、熱いのだろう。全身が、灼《や》けるような気がする。

周囲は、兵馬だった。鳥のように上から眺めることはできないが、地の果てまで兵馬は続いているように見えるのかもしれない。

密集しすぎていないか。カサルなら、言いそうだった。いやカサルが気にしたのは、野営した時の、風の通り道だった。

チンギスの見えないところを、いつも弟のカサルが補った。時には、テムゲも手助けしてきた。ひとりで闘ってきたわけではない。扶《たす》けてくれる人間は、いつもそばにいた。

そういう人間たちを見逃さないようにというのは、チンギスが南の大同府から草原に帰り、モンゴル族キャト氏の長になった時から、自分に言い聞かせてきたことだった。

それを守ってきたかどうかは、わからない。

戦では、いつも勝敗の境に立っていた。それは、若い時にそう思っていたのではなく、この歳になって見えてくるものだった。

勝敗の境を越える時、どちらへむかう時も、薄く張った氷の上を歩いていた。その氷には、死という名があった。

戦に負ければ死ぬ、とはかぎらない。勝って死ぬこともある。

戦を続けるだけの人生だった、という気もするが、戦とはなにかと正面から考えたわけではなかった。

「殿、かなりきつくなっています。これ以上縮むのは、無理があります」

ジャラールッディーンは動かなかった。包囲するところまで、速やかだった。囲んでいる前衛は、半里ほどの間を取っている。

モンゴル軍を囲んで、巨大な輪がある。上から眺めれば、それがよく見えるのだろう。そのむこう側に、ホラズム軍である。

ホラズム軍が、全体でどういうかたちをしているか、ここではわかりようもない。

「殿、はち切れそうです」

「ソルタホーン、各軍に伝えよ。敵を突き抜ける必要はない。進んでは戻ることをくり返し、その場で敵を乱せ」

「やはり、この戦で」

「そのつもりだが、たやすくはいかぬな。ジャラールッディーンは、短い間に大きく成長した。

自軍の態勢が整う前に、仕かけてくると思ったが、この腰の据え方を見よ。大軍を擁していれば、自制するのは難しいものなのだが」

「各軍に、伝令を出します。はち切れるのは、弾けろと伝えますが、誰と誰にいたしましょうか」

「スブタイとシギ・クトクだけ残せ」

「シギ・クトクの副官殿は、行軍中、本隊を塞ぐ位置取りでした。ほんのわずかに正面からずれているので、わかりにくいのですが」

「気づいている。放っておけ」

「動くのは、シギ・クトクの命ですか。それとも殿が命じられますか？」

「副官ごときに、俺が直接命じなければならんのか。シギ・クトクに下した命令が、その副官には当然及ぶ」

ソルタホーンは、シギ・クトクと話し合って、ボロルタイの動きを決めたに違いない。どこへ駈けようと、チンギスのそばを離れないし、場合によっては、遮ってくることもある。

シギ・クトクだけでなく、ほかの将軍たちとも、相当密に連絡をとり合っているはずだ。それで、チンギスのひと言の命令が、確実に通る。余計な説明など必要なく、将校たちは短い命令で、迷いなく動く。

「トルイが、先頭だ」

「はい、伝令を出します」

チンギスは、右、左と、各軍の将軍の名を告げた。

「やれ」

どこかで、合図の旗でも動いたのだろう。

モンゴル軍の小さくかたまった軍が、弾けた。土煙で、すべてが見えなくなった。

次に見えたのは、厖大な両軍の中央に現われた、嘘《うそ》のような空隙だった。

チンギスは、しばしそれに見とれていた。

「殿、トルイ殿が、突っこみすぎだと思うのですが」

「放っておけ。戻ってくる」

チンギスは、この戦場で結着をつけるつもりだった。たとえつかなくても、再びこういう大軍を編制できないほど、徹底して弱らせてしまいたかった。

「トルイ殿が、敵を崩しながら戻ってきました。殿の言われた通りです」

各軍が、どういう敵を相手にしているのか、チンギスは見きわめようとした。

と言っても、騎馬か、騎馬と歩兵の組み合わせか、歩兵のみか。それを一軍ずつ見きわめていった。見きわめたことを呟くと、ソルタホーンが同意や異議の言葉を発する。

歩兵のみと闘っている軍は、いなかった。

ドルベイ・ドクシンとバラ・チェルビの軍が、七万騎に押しまくられている。まともにぶつかれば、当然、兵力の差が出てくる。

七万騎は、イナルチュクの軍で、ウダラルという軍師が指揮しているという。

「惜しいな」

ウダラルは、優れた指揮官である。しかし、意表を衝くような動きは、できないだろう。

チンギスは、そう評価した。それについて、ソルタホーンはなにも言わなかった。

軍学など、どうでもいいという将軍が、モンゴル軍にはいる。二将軍の劣勢は、見えているはずだ。チンギスは、ただ待った。

ジェベが、二万騎に追いまくられている。

いまにも追いつかれそうで、ジェベ軍の殿《しんがり》は、右に左に敵兵の斬撃をかわしながら、必死で疾駆している。しかし、ジェベ軍としては、いくらか遅かった。

「笑ったな。なにかおかしいか、ソルタホーン」

「見てはおられませんよね」

「性格の悪さがわかっていれば、見なくとも笑ったのはわかる」

「殿の代りに、笑ったのです」

ジェベ軍が、七万騎の中に突っこんだ。その瞬間があまりに剽悍だったので、七万騎は退くようなかたちで、ジェベ軍を受け入れていた。

追っていた二万騎は、不意に引き離され、躍起になって追おうとして、イナルチュク軍に突っこむ恰好になった。

「惜しいな」

「イナルチュクは、百戦錬磨でありましたが、あの軍師は、頭で戦をしたがる男なのでしょうな」

「馬鹿にしたものでもない。乱れを立て直したぞ」

遠すぎる。大まかな動きが、土煙の中に見えるだけだ。それでも、ジェベの顔が見えていたし、ひとつひとつの動きも読めた。戦とは、そんなものだ。

一千騎の軍を率いて、戦をする。その数でも、見えない時は、ほとんどなにも見えない。見える時は、指揮官の表情の動きひとつも、はっきり見える。ほんとうに見えているのかどうか、実はわからないが、見えていると思えるのである。百騎でも十万騎でも、同じであろう。

長い戦の人生で、いつの間にか、その見えるものを求めるようになっていた。

いまは、ジェベの姿が見える。笑っている顔までも、見えている。

ジャラールッディーンの指揮が、どこまで徹底しているのか。ジャラールッディーンには、なにか見えているのか。

全軍でぶつかり合っていると言ってもいい情況だが、ジャラールッディーンは動きを見せていない。

ぶつかり合いから抜け出してきた二万騎ほどが、こちらへむかって突っこんできた。その二万騎を追って、ウゲディが飛び出してきたが、追いつけないだろう。

乱戦の中を抜け出しただけあり、二万騎は相当な精鋭だった。

「スブタイひとりでいい」

チンギスは、イナルチュクの軍が、次にどういう動きをするか、注意していた。

七万騎に、三万騎で対している。半分以下だが、モンゴル軍にとっては大きな兵力だった。

スブタイは、シギ・クトクの前にいる。

滑るように、スブタイ軍が進みはじめた。

二万騎と、絡み合うように交錯した。しばらくして二つに分かれた時、スブタイ軍はそのままだったが、敵は五千騎ほど減っていた。

眼前の闘いで、見えなくてもいいものまで見える。五千騎、減った。次には、さらに五千騎減るだろう、と思ったりする。

もともと、勝つつもりでスブタイを出している。あとは任せればいいのだ。

ホラズム軍は、騎馬隊だけではなく、歩兵との組み合わせで闘っている軍もいた。しかし、歩兵の数は少ない。

「正面に、歩兵が出てくる。俺の左右と後方を、騎馬隊が取り囲む。歩兵は数万だ」

「殿、少し動かれた方が」

「必要ない」

ジャラールッディーンには、チンギスの位置は見えているだろう。自軍の状態、地形などを見て、包囲殲滅の方法を、ジャラールッディーンは組み立てているはずだ。

「心配するな、ソルタホーン」

「また、はらわたが口から飛び出すのですか？」

「おまえには、はらわたがいくらでもある。黒く色のついたやつだ。いくら吐き出しても、尽きることはない」

「よく言われますな、殿は。俺のはらわたが黒いなら、それは殿の理不尽で黒く焦げているからです」

「とにかく、歩兵が出てきたら、スブタイに行かせろ」

「行かせろと言われても、スブタイ将軍はいま戦闘中です」

「すぐに戻ってくる。それは、おまえもよくわかっているだろう」

「歩兵に、スブタイ将軍ですね。それで、左右、後方にいる騎馬隊は？」

「シギ・クトクにやらせろ」

「数万騎です。そして、多分、ジャラールッディーンが直接指揮を執っています」

「いいではないか。ボロルタイといい勝負だろう」

「そんなふうに、お考えで」

「俺は、この歳まで、戦の日々を積み重ねてきた。それが、あんな若造と、まともにやり合えると思うか。ボロルタイで充分であろう」

「わかりました」

ジャラールッディーンが、未熟な武将のままなら、この戦場はいま、大混乱に陥っているはずだった。

イナルチュクの軍以外にも、全体に指揮が行きわたっている。だから小さな局面では崩れても、全体は崩れない。

スブタイが戻ってきた。
六、七千を減らしただろう。そして、ウゲディが追いついてきた。
ソルタホーンが、すぐにスブタイに伝令を出した。

シギ・クトクの軍が、半数ずつ左右をむいた。右にいるのが、ボロルタイである。

ホラズム軍では、イナルチュクの軍師のウダラル、モンゴル軍ではトルイの動きがよかった。

ウダラル軍は七万騎いるので、まとまって力を出させると厄介である。

正面。ウゲディが、かなり激しくぶつかり合っている。ウダラルの軍には、ジェベとあと二軍が対しているだろう。押されかける。そのたびに、ジェベの、想定できないような動きが、敵を乱す。

ただ、七万騎が相手である。執拗に攪乱を続けるのを、ジェベは避けていた。だから、ウダラル軍を大きく崩せはしない。ドルベイ・ドクシンとバラ・チェルビは、それなりによく闘ってはいるが、敵を崩すところまで到ってはいない。

ジェベは駈け回りながら、まだ若い者に後れは取らないと、笑っているだろう。

土煙で塞がれているが、チンギスには、ジェベの笑顔がまだ見えていた。

すべて見えている、とチンギスは思った。

遠くて見にくいが、しかしすぐそばで見える。戦とは、そうなのだ。見えている間は、なんの迷いもない。

騎馬隊への対応は、シギ・クトクがやる。ジャラールッディーンが出てきたら、それにはボロルタイが対応する。

　そのあたりで、趨勢は決するだろう。それまで、自分が勝つのか負けるのかも、チンギスは測ろうとは思わなかった。

「ソルタホーン、弾けさせろ。全軍で、弾けるのだ」

　伝令が、十数騎、疾駆していく。

　乱戦の中で、一万騎ずつの軍が現われてくる。しっかりと、一万騎が浮き出すように見えた。モンゴル国の旗が、大きく振られる。

　それぞれの方向で、一万騎が包囲を突き破るように動く。これまでは、自分がいるその場を、乱すような闘い方だった。

「いかにもわが軍です、殿」

「あちらはいい」

「はい。斥候は出しません。ここで、ただ戦況を眺めるように、留まっていましょう」

　ジェベが、七万騎を断ち割っている。トルイが外に飛び出さず、騎馬と歩兵で連携している敵を、崩している。チャガタイもウゲディも、持っている力を充分に出し、ドルベイ・ドクシンとバラ・チェルビも、解き放たれたように敵を突っ切り、そしてまた戻ってきている。

　戦場全体が弾けていた。

　そうなってくると、一万騎ずつまとまったモンゴル軍は、くっきりした塊になっている。いくつかの玉が、大軍の中で跳ね回っていた。土煙に包まれて見えないが、チンギスには見えた。

眼を閉じた。

なにかが、近づいてきている。

チンギスは、気息《きそく》を整えた。戦を、つらいと思ったことはない。ただ、思わぬところで息が切れてくるのだ。

「来るぞ、ソルタホーン」

「わかっております。しかし殿、土煙の中でかすんでいますが、どうやら騎馬隊と見えます。六千、七千、いや一万騎はいます。スブタイ将軍が、出そうな感じです」

出そうでも、出ない。

「味なことをやるな、ジャラールッディーン。俺を、幻惑しようというのか」

「殿、周辺からも騎馬隊が。どうしますか、包囲です」

「させておけ」

ソルタホーンも、不安でどうにもならない、という雰囲気ではなかった。新しい展開の寸前に、なにげなく話しかけてくるのが、ソルタホーンのやり方だった。

「正面、騎馬隊が突っこんできます」

「おい、ジャラールッディーンは、動いたのか?」

「すでに、本陣は動いております。どこにいるのか、いまは捕捉しておりません」

「捕捉などしなくていい。動いたのだな。動いてくれればいい」

「まあ、戦場は激戦です」

「ソルタホーン、自分ではどう思っているのだ？」

「四倍近い敵に対して、激戦です。なかなかいい闘いをしている、と言えるのではないのですかな」

「わかった。それで、突っこんできた騎馬隊は、どこへ行った？」

「消えましたな」

「歩兵が現われたら、俺は動くぞ」

「お待ちください、殿。もう少し。スブタイ将軍が歩兵を崩したあたりが、動くのにいい機だと思います」

「まだ、歩兵は現われないのか」

「土煙の中から、歩兵が現われてきました。三万ほどですか。しっかりと、陣を組んで進んできます」

「俺の左右と後方は？」

「三方を塞いだ騎馬隊、三万です。徐々に、距離を詰めてきています。ジャラールッディーンがどこにいるか、まだ捕捉できていませんが、三万騎の中にいるはずです」

どこにいるか、チンギスは捜そうとしなかった。本陣は遠くに置き、ただ戦況を見つめる。大軍の指揮では、よくあることだ。実戦の中に直接出ていったら、全体が見えなくなるという考えも、ある意味、正しいことだろう。

圧倒的な力の差があれば、遠くから指揮すればいい。ある程度、力が拮抗《きっこう》した相手であれば、それでは勝ち切れない。

ジャラールッディーンは、いいところで動きはじめた。そして動くのは自分の首を奪るためだ、とチンギスは思った。

チンギスは、はじめから実戦の中にいる。いまもまだ、巨大な攻囲の輪の中だった。

スブタイ軍が、流れるように前に出た。三万の歩兵が、正面にいる。

一千騎が、歩兵に突っこんだ。撥ね返されたように見えたが、同じところに次の一千騎が突っこむ。それがくり返された。間断のない攻撃である。実に、二十数回くり返されたが、それほど時は費していない。

しっかりかたまっていた三万の歩兵の中央に、大きな亀裂が入った。

全軍でそこに突入することを、スブタイは避けた。一千騎ずつ、今度は間を置いて敵の中に突っこんでいく。

敵の歩兵が、束の間、膨らんだように見えた。

それから、粉々に弾けた。

チンギスは、馬腹を蹴った。シギ・クトクの軍を合わせて一万二千騎。それに、チンギスの馬回り二百騎がいる。

馬回りの一騎に、チンギスは自分の旗を持たせていた。麾下は一千騎ずつで、チンギスを前後に挟みこんでいる。

三万の敵が、距離を縮めてくる。

シギ・クトクが、五千騎で右にいる軍にぶつかった。ボロルタイは、チンギスのそばを動かない。

三万騎は、闘気を溢れさせている。その中の一万騎とぶつかったシギ・クトクが、撥ね返されたという恰好で、戻ってきては、また接近していく。

そばにいるソルタホーンは、なにも話しかけてこない。

チンギスは、心気を澄ませた。

なにかが、近づいてくる。それはジャラールッディーンとはかぎらない。戦を動かす、なにか。脈が、ふるえている。不意に襲ってくる、恐怖。束の間だった。通りすぎると、すでに遠い。

左の一万騎。突っこんできた。それを受けようとするボロルタイの、一瞬の虚を衝いて、チンギスは前へ出た。馬回りが、ついてくる。麾下も、ほとんど遅れていない。

一万騎。中央に、あるかなきかの隙が見え、チンギスはそこに飛びこんだ。右に左に敵を斬るということは、できなかった。前に三騎、両脇に三騎ずつ、しっかりかためていて、敵に触れることもできない。

後方から、麾下の二千騎が来る。その圧力は、相当なものだろう。敵が二つに割れ、チンギスの前には、なにもない原野が現われた。

馬首を回す。敵は追ってきていない。乱れた隊形を立て直そうとしているところに、ボロルタイの五千騎が突っこんできて、完全に崩れた。

潰走する一万騎を、ボロルタイは追おうとしない。後方の一万騎が、迫っている。しかしそれは、歩兵を蹴散らしたスブタイに動きを封じられようとしていた。

「右だ、ボロルタイ。右をよく見ろ」

二千騎ほどが、チンギスにむかって疾駆してくる。チンギスは、それを正面から受けた。やはり、馬回りが数騎前に出て、敵に触れることもできない。

右。二千騎とぶつかっているところに、五千騎ほどが突っこんでくる。ボロルタイにむかったのは五千騎だけで、残りの五千騎が右から突っこんできたのだ。

二千騎とぶつかり、チンギスの動きは止まっていた。

「絶妙な機を摑んだな。闘い方が、若くて鋭い」

「殿、そのような悠長なことを」

「動かなくていいぞ、ソルタホーン。ジャラールッディーンは、俺が想像していたより大きくなっているが、まだ若い」

ボロルタイが、五千騎を振り切って、こちらにむかってくる。スブタイの一万騎も、そこまで駈けてきていた。

五千騎が、ぶつかってくる。チンギスは剣の柄《つか》に手をかけたが、敵が近づいてくることはなかった。

「まだまだだ、ジャラールッディーン」

五千騎は、押しに押してくるが、麾下がうまくいなしていた。

突っこんできた五千騎は、麾下の二千騎とぶつかっても、崩せるどころか崩されかねない程度だった。

　ホラズム軍全体と、長く一緒にいたわけではない。敗走し、死んだ父の代りに、ほとんど潰えかけた国を受け継ぎ、帝となって全軍を引き受けたのだ。ジャラールッディーンが自分で育てた軍ではない。

　押しに押してくる五千騎は、そのあてどなさをチンギスにはっきり感じさせた。

　もう一度、とは思うなよ。チンギスは低く口に出した。

　はじめにぶつかってきた二千騎が、麾下に崩され、千騎ほどに減って退がった。

「殿、あの二千騎は、わざわざぶつかってやったのですか」

　そういうつもりもなかった。流れの中で、そうなった。二千騎とぶつかった時、数千騎はこちらに来るだろう、とチンギスは感じた。思ったのでも考えたのでもなく、ただ感じたのだ。

　ソルタホーンは複雑なやり取りだと感じたのだろうが、チンギスは筋道をつけて戦をしただけだった。

　ボロルタイが、チンギスを攻め立てている五千騎に襲いかかった。

　五千騎の中から、二千騎ほどが離脱し、疾駆して去ろうとした。ボロルタイが、それを追う。数百騎だ。

　スブタイが到着し、周辺にいたホラズム軍は、すべて散った。

　チンギスは、馬上で腕を組んだ。

「殿」

ソルタホーンが、低い声で言う。

なにかが、自分を掠めようとした。ソルタホーンの動きが、それを遮った。気づいた時、それは風のように消えていた。

風。いや、ぶつかれば、風ではなかった。佩いている吹毛剣《すいもうけん》を、抜く暇もなかっただろう。すまぬな。剣に謝った。

風は、スブタイとともにやってきた。

信じられないほどのことだが、マルガーシはどこかでスブタイ軍の中に紛れこんだのだ。ジャラールッディーンは大きくなり、マルガーシは鋭利になったということか。

戦場全体は、まだ崩れていないホラズム軍を、モンゴル軍が突き崩している、という情況だった。

「ジャラールッディーンを追うぞ、ソルタホーン」

「ボロルタイが」

「たとえ追いつけても、討ち取れはしない。長い追撃戦になるぞ」

チンギスは、憂鬱な気分と愉しさに、同時に包まれていた。

烈日遠く

一

三騎である。

アウラガを出て、五日目だった。

保州からアウラガへは、十四日かかった。

急いでいるつもりはない。馬を駈けさせられるという、限界は超えていない。ただ、限界ぎりぎりのところまで駈けたかどうかは、トーリオにはよくわからなかった。

丘がしばしばあるだけで、大きな起伏はどこにもなかった。

駈けても駈けても、同じ景色の中を駈けている、という気がした。つまり、同じ場所にいるような気分なのだ。

それには、耐えられた。馴れている、と言ってもいいかもしれない。

海上を進んでも進んでも、水平線しか見えないという経験は、いやになるほどしているのだ。

馬に乗るのがつらい、と嘆き続けた袁清《えんせい》も、どこか馴れてきて、尻の痛みに耐えかねて、馬から落ちるということもなくなった。

張英《ちようえい》は、馬での移動が、船よりもずっと快適そうだった。

トーリオがつらいと感じたのは、最初の三日ほどだった。遠乗りの経験は充分に積んでいたが、移動というものはまるで違っていた。四日目あたりから、馬上で眠ることもできるようになったし、風景を眺める余裕もできてきた。

しかしトーリオの心を動かしたのは、遠い風景ではなく、眼前の情景だった。

保州から桓州を通って扶余まで、しっかりした街道があった。そして荷車などが相当な数、行き交っていた。

西へむかう荷車は、明らかに兵糧の麦や米を運んでいた。西から来る荷車は、さまざまなものを積んでいるようだった。

荷車を空で動かさない。物資を扱う時、それは基本で、船も同じだった。

アウラガまで車列は続き、物量のすごさにトーリオは圧倒された。

アウラガは、トーリオが知っている中華のどの城郭《まち》とも違っていた。

まず、城壁というものに、閉じこめられていなかった。草原にどこまでも拡がっている集落は、野放図と感じたほどだった。

決して野放図ではないとわかってきたのは、四、五日、歩き回ってからだ。

街道以外にも道があって、四角く囲われたその中に、集落は収まっていた。

その四角は、アウラガ府の建物を中心にして、軍営があり、ホエルンとボルテの営地と称されるものがその北端にあり、学問所や養方所もあった。

工房が続いている地区、市場のある地区などがあり、いつまで見ていても飽きない、と思った。

旅は、どれほど急いでも半年はかかり、できれば一年続けたかった。

アウラガ府では、ボオルチュと話した。

時間など決めず、深夜までむき合っていた。なにか濃密な時で、もうひと晩話したいと思っていたら、ボオルチュの方からトーリオの宿舎にやってきた。その夜は、ひどく緊張して、喋った。

心なしか、ボオルチュも緊張していたようで、礼忠館《れいちゅうかん》船隊の、ぎりぎりの力について、人や船体、航海の技、造船の能力などを、詰められた。

ひとつ言ったことを、ボオルチュは決して忘れないようだった。だから、トーリオは言葉を選びに選んだ。

アウラガには、七日間いた。

学問所や養方所は驚くほどきちんとしていて、どこか軍の規律のようなものを感じさせた。

養方所で働いているのが、かなりの部分、若い女だということにも、驚かされた。怪我人や病人の世話などは、女の方がむいているのかもしれない。

アウラガは、モンゴル高原に入って、はじめて出会った大きな街だった。

街そのものに驚いたが、街から数里南下し、ヘルレン河を渡しに乗って下岸へ行くと、そこは実は広大な中洲《なかす》で、十万頭以上の馬がいるようだった。

トーリオは、早朝に出て、野営し、翌日の夕刻まで駈け回ったが、ほんの一部を見ただけだっただろう。

道が、しっかりしている。職人が多い。馬の数は驚くほどだ。精強な騎馬隊の国という印象を持っていたが、物流が活発で、人がよく動いている。遊牧の民の国だとも聞いたが、移動している羊群は、数えるほどしか見ていない。

夕刻になった。

駅があり、そこでは温かい食事と、寝台の寝床があった。

食堂には、五十名ほど入れるだろうが、いるのは三十名だった。それが多いのかどうかは、わからない。食事だけ買うこともできるようで、街道の脇に野宿できる場所が決めてあり、薪などもあるのだという。

保州から扶余までの街道でも、駅などができはじめている。隻腕の将軍であるオルギルの部下に、駅の建設を担っている者たちがいるのだ。

オルギルは、かたちとしては陳高錬《ちんこうれん》の部下ということになっている。しかし陳高錬は、そんなふうに扱っていない。

二人で、いまある街道を保守し、新しい道を作る仕事をこなしている、というようにトーリオには見えた。

モンゴル国のそういう力が、海上にまでは及んでいないと、侯春《こうしゅん》と喋ったことがあった。海上の力はおまえだろう、と侯春は真顔で言った。

チンギス・カンの部下になったのかどうか、どこか曖昧だった。それをはっきりさせろとは、誰も言わなかった。

父のタルグダイは、チンギス・カンと草原の覇権を争った。負けたが、死にはしなかった。母のラシャーンと一体だったたから、二人で負けたということかもしれない。

「やはり、羊の肉が多いのですね」

袁清が、大皿を運んできて言った。

張英が、饅頭《マントウ》と煮た野菜を持ってくる。

「モンゴルの草原で、俺はひとつだけ弱点を見つけましたよ」

袁清が、饅頭をとりながら言った。

「海門寨《かいもんさい》には、魚も肉もあります。その料理の方法も、実に多彩です。その点、この草原では、決まったものを食っていますね。煮た羊の肉と酪と馬乳酒。どこへ行っても、それが変ることはありません」

「アウラガの食堂では、焼いた肉があった。何種類もの野菜があったし、味や食った感じが違う酪もあった。魚の干物も、俺は食ったな」

張英が、羊の骨が剝き出しになったところを、舌で舐めながら言った。それは張英の肉の食い方で、海門寨に同じことをする人間はいなかったし、保州や扶余やアウラガの食堂でも見なかった。

「肉ってのはよ、赤虫《あかむし》。躰のどこの部位かで味が変る。部位が違うと、まるで別の食いものなんだよ。おまえは肉を口に入れて、二、三度噛んで呑みこんでしまう。だから同じ肉と思ってしまうのさ」

「五回か六回は、噛みますよ、張英殿」

トーリオは、二人のやり取りを耳に入れながら、眼は別の方にむいていた。周囲の席の、なんでもない男や女が、同じものを食っている。その食い方が、人によって違うのだ。

海門寨の食堂では、それぞれが違うものを食っていることが多いので、食い方にまで眼をむけることはなかった。いや、酒を飲む方が先だったのだ。

どの卓を見ても、酒は置かれていなかった。水を飲みながら、肉と饅頭を食らっている、というようにトーリオには見えた。

「袁清、肉の食い方で、歴史が浅いと言いたいのか？」

「トーリオ殿、それはあると思うのですよ。草原では、人はただ肉を食って生きてきたのです。何代も、何十代にも及んで。変えようがなかったのです」

「海門寨は、いや中華は、食材の種類が多かったというだけのことだ。同じものを長く食い続けてきたのも、また歴史だ」

「発展することもなく」

「中華は、何度も腐ったぞ」

肉を頬張りながら、張英がくぐもった声で言った。

「そういう意味で、草原は腐ることもなく、いままでやってきた」

「腐るとはなんですか、張英殿」

「食いものから、顔をそむけてしまう。もういいと思ってしまう。そこで、腐っているのだ。人は、同じように腐るな。中華と言っては広すぎるが、しかしどこへ行っても、腐るやつは腐っている」

「張英殿は？」

卓の下で、張英が袁清を蹴飛ばしたようだった。袁清がちょっと声をあげ、一瞬だけ周囲の眼がこちらをむいた。

「まだ、草原の片隅しか見ていない。そんなところだ。二人とも、決めてかかるな」

アウラガの近辺では、モンゴル族タイチウト氏の領地だったところも、少しだが見てきた。

父の故郷は、草原のほかの場所と違っているわけではなかった。草原すべてが故郷なのだ、とトーリオは思った。父は草原に育まれ、草原に生きた。

草原で死ぬことはできず、ラシャーンと二人で海門寨に流れてきた。そして、これまでとは違う人間になり、商人として生き、礼忠館を作りあげた。

商いの才は、ラシャーンにあったが、タルグダイがいなければ、その才さえ出そうとしなかっただろう。

「西へ行くのかい」

中年の男がひとり、酒瓶を抱えてそばに来た。

「俺は、北へ帰るのだがね」

「ひとりですか?」

袁清が訊き、男は軽く頷くと、酒瓶を卓に置いた。

「一緒に飲んでくれないか。毎晩ひとりで、星を眺めながら寝ていた。せめて駅に泊った時ぐらい、人と喋っていたくてね」

トーリオが勧めると、男は空いた椅子に腰を降ろし、名乗った。

「漢人ですね」

「父親がそうだったというだけのことで、俺はどこの人間でもないつもりだ」

「なにを商っているんですか?」

「薬の行商だよ。この街道の駅を回って、薬を売っている。北の方に、いい薬があって、それは重宝されるのだが、産地に行ってもあまり手に入れられない」

「薬か。南の方には、南にしかない薬草があり薬がありますよ」

喋っているのは、トーリオと中年の男だった。張英も袁清も、男が器に注いだ酒を飲んでいる。

「南というのは?」

「潮州《ちょうしゅう》のあたりです。俺がいるのは、海門寨と呼ばれる港ですからね」

「ああ、聞いたことはあるよ。交易船が集まるところだろう?」

「南と北の、中継点のようなものですかね。海門寨から奥地へ流れていく物資は、通り過ぎていく物資と較べると、ずっと少ない」

「薬はあると言ったが、不足しているものはないのか？」

「そこは、よくわかりませんよ。もしかすると、昆布かな」

「ちょっと待てよ。昆布を干したものが、薬のように取引されるというが、どんな病に効くのだね」

「耳にしただけだけど、欠乏すると元気がなくなるという病が、奥地にありますよ。ぐったりしているやつの口に、昆布をひと切れ入れてやると、見る間に元気になるそうです」

「それで、北から南への、昆布船があるのだな。海際にはない病という話か。しかし、昆布船の利権に、食いこむ余地はない」

礼忠館でも、北の者たちと話し合い、昆布船を二艘動かしていた。主に、長江の上流に運ぶものだ。

内陸と言っても、潮州の北ではあまり聞かない病である。

商人の感覚で見れば、いま扱っている昆布の量で、充分という結論が出てくる。

「北には、樹木さえ生えない荒野がある。寒くて生えないのだ。土はいつも凍っているらしい。ただ苔は生えていて、大鹿の命を支えているのだ」

「その苔で、薬を？」

「いや、その苔と似ていても、光がわずかにしか入らない、洞穴などに生えている黒い苔があるのだ」

そういう薬を、トーリオはどこかで聞いたことがあった。数が少なく、細々と売られている。虚弱に効くと教えられた。

「黒い苔を干し、粉にして、あと二つほどの薬草を混ぜ、丸薬にする。私はいま、それを全土に売りたいと思ってね。北の方で暮らす人たちと、少しずつ話がつきはじめている。東西に長くそれを拡げれば、かなりの量が集まるはずなのだ」

「冬も行くのですか？」

「行くつもりだよ。あの地の出身の者に、道案内をして貰わなければならないが。洞穴の中には、雪は入らないからね」

「寒そうですねえ」

「そりゃ、もう。手や足の指は、凍らせると落ちてしまう。だから、薄い草で何重にも保護する。金玉は、やはり革の袋で包んでおかなければならん。私はまだ、冬に行ったのは一度だけなのだが」

「すごいな。商いに命をかけてますね」

トーリオも、振舞われた酒を、少し口に入れた。

「人の役に立つはずなのだよ、その薬は。そうやって、人の役に立つと考えなければ、つらくてできないね」

「そうか。俺など、甘いものですね。商家の息子で、厳しい商いなど知らないままです」

「いいのさ。いつか、役に立つ。そう思っていれば、やりたいものが見つかるはずだよ」

酒がなくなったので、トーリオがひと瓶注文した。

男は、酔いはじめているようで、声がいくらか大きくなった。

「ここの北にも、暮らしている人は多いのですか？」

「人は、まだまだ多くいる。南北に長い豊海《バイカル》があって、豊海の北の端から先は、ずっと人が少なくなる。さらに北へ北へと行くと、海らしい。海獣を獲って、冬を凌いでいるそうだよ」

「行くのですか？」

「いや、今回は、謙謙州《ケムケムジュート》まで行くのだ」

陳高錬の生地だった。山に囲まれた大きな盆地で、鉄が採れるのだと言っていた。

「謙謙州に、小さな商家を作る話が進んでいて、そこから船で河を下る道を作ろうと思ってね」

謙謙州から、北の海にむかって、河が流れているのだろう。陳高錬の眼は、北にむかず南にむいていた。人の数を考えれば、それは当然のことだった。

そして眼の前にいるこういう男が、北へむかってなにかを切り拓く。

男が、旅をして面白かった土地の話をはじめた。ひとりだと言ったが、供は四名いて、すでに寝てしまっているようだ。男の旅は、すべて商いに関係していて、最後は人のための薬に行き着く。

男が眠りはじめたので、袁清が抱えあげるようにして、部屋へ連れて行った。

トーリオは、まだいくらか残っている酒を飲んだ。

「すごいな、張英」

「どんな薬なんでしょうね」

「俺が驚いたのは、別のことだ。あの人は、戦のことをひと言も語らなかった。商いに戦は影響しているはずだが。戦は戦、商いは商いと思い定めることができているのか」

「そうですね」

瓶の酒を、張英が器に注ぎ分けた。

「酒が空きましたよ」

「これまで、こういう駅に泊った時、戦の話などを聞いたか？」

「民は、強いのですよ。戦など、勝手にやればいい、と考えている民が、少なくないのだろうと思います」

「物は激しく動いているはずだ」

「物はあればいいのだろう、と俺は思いますよ」

食堂には、もう誰もいない。

「俺は、百艘の船隊を持ちたい、張英」

「いきなり、なんです」

「なんとなく、そう思った。のんびりと、旅などしている。戦をしている人間もいるというのに」

ボオルチュも、あまり戦の話はしなかった。しても仕方がない、と考えているのか。そしてトーリオも、戦にすべての関心が行っているというわけではなかった。

戦とは違うところにあるものに、眼をむけてみたい。

袁清が戻ってきた。

寝ようか、とトーリオは言った。

二

南へむかったのは、本隊とスブタイ軍、シギ・クトク軍だった。

ほかの軍は、旧ホラズム国の各地にむかった。もうホラズム国はないが、残党は方々にいた。

ボロルタイは、一万騎を率いて、数日、行軍することがあった。シギ・クトクがチンギス・カンに呼ばれている時だ。

なかなか戻ってこず、ボロルタイは苛立《いらだ》ったが、三日目には仕方がない、と諦めた。

大きな戦はないが、しばしば数千の軍には出会った。

ジャラールッディーンの追撃戦である。

大軍のぶつかり合いは制したが、ジャラールッディーンは戦場から逃れ、駈け回って、またホラズム軍を糾合しようとしていた。

兵がまとまる余裕を持たせず、撃ち砕きながら、次第に南へ追いつめたのだ。

ジャラールッディーンが南へむかうしかなくなった時、チンギス・カンは各軍に任務を与え、分割したのだ。

ホラズム国を、完全に平定しようとしているのが、よくわかった。点や線で制したところを、面で統一しようとしている。

文官はすでに方々にいて、それは大抵、父の部下が中心になっていた。

ホラズム国は、モンゴル国の一部になるのだ。

それにしても、どれほど広い国なのだろうか。中華も、河北はすべてモンゴル国で、その南も攻めればすぐに手中にできそうだ。

この地のすべてが、モンゴル国になる。

そう思うのは、見えている範囲が狭く、考え方までそうなっているからだ、という気もした。地は果てしなく続いているのかもしれず、モンゴル国はただ見えているだけのものなのだ、とも思えた。

天の下の地とは、どうなっているのだろうか。自分などがそんなことを考えるのは、傲慢になっているからか。

天に対しては、いつも謙虚でいたかった。

それは思うだけで、天がなにかもわかっていない、とボロルタイは思っていた。顔をあげても、空が見えるだけだ。

行軍は、ボロルタイの感じでは、ゆったりしたものだった。ただ、ジャラールッディーンは確実に追いこまれ、南へむかうしかなくなっている。

そしてあと百里ほどで、ガズニだった。

ジャラールッディーンが、再起の旗を掲げ、大軍を集めた場所である。

まだ大軍を集める力が、残っているのかどうか、もう少し進めばわかる。

斥候は、細かく出していた。

ジャラールッディーンが戦場から離脱した時は、二千騎ほどだった。

逃げながら兵を集めることはせず、各地でモンゴル軍に抵抗させていた。

命じればそれができるほど、ジャラールッディーンはまだ力を持っていた。

ガズニに、兵を集結させようとしている。そこで、ジャラールッディーンの、最後の力が試されるのだ。

集まった三十万にも達しようかという大軍は、ホラズム国の帝であるジャラールッディーンに、なにを求めていたのか。

三十万という大軍を、ボロルタイははじめて見た。こんなものを、ひとりで指揮できるわけはない、という思いはあった。軍全体を見ることは、たとえ丘の上にいたとしても、できなかっただろう。

開戦の前に、各指揮官の動きは、打ち合わせてあったのか。ボロルタイは、最後のところまでチンギス・カンのそばにいたので、敵の全軍の動きは、見えないまでも感じることができた。

チンギス・カンは、最後まで、動こうとしなかった。敵の攻囲の壁を感じた時は、すべての方向からのこの圧力を、どうやって突破するのだ、と思った。

突破は最後にやることで、密集して壁を作っている敵を、徹底的に攪乱するところからはじめられた。各軍の将軍たちは、自分の得意なやり方を持っていて、それぞれ違う動きをしていた。

斥候が二騎、帰ってきた。

ジャラールッディーンが、ガズニで八千ほどの兵を集め、陣を組んでいる、という知らせだった。

まだ明るかったが、野営の指示が、ソルタホーンから届いた。

ボロルタイは、野営地を決め、軍を三隊に割った。しばらくすると、兵糧や大鍋を積みこんだ兵站部隊の馬車が到着した。

料理がはじまる。

ボロルタイは、シギ・クトクの寝床を作り、そこから少し離れたところに、自分のものを作った。

百里の距離の敵なら、明日はぶつかることになるかもしれない。ボロルタイは、兵糧をとったあと、二隊に眠ることは許した。一隊ずつ交替で、斥候を出し夜襲の備えをする。

夜襲に備えた隊を、見回った。

兵たちは、馬の鞍を降ろさず、武器を引きつけていた。ボロルタイに気づいて、短く挨拶してくる。

シギ・クトクは戻ってこない。

夜の間も、篝《かがり》を盛大に並べたホラズム軍に、二千、三千と兵が集まってきているという。それは深夜になると、一万数千に増えたと報告された。全軍で、二万を超えることになる。

ホラズム軍は、近辺で、ジャラールッディーンの到着を待っていたのだろう。眠らないまま、夜が明けた。兵たちは、交替でよく眠れたはずだ。

敵が動いている、と斥候が報告してきた。

二万数千が、ひと塊になり、横へ移動している。

軍を編制し、闘う態勢に整えるのが先だと考えていたので、夜明けとともに動きはじめたのに、意表を衝かれた。

シギ・クトクは、本隊に行ったままだ。

斥候の報告を、頭に入れた。本隊への伝令も出した。

ホラズム軍は、最初ひと塊だったものが、二里動く間に、先鋒がしっかりと構えをとった。それからさらに一里動くと、全軍の構えはとれていた。

ボロルタイは、軍を四隊に分けていた。

三段の攻撃にする。守勢の時、自分がいる四隊目が動く。勝負を決する時もだ。

本隊からの伝令が戻ってきた。

「なんだと」

本隊は三十里後方、スブタイ軍は百里後方にいる。そしてシギ・クトクは、急な腹痛で戻れない。

「俺ひとりでやれ、ということか」

「敵は、二万を超えていますよ。北へ後退して、本隊と合流しましょう。そうしているうちに、スブタイ将軍も到着しますよ」

ケンゲルが言った。ボロルタイがシギ・クトクの副官だから、ケンゲルはただの将校だが、この際、自分の副官にしようと思った。

「おい、各隊から将校をひとり来させろ」

「後退かどうかの、意見を訊くのですか？」

「違う。俺の作戦を徹底させる」

「ということは、闘うのですか。無謀でしょう。後方に本隊もスブタイ将軍も、そしてうちの将軍だっているのに」

「試されている、俺は。どういう判断をするか、絶対に試されている」

「後退も立派な判断ではありますが」

「いまごろ、殿もうちの将軍もソルタホーン殿も、笑っているぞ。後退すれば、苛められた子供が帰ってきたように、迎えてくれるだろうな。だから、もう後退という言葉は遣うな、ケンゲル」

「わかりました。遣いません、ちくしょう」

「だから、将校を」

「もう、呼んであります」

ジェベ軍の副官のトゥザンは、別のことをやりながら、素速く指示を出したものだ。それでボロルタイも、シギ・クトクの命令をさりげなく伝えることを、身につけていた。ケンゲルも同じということか。

さらに斥候を出し、戻ってくる者の報告は、詳しく聞いた。

地に小石を並べる。敵がどう出てくるか、何通りも想定する。しかしこれは気休めのようなものので、実際にぶつかったら、その瞬間に判断しなければならないことがある。

命令伝達の調練は、行軍中にのべつやる。

それがモンゴル軍の伝統のようなものだった。

将校が集まってきた。

車座になり、小石を動かした。三人が、意見を言う。聞きながら、ボロルタイは小石を動かした。

斥候の報告が、次々に入ってくる。

「これは」

ボロルタイは、低く呟いた。

「難しいな。決めてかからない方がいいな。みんな不安だろうが、敵がどう動いてくるか、見きわめてから、俺が指示を出す。そこまで、耐えてくれないかな」

全員が、地上の石を見つめていた。ボロルタイは、石の中にもうひとつ石を投げこんだ。

「陣形など、組まない方がいいかもしれませんね。一度、ただぶつかってみますか」

年嵩《としかさ》の将校が言った。

「ただ、押されますよ。敵は、しっかり先鋒、次鋒と来ますよ。しかも、こちらの二倍から三倍の兵力です」

「だな」

「しかし、一丸でぶつかりましょう」

「いいと言うのか。みんな、そうか？」

将校の顔を、ひとりひとり覗きこんだ。

斥候が、次々に戻ってきて、大声で報告してくる。将校全員が、それを聞けるようにしていた。

「やるかどうか、将軍が決めてください」

「俺は、将軍ではない。シギ・クトク将軍の副官なのだから」

「それはやめてください。いま、本隊では、将軍として扱っている、と思います。だから、シギ・クトク将軍も帰隊されないのです」

自分がなぜ、将軍として試されなければならないのか。心の中にその思いはあったが、ボロルタイはなにも言わなかった。

「話し合いは、これで終りにしたい」

ボロルタイは、眼を閉じ、それから見開いた。

「これからは、俺の命令だけがある。それぞれ、自分の隊へ帰ってくれ」

全員が直立し、駈け去った。

ボロルタイは、束の間、ひとりだけになった。剣の柄に手をやった。

指揮官を助けられる者は、どこにもいない。すべてを、ひとりで決めるしかない。

「殿、ここに敵がいるわけではありません」

ケンゲルの声が耳に入ってきた。

「なにを言っている？」

「恐ろしい顔で、剣の柄を握っていたら、誰でもそう言いたくなります」

剣の柄から、手を放した。

ボロルタイは、ケンゲルに殿と呼ばれたことについて考えていた。

そういう家に生まれた。しかし軍に入れば、せいぜい将校ぐらいで済む、と思っていた。自分を殿と呼ぶ者がいるとは、思わないようにしていたのだ。

「馬の用意だ、ケンゲル」

「はい、殿」

ボロルタイは、ケンゲルを殴り飛ばした。

俺を殿と呼ぶな、と伝えたつもりだった。ケンゲルは、にやりと笑い、立ちあがった。

「殿、馬の用意をします」

蹴りあげた。しかしケンゲルは、敏捷《びんしょう》にボロルタイの足をかわし、直立すると踵《きびす》を返した。

すぐに、馬が曳いてこられた。

「殿、各隊、準備はできております。そしてホラズム軍は、五里先にいます」

ケンゲルが、馬のそばに立って言った。もう、殴る気も蹴りたい衝動もなかった。ボロルタイは、鞍に跳び乗った。

「出動」

声をあげた。ケンゲルが、兵に命ずる声が聞えた時、ボロルタイは駈け出していた。

ケンゲルが、そばを駈けながら、兵たちに声をかけている。ほかの隊も動きはじめていた。

「馬の脚を落とすな。このまま、敵に突っこむぞ」

疾駆ではないが、駈けた。風が、顔を打った。ボロルタイを包みこんだのは、快感に近いものだった。

敵の先鋒が見えた。隊形を整えて出てくる、と予想していたのだろう。わずかだが、敵には戸惑ったような気配が流れた。

「意表を衝いた。このまま、一度だけ、突っこむ」

「承知」

ケンゲルの声。すぐ前に、敵の先鋒がいた。

「敵の首は、放っておけ。俺に続け。敵を突っ切るぞ」

ケンゲルが、聞いたことがないような音声《おんじょう》で、後方に伝えた。

それは次々に伝えられ、殿軍《でんぐん》にまで届く。見えはしないが、調練の通りだった。

「よしっ」

馬はこちらが上だ。そう思った時、ぶつかり合っていた。

先鋒は三千騎ほどだった。きちんと規律が取れていることには感心するが、よせ集めの軍の弱さもあった。無理に、小さくかたまろうとしている。

中央を突破するのは、大して難しくなかった。かたまりの中心にいる兵は、馬を自由に動かせないでいる。つまり、三千騎分の力は発揮できない。

突き抜けた。前方に、第二段がいた。

ボロルタイは、縦列の合図を出した。縦列の時の順番などは調練で細かく決めていて、馬の勢いを落とさず突っこめた。

二つに断ち割るかたちになった。第三段。その後方に、ジャラールッディーンはいるようだ。

ぶつかったが、第一段、第二段が反転して後方から攻めかかってきた。

挟撃を受けるかたちになる。

一千騎が、第三段に突っこむ。ぶつかり合いは束の間で、すぐに反転し、自軍を迂回するように左に回る。その時、次の一千騎は突撃を終えていて、右に迂回している。迂回した軍は、後方にいる軍に両側から横撃をかけることになる。

すでに五隊が突撃し、六隊目に入っていた。ボロルタイがいるのは、最後の二千騎の中だった。

第三段が割れた。ボロルタイは二千騎で割れたところに突っこみ、突き抜け、ジャラールッディーンに正面から突っこんだ。横撃は挟撃にもなっているので、後方の敵は大きく乱れたようだ。

乱戦になった。ボロルタイは、前を見ているしかなかった。敵を斬り倒す。馬が駈けていれば、馬の勢いが斬撃に乗る。

しかし、ジャラールッディーンは退がらず、むしろ前に出ようとした。馬の勢いが止められる。

そうなると、乱戦の中では不利である。

戦場は乱れているが、二千騎の隊としては崩れておらず、だから敵を押し気味だった。

ボロルタイは、横へ逃げた。ジャラールッディーンが追うために軍を横にむける。その瞬間を狙っていた二千騎が、二方向から突っこんだ。

ジャラールッディーンは崩れたが、二千騎をいなす動きをくり返しながら、態勢を整え直していた。

ボロルタイは、離脱の合図を出した。

戦場を中心にして左右に、二つに分かれて離脱した。それぞれ二里離れ、ホラズム軍を挟みこむかたちになった。

左右のどちらを追うか、ホラズム軍はすぐには決めかねていた。

五千騎で両側から突っこむと、ホラズム軍は後方の半分が崩れて潰走した。残りの半数が攻撃に入る前に、一万騎はまとまって離脱し、三里の距離をとってむき合った。

しばらく、睨み合う恰好になった。

それから、もう一度同じようにぶつかり合いを続け、分けてむかい合った。

睨み合い。これまでは、優勢に進んだ。

しかし、大軍を相手にしたので、兵たちへの圧力は強く、敵よりも疲れているだろう、とボロルタイは思った。

馬の余力は、まだある。

敵が、後退をはじめた。殿軍をしっかりさせて退がるので、うかつに攻めかけられなかった。

年嵩の将校が、駈けてきた。

ケンゲルはそばにいる。全軍が、ボロルタイの次の指示を注視していた。

「動くな。敵を追うことはない」

ジャラールッディーンがなぜ退がったのか。そして戦場を離脱したのか。

追う余力があるか微妙なところだ、とボロルタイは判断して動かなかったが、追撃を受ける危険は大きくあったのである。

敵の殿軍が、十里離れた、と斥候が報告してくる。

ボロルタイは、休止の合図を出し、将校たちを集めた。

犠牲が報告される。百余騎。敵は七、八百失っている。

「よく闘ってくれた。乱れることなく、戦を維持できた」

「指揮が的確でした、将軍。迷わずに次の動きに出られたので、無駄のない戦ができた、と俺は思います。兵たちも、力を出して闘ったと思っています」

年嵩の将校が言った。

斥候と伝令が、入り混じって到着してきた。

「敵はさらに遠ざかっています」

「本隊が西十里で、五千騎と交戦中」

「スブタイ軍、数千の敵を、山中に追いこみました」

ボロルタイは、頭の中で周囲の情況をできるかぎり把握しようとした。

二方向で、想定していなかった戦が、まだ続いているようだ。自分がどうすべきなのか。

すぐに、結論は出て、将校たちに伝えた。

「とにかく、ここで伝令を待つ。要請があればすぐにそちらへむかい、なければこの場所に留まり続ける。いつでも出動できる態勢でいろ」

馬を降りた。しかし、馬のそばからは動かなかった。

斥候が次々に戻ってくる。

本隊とスブタイ軍が相手にしている敵は、三万を超えているようだ。

ジャラールッディーンの軍は、その三万の中に入っているのか。入っていないとしたら、五万に達する兵力になるのではないのか。

ただ、敵は二つに分かれている。

斥候の情報からは、戦の全容は摑めなかった。兵力が、三万になったり、二万五千になったりする。

「後退していたらと考えると、ぞっとしますよ」

軍を見回ってきたケンゲルが、そばでうつむいて言った。

将校たちは、自分の部下のところでじっとしているようだ。

三刻、そうやって待った。

「伝令」

疾駆してきた。馬が潰れても構わない、という駈け方だ。

「本隊へ救援を。二万に囲まれています」

ボロルタイは、乗馬を命じた。

一千騎ずつ、駈けさせる。まとまって動くより、その方が速い。

馬は、三刻休んで、かなり力を取り戻している。

ボロルタイは、五番の隊の中にいた。その方が、前後の状態を把握しやすい。

土煙がたちのぼっているのが、数里先に見えた。ボロルタイは、後方の五千騎も前に回し、疾駆させた。

本隊は、包囲されていた。

攻撃を受け続けているようだ。

「一番、六番が突っこめ」

ケンゲルが合図を出す。次に二番と七番が正面に突っこむ。

本隊が見えた。どこも崩れているようには思えなかった。

攻囲していた二万は、突っこんだ四千騎に見る間に崩された。

ボロルタイは、本隊の正面に行った。奥の方から、チンギス・カンがソルタホーンとシギ・クトクを連れて出てきた。

「追撃の隊形を整えよ、ボロルタイ。徹底的に追うぞ」

チンギス・カンは、平静な表情をしていた。

二万騎に囲まれ、それに耐えていれば、ボロルタイが駈けつけてくる。それがすべて、チンギス・カンには見えていたのではないか、とボロルタイは思った。

ボロルタイが率いている軍は、半分は隊列が崩れていなかった。

駈け去った敵を、追撃しはじめた。

「どれだけジャラールッディーンが軍をまとめようと、負け続けてきた軍だ。どこか腰が弱くなっている」

ソルタホーンが言う。

「スブタイ将軍は？」

「山中で、イナルチュク軍と闘っている。ウダラルが、なかなかしぶといようだ」

結局、自分が一番楽な戦線にいたのだ、とボロルタイは思った。

大人に試されている、などとはただの妄想にすぎなかった。そういう甘いところは、モンゴル軍にはない。

ボロルタイは、唇を噛んだ。

チンギス・カンの馬回りや麾下の馬は、まだ元気があった。

自分が一番遅れてしまうかもしれない、とボロルタイは思った。

三

腰が入っていなかった。

数は集まってきても、どこか弱いというふうに、テムル・メリクには思えた。少し崩されると、すぐ潰走する。腰が据らず、頼りないものがあり、テムル・メリクにはそれが納得できるような気分もあった。

とにかく、駈けた。

二千騎である。集まった数万のうち、どれぐらいがまた集結してくるのか。

こうやって先細りになっていくのか、とテムル・メリクは思う。食い止められないのか。それをやるのが、自分の仕事ではないのか。

馬を替えた。

まだ兵站が生きているところがあり、二千騎ぐらいはなんとかなったのだ。

各地にいる、ホラズム国の文官だった者たちが、手配しているのだろうが、テムル・メリクはそれを知ろうとしなかった。手が回らず、替え馬はただ受け入れた。

モンゴル軍も、各地にかなり馬を蓄えているのだろう。兵糧などが切れたことがないのは、ただ驚きでしかなかった。

モンゴル軍は、数年、敵地にいるのである。

数日、駈け続けていた。

モンゴル軍は、執拗に追ってくる。この戦の、最後のところだ、という思いはあるのだろう。それでも、逸っている感じはまったくない。

落ち着いて、馬をいたわりながら、確実に進んでくる、という感じなのだ。追われる方としては、厄介以外のなんでもなかった。

追ってくるのは、チンギス・カン自身である。散らばり、また集まろうとする数千は、何度も突き崩されている。それが同じ数千なのか別の兵たちなのかも、テムル・メリクにはわからなかった。

「前方に、斥候は？」

「陛下、一騎だけ出しております。後方には五騎」

「前方が、なぜ少ない」

「むしろ、後方に多く割いている、とお考えください」

「そうか」

前方に一騎というのを、ジャラールッディーンは毎日訊いてきた。

前方にも出したいのだが、いまは後方が問題だというのは、よくわかっているはずだ。訊くことで、安心しているのかもしれない。

追ってきているのは、一万二千騎ほどのモンゴル軍で、チンギス・カン自身がその中にいる。

チンギス・カンは、戦場で囮のようでいながら、決して囮ではなく、動いては停まり、ホラズム軍を翻弄し続けた。そういう戦をするかと思うと、隙のない隊形で、じわじわと追ってきたりもする。

モンゴル軍がいかに精強であろうと、ホラズム領内では、いずれ疲弊し、叩き出せると誰もが考えていた。

疲弊しているのは、ホラズム軍の方だった。

モンゴル軍は、兵力が増えもせず減りもせず、軍は日々強力になっていく、という気さえした。

つぶさにそれを見て、絶望した者も少なくない。

異国を、占領している。圧政で民の反撥《はんぱつ》を買うと思っていたが、むしろ従順だとさえ思えた。

サマルカンドにいるバラクハジとの連絡は、ある時まで途絶えていなかった。兵站について、何度か会って頼みごとをした。

税が安く、それで民を誑《たぶら》かしている、とバラクハジは言った。しかし会うたびに、モンゴル国の文官のようになっていた。

追ってくるモンゴル軍とは、三十里以上の差があった。

まだ、夜営も可能である。

闇に紛れて夜襲をかけようなどと、考える者は誰もいなかった。

これから先、どうなるのだ、とテムル・メリクに訊いてくる者もいた。闘い続ける、と言うしかなかった。どこかに拠《よ》って立ち、また兵を集結させる。

決戦は行われた、と考える者もいた。しかしジャラールッディーンが生きていて、闘う意志も失っていないから、まだすべてが終ったわけではない、とテムル・メリクは言い続けた。

南へ下ってくると、いままで会ったこともない族長たちもいた。みんな城郭に籠《こも》っていて、兵糧の手助けをわずかにする、という程度だった。

モンゴル軍は、そういう手助けはなにもなく、すべてが自前の兵站である。略奪などしないというのが、平定後に民が従順になる理由のひとつかもしれなかった。

何度目の夜営になるのか。

ジャラールッディーンのために幕舎を張る、ということもできなくなっている。帝であろうと、兵たちとともに草に臥《ふ》す。

焚火のそばに、サンダンが座っていた。馬回りの部下百騎は、近くで眠っているようだ。

「トノウはどうした？」

そばに腰を降ろしながら、テムル・メリクは言った。

「陛下とともにいます。今夜は、トノウの番です」

ジャラールッディーンは、夜営ではサンダンかトノウと一緒に寝る。それは警固も兼ねていたが、本来ならば幕舎の周囲をかためるために、馬回りはいる。

今夜がどちらの番かさえ、テムル・メリクには曖昧になっていた。

早く死にたいものだ。サンダンにそう言いたかったが、間違っても口にはできない。

「ウダラル様は、どうしておられますかね」

「それは、わからないが、苦しい闘いだろうとは思う。わずかな軍で、西夏の山岳地帯をずっと制し続けてきた、スブタイが相手なのだ」

「そうですよね。山岳戦で、スブタイの右に出る者はいませんよね」

考えてみれば、チンギス・カンはそれにあてるべき人間を、きちんとあてている。それは、用兵と言ってもいいものだった。

もともとモンゴル軍は、草原を駈ける騎馬隊が中心だった。山岳戦が得意なスブタイは、異能とも言えるが、平場の戦でも、一、二を争う実力を備えている。

「しつこいよな、モンゴル軍は」

「あたり前のことをやっている、と俺は思います」

「そうか」

「大きな戦で撃ち破ったとしても、散った兵はまた集まります。また集まろうとする兵を、できるかぎり少なくするためには、こんなふうな闘い方が、最も効果があるのでしょう」

「いろいろと、考えるようになったのだな、サンダンは」

「トノウもです。いろいろなことで、よく喋ります」

自分には喋る相手さえいなくなった、とテムル・メリクは思った。

マルガーシは、どこにいるかわからない。

ジャラールッディーンのそばにいるというより、チンギス・カンの近くにいるのが、マルガーシだった。

だから、どこか近くにいるはずなのだ。

こちらから居所を見つけて行かないかぎり、むこうから来ることはない。

「サンダン、陛下は不屈であられる」

「はい」

「だから、俺たちが弱音を吐くことはできんぞ」

「わかっております、副官殿。俺は戦で、最も身につけたのが、耐えるということです。あらゆる意味で、耐えることです」

「おまえはもっと、東の方の城郭にいたのだったな」

「小さな村でした。マルガーシ殿が、トノウを奴隷から救い出されたので、一緒に逃げたのです」

「陛下の下についたというのは、めぐり合わせか」

「あの時は、多くおられる皇子のひとりにすぎませんでした。皇子軍を、ずっと指揮されるものと思っていました」

「それが、全軍だものな」

「俺などが、なにを言ってもはじまりませんが。というより、言うべきじゃない」

「俺と二人だけだ、サンダン。思っていることを言ってみろよ」

「陛下が全軍を率いられるのは、もっとずっと前でよかったのに、としばしば思います。即位されてから、全軍を率いられた」

「即位して全軍を率いるのでも、若すぎるという者がいた。陛下御自身も、それを望まれたかどうか、はっきりしない」

「そういうことでなく、陛下は全軍の指揮をするようになって、覚醒されていました。俺は、武将として独得のものをお持ちなのだ、としばしば感じました」

「それでも、陛下は正しい段階を踏まれたと思う」

「皇子軍でも、全体の指揮を執り、間違いもいくらかありましたが、おしなべて勝つための指揮をされていました。マルガーシ隊が突出していたので、そこだけは指揮ができない、というものを抱えておられましたが」

「それに、皇子軍は戦場では常に危険を求めていた。即位されてからは、いきなり視野が拡がったな。全体を見て、指揮をされている。もっと早くから、そういう指揮をされた方がよかった、と言っているのだな、サンダン」

「言っても仕方がないことですが」

サンダンやトノウは、以前からそう感じていたのだろう。それを、自分に話しに来ることはなかった。

夜中でも、哨戒と斥候は出していた。

斥候の報告は、すべてテムル・メリクのところに入ってくる。だからテムル・メリクは、飛び飛びにしか眠れない。

チンギス軍の斥候が、夜でも盛んに出ているということはなかった。斥候同士が出会《でくわ》したという報告は、一度も受けていない。

追われるという、切迫した身でありながら、追いつめられているとは感じなかった。

モンゴル軍の追いつめ方が、じわじわと迫ってくるものだったからなのか。

テムル・メリクは、斥候の報告でしばしば起こされながら、焚火のそばに横たわってまどろんだ。

翌朝、起き出すと、兵たちを叩き起こし、馬の鞍を載せるのを見守った。

「テムル・メリク。南で私を待っている者たちがいるな。二千、三千と集まって、各個で撃ち砕かれるより、散らばらしておけ。私が近づいた時、一斉に集まるのだ。そうやって、まずまとまった勢力になることを考えたい」

ジャラールッディーンが言った。

「使者を、出します。五名の族長に出せば、さらに五名に伝わります。ウダラル殿が、大海《カスピ》の西にある国々にも、使者を出しておられますので、いずれ大軍が」

「それほどの大軍は要らぬ。もともとのホラズム軍の兵が、せいぜい二万も集まればいい」

大軍で、あっさり撃ち破られてきた。

あてにするものが、兵の数だけというのは最初から間違っていた、とジャラールッディーンは感じたのだろうか。

いまのホラズム軍にとっては、兵の数がひとつの拠りどころになる。そう思ってしまう自分は、副官としてなにか欠けているのか。

「二万騎がいれば、それをもう一度、鍛えあげる。私がいるところが、ホラズム国だ。どこをどう流れようと、私が生きるかぎり、ホラズム国は消滅してはいない」

「流れる、と言われましたか、陛下」

「流れる覚悟をしながら、私は追われてきた。たとえ流れても、どこかで反撃できる場所を見つける。集まった者たちが、無理でも従ってくれる。そういう帝に、私はなるしかないのだと思う」

自分などより、ずっと深いところで、ジャラールッディーンは覚悟を決めている。覚悟を口にしたいまだけではなく、父である先帝が崩御し、自らが帝になった時から、ジャラールッディーンの内面は大きく変った、とテムル・メリクは感じていた。

「陛下が、流れると口にされるのは、お側《そば》にいる俺が到らないからです。自分をどう責め、どう罰すればいいか、わかりません」

「おまえは、誰よりもよくやっている。自分を責めるな。私とチンギス・カンの力量に、あまりに差がありすぎるのだ」

「俺は」

「やれることをやっていこう、テムル・メリク。死なないようにしてな」

ジャラールッディーンが、にやりと笑った。

その笑顔を見て、ふっとテムル・メリクは楽になった。

「陛下のお名前で、これから出会う族長たちに、書簡を送ります。使者だけではなく」

「よし、逃げよう。今日は、意表を衝いて、東寄りに駈けてやろう」

ジャラールッディーンが、明るい声で言った。明るさを装えるのだ。自分もと思いながら、テムル・メリクにはできなかった。

馬回りが乗馬している。四隊に分けた二千騎に、テムル・メリクも乗馬を命じた。

東にむかって半日駈け、それから南寄りの進路で山に入った。どうせ、斥候に把握されている。

それでも、ホラズム軍は、まださまざまに動けるのである。

山中で、夜営に入った。

夜営に入る前に、テムル・メリクだけわかる合図が、岩山にあった。

兵たちに兵糧をとらせ、哨戒の態勢も整えてから、ちょっと陣を離れる、とサンダンに耳打ちした。離れている間、サンダンが副官の役割をする。

闇の中を、自分の脚で三里ほど歩いた。

「よお」

声がかけられるまで、そこに焚火があることに、テムル・メリクは気づかなかった。

二羽の兎《うさぎ》が、串を通され、火の上にかけられていた。うまい具合に石を積み、焔《ほのお》が見えにくく工夫してある。

流れ矢と呼ばれている兵ともうひとりがそばにいて、マルガーシは寝そべっている。

「兎を獲ったので、おまえを呼んだ」

テムル・メリクは、マルガーシの横に座った。

「一度だけ、おまえを見たような気がする。負け戦と決まった時、チンギス・カンが束の間、馬回りだけになった。その時、風が吹くように、なにかが近づいた」

「届かないな。どうやっても、届かない」

やはり、マルガーシは奇襲を試みたのだろう。四十騎でやったのか。

「テルゲノの百騎は？」

「あいつが駈けて、麾下と馬回りを引き離した。ほんのわずかな隙に見えたのだが、誘いだったのかもしれん、という気もする」

「それで、俺に用事とは？」

「山中で、チンギス・カンを襲いたい」

「気軽に言うなよ」

「まず、ジャラールの軍が襲うのだ。二、三百人に分かれて、くり返しくり返し襲いかかる。罠も仕掛ける」

「そんなので、チンギス・カンの首を奪れると、本気で考えているのか？」

「戦ではなにが起きるかわからないが、多分、奪れないな」

「おまえ、俺はともかく、陛下を」

「なにをどうしようと、チンギス・カンの首を奪れれば、ジャラールは勝ちではないか」

言われればそうだが、なぜここで、マルガーシは攻勢を勧めるのか。いや、一緒になって、奇襲をかけるつもりか。

「なあテムル・メリク。ずっと逃げているつもりか。それでは、いつかは軍ですらなくなってしまう。兵がそんなものだとは、おまえはわかっているはずだ」

「おかしいな」

マルガーシの方をむいて、テムル・メリクは言った。

「おまえ、俺を説得しているぞ」

「退屈だ、逃げるジャラールばかりを見ているのは」

「南の族長に、これから声をかけて」

「これからか。ならば、二日でも三日でも、山中で時を稼げるぞ」

少し、時を稼ぎたいという思いは、持っていた。南の族長たちは、すぐには決断しないかもしれない。それに、散っているホラズム軍の兵を、集めるための時も必要だ。

「陛下が、どういう役割をされるのか、はっきり言え」

「狩の勢子《せこ》だな。狩人は俺だ。俺は、山中の狩については習熟し、そのことは誰も知らん」

「山中の狩だと」

「俺の話は、これだけだ。二度は言わん。おまえが乗る気になるかどうかだけだ」

奇襲が勢子の役割をする。わかるようで、わからなかった。しかし、どこか面白いものも感じる。時を稼ぐということには、説得力もある。

マルガーシが、なにか提案してくること自体が、ほとんどあり得ないことだ。

テムル・メリクは、考えこんだ。さまざまなことが頭に浮かんでくるが、まとまりはつかなかった。

仰むけになると、月が見えた。上弦の月だった。鮮やかに浮かんでいる。

どこかで見た月だ、と思った。最後に月を眺めたのは、いつだったのか。

テムル・メリクは上体を起こした。

いつも腰に差している鉄笛を、抜き出すと月の光に翳した。毎日のように、磨いている。心を整えるために、いつも磨いていたのだ、という気がする。

思わず唇に当て、思わず吹いていた。

吹くと、磨く時とはまるで違う、思わぬものが漂い出してくる。悲しみであったり、諦念であったり、懐かしさであったりする。

いま、なにがこみあげているのだろうか。切なさだけが、テムル・メリクを包みこんだ。かぎりがない切なさだった。心が、ふるえる。涙が流れているようだった。

長く、吹き続けていられないかもしれない。そう思った時、焚火が爆《は》ぜる音がした。

テムル・メリクは、笛から唇を離した。掌で、濡れた顔を拭った。また、涙が流れ出してきた。もう拭わなかった。自分が泣いているとも、思わなかった。

「なぜ、やめる」

「吹くべき時が、俺にはあるはずだ。笛が、そう言っている」

「埒もない」

「マルガーシ、俺はある時から、陛下に置いていかれるようになった。陛下が、俺を抜いて、大きくなられた」

「だから？」

「おまえの話に乗る。陛下もともに、やっていただく。俺が、説得する」

「ジャラールは、やるさ。もともと、そういうやつだ」

マルガーシの笑い声が、闇の中に拡がっていった。

四

山中に入るのを、止めようとは思わなかった。

止めるのが副官の役目なのかどうか、ソルタホーンは、いつも考える。

ジャラールッディーンは、山中に逃げこんだ。山岳戦にたけているかどうか、判断はつかなかった。

イナルチュク軍を指揮しているウダラルは、崑崙《こんろん》山系の入口にある、大きな部族の食客をしていた、という過去があった。そういうものを、詳しく調べあげる隊が、狗眼《くがん》の中にあった。せいぜい十名ほどの隊だが、調べたいことが多くあるわけでもなかったので、人員が足りないということはない。

十名は、闘う必要はないので、みんな歳をとっていた。狗眼の前線は、敵の諜報《ちようほう》の部隊とのべつぶつかるので、死ぬ者も少なくなかった。

生き延びて、前線で仕事ができなくなった者たちのやることも、いくらかはあった。

ジャラールッディーンも、副官のテムル・メリクも、山岳の軍とは関係がないはずだった。つまり、ウダラルほど、山岳戦について知識はない。

山岳と言っても、高い山ではなかった。馬で進むこともできて、そうでなくても、馬を曳けば通れる。

「殿、軍が通った跡は、明確だそうです」

五十騎を、斥候というより、先乗りに出していた。主に、地形の報告を入れてくる。

「ジャラールッディーンは、なぜ山に入ったと思う、ソルタホーン」

「それは、気紛《きまぐ》れですかな。平場を駈けるのが飽きた、と言えるかもしれません」

「いい加減な答だが、案外、正しいかもしれんな。俺も、追うのに飽きてきた」

モンゴル軍の、ホラズム掃討戦は、最終段階に入っていた。

新帝であるジャラールッディーンは、負けてなお、旗を掲げて駈け回れば、二十万という大軍を集める力を持っていた。カンクリ族のイナルチュクの軍も、はじめ三万ほどだったが、七万に膨れあがった。

なぜそれほどに、兵が集まるのか。

ホラズム国だからである。自国の軍は、多少負けても、やはり自国の軍なのだ。

しかし、自国は実は存在しないということが、いくらかわかりはじめている。そしてホラズム国は、かつてこの地にあった国、ということになる。

いきなり変るのではなく、徐々にそうなり、いまはその境のところだ、とチンギス・カンは見ていた。

ここでジャラールッディーンを敗走させるか討ち取るかすれば、もうホラズム軍が集まることはないだろう。

数万という単位で兵が集まってきても、もうそれはホラズム軍ではない。外国の軍に近いものになる。

そのためには、すべてを叩き潰さなければならなかった。すべてと言っても、ホラズム軍として立とうという、兵のすべてである。

だから掃討戦は、ゆったりしたものになった。砂漠を、草原を、森をふるわせ、網から落ちてきたように現われる兵を、叩いて行く。それで、ホラズム軍はなくなる。

チンギス・カンは、先日の二十万の大軍が、最後のホラズム軍だと思っているかもしれない。

これから数万が現われても、それはホラズム軍ではない部分が大きくなっている。

確かに、数千ほどの軍がしばしば現われたが、百騎で突き崩せそうなほど、まとまりを持っていなかった。幻のホラズム軍を求めているのだろう、とソルタホーンは思った。

山中を十里ほど進んで、夜になった。

夜営の指揮は、シギ・クトクである。哨戒や見張りを密にやり、チンギス・カンの陣らしいものを、少なくとも五つほど作る。

ボロルタイが指揮する一万騎は、先行して数里先にいる。

そのすべてを、シギ・クトクが見ている。

本営の焚火には、胡床が四つ置かれていた。そのかたちのものが、五つあるということだった。

地形の複雑さを考えると、夜襲というのも充分にあり得る、というのがソルタホーンの考えだった。

「酒はないのだろうな、ソルタホーン」

「あるわけがありません」

チンギス・カンは、幕舎のない夜営になってから、逆によく眠れている。そうだろうということが、長く側にいるソルタホーンにはわかる。

酒も女も必要ではなく、ただ眠れないと口で言っているだけだった。

しかし、夜営に入った時から、ソルタホーンはかすかな緊張に襲われていた。なにか、近づいてきている。

チンギス・カンの馬回りと麾下。一万騎のボロルタイ軍。その周辺は、鼠一匹駈け抜けられない。通常の行軍より、遥かに厳重な警固の態勢をとっている。

「わくわくしないか、ソルタホーン」

自分で肉を焼きながら、チンギス・カンが言う。なにかあるのか、とソルタホーンは思った。

「これから先、罠だらけだ。俺は愉しいぞ。ジャラールッディーンは、なぜか山を味方に取りこんでいる。俺たちの危機であるな」

「ホラズム軍は、二千余騎です。こちらも合わせると、一万数千の軍が、山に入っています。それは、山の気配も変ると思います」

「樹木と岩か。森の精霊でもいるのかな。闇が、いきなり俺に槍の穂先を突きつけてくる。そして、笑うぞ。高笑いだ」

「俺には、なにも感じられません」

シギ・クトクが、三騎を連れて戻ってきた。出た時に三騎を連れていたので、なにも起きていないのだ。

シギ・クトクがチンギス・カンの前で一度直立し、それからソルタホーンに並ぶように、胡床に腰を降ろした。

「大きいのから小さいのまで、動物が多くいて、闇の中で一斉に動きはじめるのです。巡回していると、はじめは思わず剣の柄に手をかけます」

「シギ・クトク。うまそうな獣を、一頭ぐらい運んでこい」

「殿、それは無理というか、危険なことです。闇は、やつらのものですよ。猪を一頭獲るのに、五騎の兵を失いかねません」

「そんなにか」

「はい。やつらには見えて、こちらには見えないものが、多すぎます。こちらの血を流すことで、闇を探ってやつらの姿を浮かびあがらせるしかありません」

「おい、シギ・クトク。俺が焼いた肉を食らうか」

「殿、それは香料を遣いすぎています。俺はその遣い方を、子供のころから営地で教えられましたから」

生の肉が、運ばれてきていた。

シギ・クトクが営地と言う時は、必ずボルテという名が前に置かれているはずだった。

孤児なので、ボルテを母として、その営地で育った。ソルタホーンにとっては、弟のような存在なのだ。

「殿、この山は、結構、手強いです」

「そうだろうな、シギ・クトク。おまえが、ちょっと緊張しているのだから」

「ボロルタイは、もっと緊張していました」

「身を細らせてやれ」

チンギス・カンが笑い声をあげた。

この山は、なにかがあった。ソルタホーンはそんなふうに感じたが、チンギス・カンは面白いと言い、シギ・クトクは動物が多すぎると闇を表現した。ボロルタイは、ひたすら緊張しているようだ。

焼けた肉を、チンギス・カンが差し出した。やはり、香料を遣いすぎたと思ったようだ。新しい肉を焼こうとしている。

ソルタホーンは通りかかった兵に声をかけて呼び、肉を手渡した。

「殿が、直々に焼かれたものだ。おまえ、運がいい」

直立した兵に、肉を押しつけた。

自分の肉を焼きながら、ソルタホーンは闇の重さを測った。ただの闇だ。明るくなるまで、近づいてくる者はいないだろう。

人の気配は、闇を重苦しいものにする。

哨戒から、しばしば報告が入っていた。闇の中に声が響くので、遠くでやれとソルタホーンは言いそうになった。

「うるさい。そんなことは、あのひよっ子に受けさせろ」

チンギス・カンが先に言った。

ソルタホーンは、黙々と肉を焼き、食らった。

払暁まで、なにも起きなかった。

チンギス・カンが上体を起こしたが、ソルタホーンは顔を横にむけていた。

ボロルタイから伝令が届き、あと十三里、馬で楽に進める道だ、と報告してきた。

シギ・クトクが、麾下の者たちに乗馬を命じていた。

昨夜、シギ・クトクは麾下を二つに割り、チンギス・カンの前後につけることを具申して、却下されていた。

「ソルタホーン、俺は先頭を行くぞ」

チンギス・カンが言い、馬に乗った。ソルタホーンは手だけで、馬回りに乗馬を命じた。

自分はチンギス・カンのそばで進んだ。前に兵を出そうとしても、受け入れないだろう、と思った。原野なら、離れたところで先行させられる。山の道は、二騎が並んで進むのも、難しいほどだ。

道が動いている。そう見えたが、木洩《こ も》れ日だった。風で枝が揺れ動き、陽の光も揺れる。

ソルタホーンは、樹間から抜けた時、空を見あげた。

「晴れているな」

チンギス・カンが言う。

木洩れ日を見、同じように空を仰いだのか、とソルタホーンは思った。

岩山があった。そこの上からは、弓矢が遣える。ソルタホーンは、馬回りに手で合図をした。半分の隊が出てきて、岩山へ行った。頂上で、兵が二名、手を振った。

「余計なことを」

岩山の反対側で、不意に喊声《かんせい》があがった。

数百はいるだろうと思ったが、喊声だけで兵の姿は見えない。

半数の馬回りには、動くなと合図を送った。

一里ほど先行している麾下の半分が、前進を停め、待っていた。

「待つな、行け」

チンギス・カンの声が、山間《やまあい》に響いた。

一千騎の大部分は、前進をはじめた。シギ・クトクが、二百騎ほどで動かずにいた。

「俺が、にわかに腹痛に襲われまして」

それは、ボロルタイに帰隊しない理由として、伝えたものだ。ボロルタイは、知らぬ間に一万騎を率いて、戦をしてしまっている。それが、最も力を出せるはずだとチンギス・カンが言い、腹痛にでもしろと言ったのだ。

チンギス・カンの舌打ちを聞きながら、ソルタホーンは笑いを噛み殺していた。

周囲に対する注意は、怠っていない。

五度、六度と、喊声のみが襲ってきた。

ボロルタイから伝令で、罠のようなものを三つ解除した、と言ってきた。それはシギ・クトクではなく、ソルタホーンに直接来た伝令で、緊急という意味を持っていた。

前方を、シギ・クトクの二百騎が進んでいる。岩山に行っていた半数が戻り、チンギス・カンの前後に二百騎がいる状態だった。これで襲われたとしても、麾下が駈けつける四半刻は、充分に防御できる。

それにしても、ジャラールッディーンは、どういう山岳戦を考えているのか。

準備は不足している、としか思えなかった。すべてが、奇襲のありきたりの装いで、軍の脅威が迫っている感じはまるでない。

やはり、逃げるのに飽きた、気紛れだったのか。山に逃げようが、原野を駈けようが、どうにもならない情況に、ジャラールッディーンは陥っている。それを深刻に考えてもどうにもならない。

「おかしな気配です」

シギ・クトクが駈け戻ってきて言った。

ソルタホーンは感じ、チンギス・カンも、同時に覚えたようだ。

「奇襲に備えます、殿。声だけではありません。しかし、数は少ないのです」

「最後の一矢というやつだ。おまえ、これまでの喊声が、どんな意味があるか気づいていないのか」

「どういう意味もありません」

「そうだな。ジャラールッディーンは、狩をしている。巻狩ではないが、山中でも勢子を遣っている。つまり、声は勢子のもので、獲物は俺たちだ」

「狩人の、最後の一矢ですか」

「面白いな。どこから矢が飛んでくるのか」

四半刻後ぐらいに、強い奇襲があった。百名ほどで、右の急斜面から駈け降りてきた。

ソルタホーンは、奇襲してきた軍の、質を測った。かなり精強な兵である。しかし、馬回りだけで、余裕を持って撃退できる。

三十ほどの屍体《したい》を残して、敵は樹間に紛れるようにして逃げた。

最後の一矢にしては、どこかひ弱だった。

追われるホラズム軍は二千騎でも、追うモンゴル軍は一万数千である。平場のぶつかり合いでは、勝負にならない。

それでも、山岳戦に誘いこんで、このひ弱さか、とソルタホーンは思った。

馬では難渋せざるを得ない峠道を、自分の脚で歩いた。ボロルタイの軍は、すでに原野に出て隊列を組み、チンギス・カンを待っているようだ。

急な斜面が緩やかになり、樹木で視界が塞がれた。

次に視界が開けた時は、原野に展開するボロルタイの軍が見えた。

お互いに、退屈しのぎをしただけか、とソルタホーンは思った。チンギス・カンの表情も、鼻白んだと言えるものだった。

明日から、また原野の追撃戦だろう、とソルタホーンは思った。

風。いや気。頭上からだった。

とっさに、ソルタホーンは、チンギス・カンの躰にむかって跳んだ。

チンギス・カンが馬から落ち、ソルタホーンは主がいなくなった馬の鞍に、しがみついている恰好だった。

肩のあたりから、血が流れているようだ。

チンギス・カンの声が聞えた。

五

遊び過ぎた、とチンギスは思った。

ソルタホーンは肩を斬り下げられ、チンギスは草の上に落ちて、腰をついていた。

シギ・クトクが疾駆してきて、ソルタホーンを抱くように降ろし、素速く具足を脱がせた。軍袍に血の染みが拡がっている。

軍袍を、シギ・クトクについた兵が、小刀で切り裂いた。傷は二寸ほどで、深くはない。

それでもチンギスは、うろたえていた。

「誰か、傷を縫え。出血が止まっていない。躰を楽に寝かせろ。酒で傷を洗え」

「殿、お静かに。傷を縫うシギ・クトクの指が乱れます」

ソルタホーンが言った。

「おまえ、死ぬことを禁じる」

「この傷で、死ぬと思われますか、殿」

チンギスは、息をついた。まだうろたえ続けている自分に気づいた。

ボロルタイが駈けつけてくる。

なぜか、チンギスはほっとした。

「山から原野へ出る、境目のような場所だった。大木が、何本かあった。上からの襲撃は、盲点だった。俺は気を緩ませていたな。遊びはもう終ったとな。遊びではないものが、最後に待っていた」

上から降ってきたのは、三十名ほどだった。

自分に襲いかかってきたのが、マルガーシである。ここでか、と思った時は、馬から弾き落とされていた。

ソルタホーンが身代りに飛びこみ、ぶつかられた自分が飛ぶように馬から落ちた。

その動きを、すべてひどく緩慢なものとして、チンギスは思い浮かべられた。

ソルタホーンの肩を斬りつけたマルガーシが、地に立った時は、馬回りの二名が襲いかかっていた。それが三名、四名に増え、切り開くように駈けて、マルガーシは樹間に飛びこみ逃げた。

頭上から降ってきた三十名ほどで、打ち倒せたのは四名だけだった。こちらの馬回りには、八名の負傷者が出ている。

「ソルタホーン殿の傷は浅く、ほかの八名の兵も、死にはしません」

ボロルタイが、硬直したような表情で言った。麓に展開していた自分にも責任がある、と考えているのかもしれない。

チンギスは、落ち着いてきた。

そばへ行き、ソルタホーンの傷を覗きこむ。

「細かくだ、もっと細かく」

ソルタホーンは、シギ・クトクに縫い方を指示していた。

「突っ張りますよ」

「それはいい。とにかく、出血を少なくする」

ソルタホーンは、意識も失わず、そして多分、馬にも乗るつもりだ。

「ボロルタイ、二百騎を編制し、ソルタホーンを兵站部隊の馬車に届けよ。そこで」

「やめてください、殿。見ればおわかりでしょう。放っておいても血さえ止まれば、戦に出られる傷です。馬に乗るので、傷を細かく縫わせているのです」

「おまえ、俺の言うことを、つまり命令を、聞けないのか」

「命令で軍を離れよというなら、俺はここで自ら首を斬ります」

「おい」

「首を斬ります。シギ・クトク、縫うのをやめろ」

「なにを言っているのだ。勝手にしろ」

チンギスは、そばから離れた。

しばらくすると、ソルタホーンは新しい軍袍を着た。兵二名が、具足を持ちあげる。

チンギスは、馬回りの負傷者がしゃがみこんでいるところへ行った。

八名が素速く立ちあがり、直立した。みんな、肩か腕の負傷で、重くはないようだ。

「縫ったのか？」

「はい、お互いで」

「頭上からか」

「気も放っていなかったと思います」

「そうか、俺はみんなに救われたか」

「いえ、副官殿が。マルガーシの剣は、捻《ひね》るように動いていました。副官殿の躰が、鞍に伏せる恰好になったので、剣は深く入らなかったのだと思います」

俺がそのまま乗っていたら、とチンギスは口にしかけ、黙った。首から肩から胸まで、断ち割られたのかもしれない。

喋っているのは、まだ若い将校で、チンギスは名を思い出せなかった。

八名の視線が、一瞬、チンギスの後方にむいた。

ソルタホーンが近づいてきていた。

「南三十里に、ホラズム軍残党や近辺の族長の軍が集まり、三万騎に達しているようです。どうやら、ジャラールッディーンは、山中に入ることで、二日ばかり、時を稼ごうともしたようです。

「それだけではありませんでしたが」

斥候の報告は、次々に入っているようだ。

五里南へ下って夜営、とソルタホーンがいつもの声で命じた。

できれば敵と近づいたところで夜営する、というのがソルタホーンの考えだった。それだけで、敵の動きをいくらか封じることになる。

チンギスの馬は、新しくなっていた。

馬回りの者たちは、同じ馬を避けたいという気持を働かせたのだろう。

夜営地に到着した時は、兵站部隊の馬車が先回りしていて、すでに幕舎も張られていた。

「明日には、四万に増えているかもしれません」

焚火の前で、ソルタホーンが言う。まだ暗くなっていなくて、焔が淡いものに見えた。

「時を稼いで、ジャラールッディーンにとってよかったのかどうか、いまわかります」

スブタイが追いついてくる、と言っているようだったが、チンギスはあえて訊かなかった。

すっかり暗くなったころ、軍が近づいてくる気配があった。

ほどなく、スブタイが数名の将校を連れて、本陣に現われた。

将校のひとりが包みをぶらさげていて、そこに、麾下の将校が駈けて行く。

ソルタホーンもそちらへむかい、スブタイがひとりで歩み寄ってきた。

「カンクリ族との戦は、終りました、殿」

「包みは、首か」

「はい、イナルチュクの軍師、ウダラルの首です」

首の検分は、誰かがやるのだろう。

スブタイが、懐から干した棗《なつめ》を出した。袋の中に、数十個入っているようだ。

「殿の前で失礼ですが、癖になってしまいましてね」

「つらい戦だったか？」

「いえ。ただ戦らしくない戦ではありました。待ち伏せと騙《だま》し合い。それだけで命を削りますから」

「俺は、山中を出るというところで、やられた。ソルタホーンが庇《かば》わなければ、俺は死んだだろう。そんな死に方もあった、といま思い返していたところだ」

「副官殿が、軽い傷で済んだのが、なによりです」

「あいつも、死にたがっていたのかもしれんな」

「殿も、ですか？」

「常に思っているわけではない。とっさに、そういうものが出てしまう。俺もソルタホーンも、同じようなものだろう。ホラズム国は、ほかの者たちがほぼ平定し、残っているのはここだけだ」

「ホラズム国の帝でありますし」

「ここも、終らせる。もう、かなりのところで民政がはじまっている」

「ボオルチュ殿が、大変でしょうな。平定した土地の民政が、すぐにはじめられるのが、当たり前だと俺など思っていますが、尋常なことではありませんよ」

「俺も、時々、そんな気がする。民政を入れて、それが民の反撥で入らないところがあるだろうと思っていたが、結局は受け入れられた。税の額が、かなり民を動かした」

「民草というのは、そんなものです。税が安ければ、暮らしむきは楽になる。それで喜ぶな、とは言えません」

「モンゴル国の土地は、いつの間にか、広大なものになった。それでも、広大な国の民である、と実感する者などいないだろう。民に必要なのは、耕作するための土地、羊群を養うための草原、そんなものだろう」

「殿、その無数に近い民草の集まりが、国なのだろう、と俺は思います」

ソルタホーンが、シギ・クトクと並んで歩いてきた。

首については、なにも言おうとしない。

兵たちには、兵糧が配られている。兵站の馬車が着いているので、ほかの食べ物も配られている。

「明日、ぶつかるのは午《ひる》ごろですか？」

スブタイが訊いてきた。

「先鋒を、うちの軍にしていただきたいのですが、殿」

「スブタイ将軍、そのような無理はなされず、中軍にお控えください。俺とボロルタイで、ジャラールッディーンの軍は撃ち砕きます。そのあとの掃討戦になったら、動いていただければいいのです」

シギ・クトクが言った。

「やれ、スブタイ。いいか、シギ・クトク。スブタイの軍にいま必要なのは、戦場で疾駆することだ」

ソルタホーンが、小さく頷いた。

チンギスは、スブタイの手にある袋から、二、三粒の棗をとり、口に放りこんだ。

「殿、馬の鞍に新しい棗の袋をつけさせています。これは、しばらく俺の腹で温めたものですから」

「そうか、これはおまえの腹の温かさか」

また、二粒摑み出した。

戻ってくる斥候の報告は、ボロルタイが受けている。

傷はどうなのかと、チンギスはソルタホーンに訊けずにいた。死ぬまで、平然と耐え続ける、というところはある。

兵糧をとると、チンギスは幕舎に入った。

しばらく、灯台の明りを見ていた。兵站の馬車が到着していると、寝台も明りもある。

いつの間にか眠り、眼醒めて外へ出た。

ようやく、闇が薄れようとしている。

スブタイの軍が、出動準備を整えているようだ。チンギスが外へ出ると、幕舎を囲んでいた衛兵たちは、離れたところに退がった。

ボロルタイが来て、直立した。

「敵は、四万に達しようとしています。やや離れたところにいる、強力な部族の族長が二名、かなりの兵を擁して、夜のうちに到着しました」

「シギ・クトクは？」

「麾下の二千を率いて、五里ほど先にいます」

「すると、俺につくのはおまえか？」

「五里だけです、殿。それで、シギ・クトク将軍が指揮に戻られると思います」

「戻らぬ。おまえが、一万騎を指揮することになる」

ボロルタイが、全身を硬直させた。

「スブタイに、進発の命令を伝えよ」

チンギスは、ボロルタイが泣き出すかもしれない、と思った。ボオルチュの息子なのだ。

「肚を決めろ」

ボロルタイは、真赤な顔をして直立し、踵を返した。

ソルタホーンが、自身で馬を二頭曳いてきた。

「ジャラールッディーンは、ゆっくりと前進をはじめたようですが、十里進む間に、陣形を整えようというのでしょう。先の戦でも、それは見事なものでした」

「行くぞ。この戦、俺はやっぱり気がむいていないようだ。進む間に、自分を駆り立たせよう」

馬回りが、周囲についた。

しばらく、ボロルタイの軍が後方を駈けていた。シギ・クトクが指揮する麾下が待っていて、ボロルタイの軍と入れ替る。

「中央に二万騎。両翼に一万騎ずつのようです。二万騎が、もともとのホラズム軍が集まってきたものでしょう」

スブタイが、やる。それが見えるやや高い位置を、ソルタホーンが選んだ。

ジャラールッディーンの旗が見えた。

すでに、見かけの壮大さを装うしかなくなっている。弱い大軍には、これで勝てるかもしれない。強い寡兵には、たとえ数千騎であろうと、破られそうな脆弱《ぜいじゃく》さが見えた。

スブタイ軍が、二つに分かれた。

陣の端から崩していくのではなく、中央に突っこみ、半数で敵を断ち割った。残りの半数が、襲いかかる。

外側から、スブタイ軍が挟撃を受ける、という恰好になった。右翼だけを、ボロルタイが突き崩した。

「手を緩めさせるな。徹底的にやれ」

スブタイの軍が、縦横に駈け回る。左翼も乱れはじめ、一刻で潰走という状態になった。

ホラズム軍は、追い撃ちに討たれはじめる。

その中で、二千騎ほどが小さくかたまっていた。

シギ・クトクが、麾下の軍でそれにぶつかった。押し合いをしたのは、束の間だった。

小さくかたまっていたジャラールッディーン軍が、膨れあがったようになり、弾けた。麾下は、一千騎ずつが、丸い玉のようになり、ジャラールッディーン軍を崩していく。収拾できないほど、ジャラールッディーン軍は散らばった。

「河に追いこみ殲滅」

ソルタホーンが、声を出し、伝令を走らせた。

両側から揉みあげられ、ジャラールッディーン軍は拡がることができない。正面から、麾下が次々に討ち取っていく。見る間に、馬上の兵が少なくなった。

チンギスは、前へ出た。

自分の手で、ジャラールッディーンの首を奪ってやろうと思った。

二十騎ほどに守られた、ジャラールッディーンが近づいてくる。

チンギスは剣の鞘《さや》を払い、馬を軽く駈けさせた。

なにかが、気配もなく近づいてきた。斬撃。チンギスは、渾身《こんしん》の剣を振った。横に光のように走り、そしてなにかを斬った。相手の剣が、折れて地に突き立っていた。

マルガーシが、駈け去っている。剣だけではなく、躰のどこかも斬った、とチンギスは思った。

河岸に追いつめられた十騎の中から一騎だけが馬ごと水に飛びこんだ。

チンギスは、河岸に立った。

「射殺《いころ》します」

「やめよ、ソルタホーン。あれを射てはならんよ」

なにかを、深く考えたわけではなかった。

矢で射たくない、となんとなく思っただけだ。

ジャラールッディーンの姿が、遠ざかっていく。

馬回りが、河岸に一線に並んでいた。

ひと声かければ、全員が河の中に突っこみそうだ。

「終ったな、ソルタホーン」

「ホラズム軍だっただろうと思える兵は、一万近く討ち取っています。マルガーシは、気配もなく近づいてきて、またかと思ったのですが、あの男の剣を両断されました」

「吹毛剣《すいもうけん》だ。打ち合って、負けるわけがない」

「スブタイ、ボロルタイの二将軍にも、終りだという伝令を出します」

「本営へ、帰ろう」

ソルタホーンが片手を挙げると、馬回りは河岸から退いた。

駈けていく。敵のいない原野。晴れた日だが、風で土が舞い、景色は霞《かす》んで見えた。

旗を伏せたスブタイの軍が、遠くで移動をはじめていた。


（十六　蒼氓　了）

初出　「小説すばる」二〇二二年九月号〜十二月号
＊単行本化にあたり、加筆・修正をおこないました。

装画　寺田克也
装丁　鈴木久美

北方謙三（きたかた・けんぞう）

1947年佐賀県唐津市生まれ。中央大学法学部卒業。81年『弔鐘はるかなり』で単行本デビュー。83年『眠りなき夜』で第4回吉川英治文学新人賞、85年『渇きの街』で第38回日本推理作家協会賞長編部門、91年『破軍の星』で第4回柴田錬三郎賞を受賞。2004年『楊家将』で第38回吉川英治文学賞、05年『水滸伝』（全19巻）で第9回司馬遼太郎賞、07年『独り群せず』で第1回舟橋聖一文学賞、10年に第13回日本ミステリー文学大賞、11年『楊令伝』（全15巻）で第65回毎日出版文化賞特別賞を受賞。13年に紫綬褒章を受章。16年第64回菊池寛賞を受賞。20年旭日小綬章を受章。『三国志』（全13巻）、『史記　武帝紀』（全7巻）ほか、著書多数。

チンギス紀《き》

十六《じゅうろく》

蒼氓《そうぼう》

二〇二三年三月三〇日　第一刷発行

著　者　北方謙三《きたかたけんぞう》

発行者　樋口尚也

発行所　株式会社集英社

〒一〇一―八〇五〇　東京都千代田区一ツ橋二―五―一〇

電話　〇三―三二三〇―六一〇〇（編集部）

〇三―三二三〇―六〇八〇（読者係）

〇三―三二三〇―六三九三（販売部）書店専用

印刷所　凸版印刷株式会社

製本所　加藤製本株式会社

ISBN978-4-08-771835-5　C0093

✲ 北方謙三の本 ✲

大水滸伝シリーズ　全51巻+3巻

『水滸伝』(全19巻) +『替天行道 北方水滸伝読本』

12 世紀初頭、中国。腐敗混濁の世を正すために、豪傑・好漢が「替天行道」の旗のもと、梁山泊に集結する。原典を大胆に再構築、中国古典英雄譚に新たな生命を吹き込んだ大長編。

[集英社文庫]

『楊令伝』(全15巻) +『吹毛剣 楊令伝読本』

楊志の遺児にして、陥落寸前の梁山泊で宋江から旗と志を託された楊令。新しい国づくりを担う男はどんな理想を追うか。夢と現実の間で葛藤しながら民を導く、建国の物語。

[集英社文庫]

『岳飛伝』(全17巻) +『盡忠報国 岳飛伝・大水滸読本』

稀有の武人にして孤高の岳飛。金国、南宋・秦檜との決戦へ。老いてなお強烈な個性を発揮する旧世代と、力強く時代を創る新世代を描き、いくつもの人生が交錯するシリーズ最終章。

[集英社文庫]